高村薫

TAKAMURA KAORU

七曜文库

吉林出版集团有限责任公司

抱着黄金飞翔

班健 译

OGON O DAITE TOBE by Kaoru Takamura
Copyright © 1990 Kaoru Takamura
All rights reserved.
Original Japanese edition published by SHINCHOSHA Publishing Co., Ltd.

This Simplified Chinese language edition is published by arrangement with
SHINCHOSHA Publishing Co., Ltd., Tokyo in care of Tuttle-Mori Agency, Inc., Tokyo
through Beijing GW Culture Communications Co., Ltd., Beijing.

吉林省版权局著作权合同登记 图字：07-2010-2720号

图书在版编目(CIP)数据

抱着黄金飞翔 / (日) 高村薰著；班健译. — 长春
: 吉林出版集团有限责任公司, 2012.6
（七曜文库）
ISBN 978-7-5463-9026-0

Ⅰ.①抱… Ⅱ.①高… ②班… Ⅲ.①长篇小说—日
本—现代 Ⅳ.①I313.45

中国版本图书馆CIP数据核字(2012)第072509号

抱着黄金飞翔

作　　者	[日]高村薰	
译　　者	班　健	
出 品 人	刘丛星	
创　　意	吉林出版集团·北京汉阅传播	
策划编辑	渠　诚	
责任编辑	顾学云　李瑞玲	
封面设计	未　氓	
开　　本	650mm×960mm　1/16	
印　　张	18.25	
版　　次	2012年6月第1版	
印　　次	2016年6月第2次印刷	

出　　版	吉林出版集团有限责任公司
发　　行	北京吉版图书有限责任公司
地　　址	北京市宣武区椿树园15－18号底商A222
	邮编：100052
电　　话	总编办：010－63109462－1106
	发行部：010－63104979
网　　址	http://www.beijinghanyue.com/
邮　　箱	jlpg-bj@vip.sina.com
印　　刷	北京航天伟业印刷有限公司

ISBN　978-7-5463-9026-0　　　　定价　39.80元

抱着黄金飞翔

黄金を抱いて翔べ……

漫长黑夜之后的黎明闷热难耐。

凌晨五点半，一位送报员走出大阪福岛区的发行站，才送了半小时报，汗水就顺着他的衬衫滴落下来。

横穿浪速区，来到土佐堀川上的常安桥之后，送报员停下摩托，解下脖子上的毛巾擦拭汗水。

这时，朝阳跃出了河面，浑浊的河面上泛起耀眼光芒。

四十米远的桥墩附近，似乎有一个物体上下浮动着，看样子像是破布、垃圾袋之类的东西。

大阪的河里现在好像是能看到些鱼了，却每天都漂流着各种垃圾。

然而，那物体顺着水流缓缓漂动，看来不像是垃圾袋。

那东西摇摆着，根据露出水面的部分来看，是一个被浸泡得发了白的东西。

二十五日清晨，大阪市西区土佐堀二丁目的土佐堀川，出现了一具男性浮尸。

凌晨六点，经过筑前桥附近的送报员 A 先生发现水面上漂浮着一具身着西装的男性尸体，立刻报警。随后赶来的天满署警官很快将尸体打捞上来。事发现场附近一带的交通有所堵塞。

死者头部被枪击，脸部有被殴打的痕迹，警方因此判定这是一起恶性杀人案件并展开调查。男子护照上的名字是"楚耍焕"，警方正加紧联系韩国大使馆，以确认该男性死者的身份。

从双筒望远镜的镜片中，可以感知自己的眼睛——眼球和连着额头的神经——正在运动。太阳穴突突跳动，耳根微微抽搐。

我看到了世界……

凌晨六点，幸田将百叶窗拉开了些，一阵眺望之后，取出了双筒望远镜。昨夜入住酒店时，从窗户只能看到酒店前方阪神高速高架桥的灯光，下面土佐堀和中之岛的模糊轮廓，以及对面 JR 大阪站周边高层大厦的霓虹灯。

土佐堀和堂岛两条河流之间，是一片黑暗的普通楼房。

酒店位于低矮房屋和商铺密集的商业区一角，只是一间没名头的商务酒店，昨夜又有好友北川带路，幸田入住时便没太留意周边环境。因之，今早不到六点醒来，他便仔细观察外部环境。虽说夏天逝去快俩月了，城市里的几十万台空调兀自昼夜不停地排热。天空显得沉闷、灰暗。

在一排有些老旧的水泥建筑对面，是沿河而建的人行道。绿化带的一头有一个男清洁工正在走动。这就是幸田最先看到的景象。

那男人穿着浅灰色工作服，低着头，慢悠悠挥动着笤帚。他的动作那么平缓，简直像是做祷告。幸田看出了神。人类的臂膀可以如此有节奏地左右摆动，真是不可思议。幸田从没见过这么舒缓、有规则的动作，虽有似曾相识之感，一时间却又想不起来。

幸田就这样盯着男人看了半天。他和那男人的距离太远，看不出对方年龄，只是觉得那挥胳膊的姿势颇具老态，由此推测其年龄是六十许间。

幸田本来就觉得姜都是老的才辣，尤其是这个年龄段的老人。他们往往有着独自生活几十年的丰富积累，故而形成了沉稳的仪态。这本身就是一件很不平凡的事。幸田时常寻思年老以后是否有望变得跟那些老人一样。

而且，幸田从不知道这样早就会开始对道路的清扫。空无一人的大街上，清洁工边走边扫，很快就消失在建筑物之中。

幸田将目光转向别处。放眼望去，一排排的水泥建筑物和道路不规则地交织着。幸田看了片刻，脑海里竟是空白如故。再观察一下，只觉得建筑物的高低不平更显杂乱无章。真是难以捉摸的城市。从一开始，幸田就知道自己是在观测一个完全陌生的城市。即使是居住了十年的城市，如果有需要，他也会将之还原成一张白纸来重新审视。一半是因为慎重，一半是因为习惯。

半年前搬到关西时，幸田住的地方和工作单位都在吹田市，哪怕乘 JR 来大阪都嫌远。所以，他不太了解大阪。就算后来渐渐有些接触，他也记不住每条小路、每家小店和每座大厦的位置。

观察了近半小时后，幸田脑袋里渐渐形成一幅地图，上面包括阪神高速高架桥两侧、正对酒店窗户的大楼和附近的几条道路。酒店右侧有个斜坡，往前二十米便到了高架桥下。高架桥正好横跨土佐堀。幸田昨晚经过那儿时，好像看到桥下有个小停车场，但酒店窗户前方有大楼和高架桥挡着，就看不到了。记忆里，那儿的牌子上有"一小时一百七十日元"的字样。估计酒店旁的小路就通往那个停车场。小路一直延伸到高架桥下，对面是栋石头大楼，似乎是"二战"遗迹，也没准是战后修的。类似风格的大楼，沿河也有好几处。这里汇集了很多证券行业的老店和城市银行的总部，所以通风情况不佳。

幸田知道高架桥对面的那座石楼也是一家银行，虽然他现下只能看到银行的顶层和下面一层的玻璃窗。那些楼层的窗户都从里面糊上了贴纸。幸田看不到石楼对面高架桥巨大的西面侧墙，当然也看不到墙面上的烫金文字。

从幸田所在的位置，只能看到那座楼的西南角。那儿是地下停车场的进出口。左边有个保安的值班室，一个道闸，一盏红灯。这里巧妙地位于眼前几座大楼的交错处，而且刚好是幸田视野的正中央。

北川突然邀请自己来，就是因为这个？

幸田如此推测，却没去想接下来的事情。他现下唯有条件反射似的凝目观察能看到的东西。

拿地理条件来说，银行四面都是道路，东、南皆有大楼，北临河川，西面则是阪神高速，视野开阔，对面的中之岛地区一目了然，只有地下停车场的地上进出口部分观测不清。幸田觉得东面和南面的两座大楼正是观测那里的最佳位置。

东面的大楼尤其如此。其高度是银行的数倍，乍一看有十四五层，估计是信托银行总部的营业部门。从幸田的位置可以看到最高层及下面三层的天花板，几百只荧光灯发出的光线经由百叶窗折射而出。此刻，灯犹自亮着。幸田推测那是操作大厅。这就意味着大厦里的一些部门尚未停工，譬如物业管理部门和警卫保障部门。

但是，从大厦的角度来看，会看到什么呢？从酒店窗户的位置很难判断出这一点。南面的大楼也是同样的情况。到底是要亲自去测量一番才行啊！

幸田换了个姿势，将望远镜瞄向酒店旁的小路、附近的大楼、前方的高架桥和土佐堀川这一大片地区。

他首先将望远镜对准了一扇窗户。一般人都会先看窗户。在高速成长期建造的楼房，总有一面墙是并排的窗户。二十世纪七十年代的楼房几乎都有玻璃墙，而一九八〇年后建的楼房，窗户反倒小了。借助窗户，不仅可以大致推测楼房的建造年代，更可大致猜知其内部的设施和装潢。观察窗户，正是确定目标以后的第一项工作。

然后要掂量的是，窗户后面有没有藏着别人的眼睛。一百扇窗户就是一百个角度，就是一百双眼睛。不管百扇、千扇，幸田都会从后面很可能有人的窗户开始挨个排除。若说这是无聊，倒不如说是一项简单、枯燥的工作。这种枯燥不知何时成了一种执著，就像是推销员逐门寻求客户。

实际上，很少有窗户需要用心观测。城市中的窗户后面几乎都没有人。高楼大厦中，办公室的窗户白天窗帘低垂，阶梯大厅和洗手间则罕有窗户。有的窗玻璃上还写着"无担保商业贷款"、"电话融资"之类广告。而且，每扇窗户从远处看都很干净。这不免让人赞叹。听说大厦的玻璃每周都要清洁一次。在城市，清洁高楼大厦玻璃的报酬相当可观。

幸田的背后突然传来北川的声音——"又开始玩了？"话语中夹杂着哈欠声。

一小时前，北川从隔壁来到幸田的房间，自称没睡醒，躺到了他的床上。眼下，他只说了这一句，便又翻身睡去。

幸田继续观察。这一次，他看到了河。大抵是退潮之故，水平面下降了近半米。一艘挖沙船停靠在中之岛一侧的岸边。白天，幸田几次看到挖沙船作业。挖沙船的巨大铁铲挖起河底的沙石，只要有轮船驶过，被搅动的水花就会让异臭随风传开。流经大都市的河流有着不可思议的相似。它们似乎是唯一没被人类征服、兀自存有尊严的东西，是一片尚未被人类完全糟蹋的自由之地。哪怕是淤泥和垃圾的臭味，都会让人领略到一种河流特有的自由气息。

幸田想打开窗户，无奈窗户上了锁。

对幸田而言，开锁是小菜一碟，但他懒得动手。幸田觉得烦闷，又拿起了望远镜。突然，他看到了一个适才用肉眼观察不到的地方。

——银行屋顶机房的窗户。而且，窗帘被拉开了。

幸田立刻调整望远镜，放大倍数仔细观察。从百叶窗的缝隙中，他看到室内有四台笨重的大型机器，而且看到了机器上带有粗金属线的滑轮。具体结构虽然看不清楚，却足以推测机器上另有轮轴和飞轮。这大概是电梯的曳引机。幸田大体知道电梯的构造，却是首次看到真实的曳引机。这引起了他的兴趣。屋内另有一排像是橱柜的钢板箱，想来当是控制盘和继电器盘的变压器。

这个有窗户的房间就像一个小方盒子，刚好罩在银行正方形大楼的脑袋顶上。屋内曳引机的四角恰好固定在大楼的中心线上。幸田从未踏进银行大楼，却想象得出大楼的内部结构——主要通道呈十字形交错，电梯位居正中，房间则挨着那通道分布四周。要想搞清具体情况，唯有深入大楼内部。这让幸田有了一种压迫感。

"看到什么有趣的东西了？"

北川不知什么时候醒了，挠着那一头鬈发，又打了个哈欠。然而，他的头脑肯定是完全清醒了。

北川一副娃娃脸，长相比较端正，很是讨人喜欢。细看的话，就算是他刚睡醒的迷糊样里，都有种让人不容小觑的锋芒。尤其是他的眼睛，哪怕蒙眬时都不失光泽，似乎他的视网膜构造跟常人不同。

"六点半了啊，快到上班时间喽。"北川从床边走到窗畔，说道，"快看那个停车场的入口，马上就会有辆车开过来。"

幸田将镜头转向刚才看的大厦的西南角，第一次看到有个保安走出值班室，站到路上。大概是值夜班闹的，保安打了两个哈欠。那是个瘦小干瘪的男人。他伸了个懒腰，往东瞥了一眼，便急忙跑回值班室。很快，道闸被抬起。正如北川所说，一辆非常普通的铁灰色皇冠车驶向停车场入口。

“对，就是它。能看清车里的人吗？”

“看不清。”

从幸田他们的位置首先看见的是副驾驶席，驾驶席看不太清。只见皇冠微一减速，没有停留，径直去了地下。

“我告诉你，幸田。那个男的住在吹田区南千里的高台①一带，从我家能看到他家。他有三个女儿。”

“这人是谁？”

“住田银行国际部次长。”

“干外汇操作的？那这个人的头脑肯定不简单。”

“不光这些。他最近被调到了银行的投资部门，和住田证券合作进行黄金的期货交易——就是热门的黄金证券。住田商事增设了一个黄金进口部门，住田仓库成为东京黄金交易所指定的黄金保管地点。这些，你知道吗？”

“完全不了解。”

“好吧，幸田。最关键的就是，那家银行的地下现在成了受住田仓库株式会社委托管理的分仓库。”

“就是说，那里有金砖？”

“每块一公斤重的金砖，那里共储备了六吨，价值一百亿日元。报上登过这事。当然，这里的黄金储量和田中贵金属的相比，算是少的。”

“是吗？”

“你怎么想？”

幸田答道：“那里肯定配了看守一百亿日元的警卫力量。”

---

① 地势高而平的台状地区。

北川冷笑一声，侧头抽了口烟。

"幸田，我是这样想的。我们首先要找出他们的漏洞。如果没有，就给他们制造点。我们要多方位同时攻击。比如，我们可以让大楼里的警报器同时响。这样一来，负责监控的那些家伙就无法立刻判断是哪里出事……基本上，就是类似这样的做法。"

"那需要很多人。"

"目前，加上你，共五个人，或许会是六个人。总之，三个人负责进攻，两个人在外围等候……"

"照你这样说，真不如去买彩票。"

"你这样想？做做看嘛。当然，如果不用吊车，六吨黄金是拿不了的。我们最多偷五百公斤吧。"

"一克黄金值一千九百日元的话，五百公斤就接近十亿日元……那倒不如偷点纸币，又不占地方，装得还多。"

"福泽谕吉①的纸币？没兴趣。我就是冲着金砖来的。"

北川笑得连肩膀都跟着抖动。北川大概一米八五，比幸田高十公分，无论到哪儿都很扎眼；他的体重是八十公斤，比幸田重二十公斤。但是，他不笨重——不论神经、肌肉，都比常人更加灵活。上学时，他曾组建业余爵士乐队，有人说他唱歌酷似地道的黑人。实际上，他的生活和他的音乐一样具有良好的韵律感。正是这韵律感支持着他大脑的运转。

---

① 福泽谕吉（1835—1901），日本近代著名思想家、教育家，日本著名私立大学庆应义塾大学的创立者，宣扬脱亚入欧论，对明治维新的影响很大，其肖像后被印到了一万日元的纸币上面。

和北川相比，幸田自觉顽固、冰冷。幸田思维不大敏捷，是爱钻牛角尖的类型。一旦开始思索，他就会全神贯注，完全忽略周遭事物。这自然是很危险的。但是，幸田越思考就越冷静，也越无畏。北川会邀请幸田前来合作，大概就是看中他这一点吧。

不管怎样，北川所讲的事情委实当得"大胆无惧"四字，近乎疯狂。

幸田只觉得心脏的某处渐渐兴奋。然而，那不是狂热的悸动，而只是毫无征兆、微弱跳动的节奏。

北川是正确的。老实说，幸田竟没觉得有何不安。事情固然只是初步构想，但就算目标是永田町的首相官邸，幸田也只会是同样的反应。做任何事情都要先制订计划，继而考察地形，筹措准备，再去实地演练，最终实施计划，悍然进攻。在这一过程中，幸田会出现各种各样的神经反应症状，但没有哪个是预先想得到的。只有行动开始，他才会真实感觉仿佛停止的时间正在分分秒秒前进。

"今天也很热啊。"

北川说道。他的额头上有些汗水。强烈的阳光突然从信托银行大楼的屋顶照射过来，让幸田不由得眯起双眼。银行的石头建筑反射出淡淡的橙色，土佐堀川的水面闪耀着盛夏的金黄色，连挖沙船也沐浴在阳光之中。中之岛对岸的高层建筑群更是折射出耀眼光芒。

幸田看不到高楼下面的情形，却知道那里林立着无数破旧的招牌和数以万计的窗户。

再过片刻，几十万贫穷的劳动者就会汗流浃背地拥入城市。一到中午，街上就充斥着油炸食品的油烟味，还有乌冬面、荞麦面的香味。这个缺乏秩序、厚颜无耻、神经迟钝、像个胃袋的城市，就此苏醒。

在这样的地方做事，理应有与之相符的做法。如何进攻，如何胁迫他人，如何逃走，在东京和在大阪是不一样的。在大阪，行动要简单直接，不讲技巧，但要出其不意，使对方措手不及。进攻应充满冲击力，痛快无比，才能圆满收场。

北川的计划，想来正是这种风格。北川出身于千叶县船桥地区，之所以来大阪一住八年，正是冲着这个计划。当然，堪称日本史上之最的酷暑，同样促成了他的奇思妙想。

幸田没太细想，只是觉得这倒也不错。他在东京生活了很久，却不排斥大阪风格。若问他更喜欢哪种风格，其实他哪种都不喜欢。

一切有人类存在的地方，不管是城市、农村，他都讨厌。他想寻得一片没有人类的土地。世界上一定有那种地方。在那样的地方，他要脱胎换骨，开始新的生活。幸田再有一年就三十岁了，而三十岁正是他立志完成梦想的期限。

只听北川问道："你做吗？"

幸田答道："这要看你如何规划。"

"我会花些时间好好设计一番的。"

"你有大致的计划了？"

"算是吧。不过你和我肯定会负责进攻。别人恐怕不行，就算让他们做，只怕也做不好。"

"我还是那句话，成败取决于计划。"

"不错。你好好考虑考虑，过几天把决定告诉我。"

昨夜入住酒店时，幸田一副白领装扮——身穿他唯一的一套西装，脚蹬他仅有的一双皮鞋。此刻，幸田再次套上这身行头，把望远镜放进空空的公文包，随北川出了酒店。北川直接坐地铁去运输公司上班，幸田则坐出租车返回吹田的公寓。仓库公司的工作九点才开始，现在去太早。

幸田途经 JR 吹田站的北出口，从那里朝着外环线的方向而去，就到了朝日啤酒工厂的门口。幸田下车之后，从那儿沿着通向片山町的坡道步行五分钟，穿过高台的荒地，再走过一段下坡，就到了市立医院后方的家。

幸田上下班总是重复这段十分钟的路程。隔着高台的草丛，可以将对面城区的风景尽收眼底。深灰色的屋檐下，有幸田以前住的地方及其附近的胡同，还有天主教堂的尖塔。昭和四十年，那个教堂出了一次火灾，除了尖塔，别的都被烧没了。眼前的教堂是后来重建的。

教堂里目前住着至圣赎罪主修道会的修女。昭和四十年，这里住的是北大阪教区的一位年轻神甫。幸田犹自记得神甫身上滑稽的黑祭服。那衣服像长裙一样从脖子垂到脚踝。上了大学后，幸田才知道这种衣服叫祭服。当年，神甫穿着祭服，走在幸田现在走着的路上，往来于附近的老人公寓和保健所。幸田自打懂事之后，好像每天都会看到神甫的身影。

幸田不知道神甫的名字，只知道他住的是教堂旁的一座两层小楼。那里的一楼是集会所，提供周日礼拜或儿童弥撒、妇女弥撒之类集会的场地，所以总是人来人往。神甫上午穿梭于家和礼拜堂之间，下午则在附近转转。

神甫家对面是一片居民区，幸田家就在这里。这里从教堂走两分钟就能到，地势却比教堂低洼，只有七拐八拐地从住宅区走出之后，才能看到教堂的尖塔。而且，这里的道路格外狭窄，连一辆车都无法通过。

幸田隔壁的阿姨常去教堂。一到星期天，她总会拿着白色花边的手帕，提着黑色的小包，去教堂做礼拜。她的三个孩子也跟着去，每次都会带些点心回来。有时，为了争抢点心，他们会扭打在一起。

幸田从没去过教堂，母亲也不跟他讲这方面的事。但是，幸田知道母亲是去教堂的。大家都是星期天去，唯独母亲不然。母亲总是平日去。她有时会让幸田去教堂对面的车站等她，独自踏上石阶前往教堂。片刻之后，穿着黑祭服的神甫便会陪着母亲出来。母亲向神甫恭敬行礼之后，经台阶离开教堂。

幸田就只记得这些。不知何时开始，神甫不见了，到处都没了他的身影。恐怕是教堂被烧，他没了住的地方。

往事不堪回首。幸田五岁时就离开了那儿，却对那儿有着鲜明的憎恶感。然而，因为工作原因决定来大阪居住时，他想得到的居住地区只有这里。人有时候很需要些憎恨。为了活下去而工作，憎恨是必需的。

幸田回到公寓，关了一晚的房间闷热、潮湿，让人很不舒服。幸田打开窗户，热气迎面扑来。朝日啤酒工厂巨大烟囱的红白条纹炫目耀眼。

时值八月之末，这附近却尚未摆脱酷暑的感觉，简直就是日本的热带地区。

八月二十五日，星期五。幸田的公司把工资打到了他的银行卡上。

零工的报酬是用现金支付的。当天下午，暑假时来这儿做短期兼职的学生们三三两两来到公司财务课的窗口，领取装着现金的信封。

办公楼和仓库不挨着。仓库是框架式的双层建筑，总占地八百坪，算是中等规模。半个仓库存放着附近食品进口公司和塑料容器厂商委托看管的物品，另一半暂时空着。仓库外三百坪的空地上，堆满了市内大型酒类批发商的啤酒瓶箱子。

幸田近两月来的工作就是帮忙搬运酒瓶。比起在平均气温达四十摄氏度的仓库里从事琐碎的检品和分类工作，幸田更愿意在烈日下从卡车上卸酒瓶。天气炎热，又赶上中元节，每天都有很多酒瓶被拉到仓库来。幸田穿着长袖工作服，戴着手套，额头、脖子都缠着毛巾止汗。纵然如此，一到中午，他的衣服上仍然沁满汗水。

哪怕是很久很久以后，幸田兀自对这酷热记忆犹新。这里堪称日本最热的地区。人、土地、天空，就连搬运车的引擎声都让人觉得燥热不安。

幸田渐渐习惯了这种炎热。他希望这炎热烧尽他的脑袋和肌肉，却又怕高温会杀灭细胞，折损寿命。实际上，高温会把身体内部的东西更明显地挖掘出来。

幸田和北川一直没再碰面，直到一星期前，北川利用工作之便，开着六吨大卡车来到了幸田的仓库。当时，北川那意味深长的眼神让幸田浑身上下的神经都起了反应。幸田来到大阪之后，这是第一次听北川谈到"工作"二字。他全然没有犹豫，觉得总算有活儿干了，暗自窃喜。

幸田只觉得身体异常轻松，每天都很兴奋。

那几天里，幸田光喝酒不吃饭，瘦了好几公斤。直到被北川的弟弟春树提醒，幸田才猛然察觉。春树平时不大说话，那天却突然对幸田说道："你，肋骨露出来了。"

午休后，幸田看到了来办公楼领工钱的春树。春树照样面无表情，脸色苍白，默默站到了财务课窗口前方。办公楼的女孩说些"小春，工作辛苦不"之类的话，春树晃晃脑袋，不置可否。幸田觉得不该再用"小春"来称呼十八岁的春树，无奈办公楼的人都这样叫。幸田觉得该称他"北川"才好，但那样就无法区别"春树"和他哥哥"北川"，索性直呼他的名字——春树。其实，他们很少交谈，彼此都是用眼睛来确认对方的存在。

高二读了一半，春树就辍了学四处溜达。三个月前，北川把他叫到大阪来，让他住在自己家，逼他找了份商品分类、填写单据的简单工作。同事对春树的评价尚好。听北川说，春树小时候有自闭症。但是，就爱好打扮这一点来说，幸田觉得春树有些喜欢自我表现。

总之，幸田觉得春树和一起工作的同龄人相比，多少有些奇怪。他鲜有表情，眼神却敏锐得犹如动物。春树手脚修长，按说是极具爆发力的，但不知他是不会还是忘了如何调动身体，肢体动作反而僵硬、笨拙。春树总是形单影只，不和任何人说话，孤独生活。幸田觉得春树虽然呆板，却很单纯。

北川的想法大概和幸田一样。然而，北川以弟弟为荣，这只要听听他说的话就会察觉——

"他身上有我缺乏的东西。"

幸田要回去工作，春树跟着他，而且主动说话。这很稀罕。

"你真能干啊。"春树边说边扬起下巴，指向停在室外的搬运车，又道，"你为什么这么拼命干活？就算不这么拼命，你也有钱生活下去，对吧？我，知道你们的事……"

"你真没想象力。人如果不干点什么，就不会知道自己能干什么。那你呢，你为何工作？因为你哥说你了？"

"当然是为了钱。"

"你想买什么？"

"想买辆中型越野摩托。"

"大概得多少钱？"

"各种费用加在一起，六十万出头。"

"那你再干两个月就能攒够钱。"

春树不答，须臾嘟囔道："这样的生活根本就是下地狱。"

这是幸田第一次认真和春树谈话。交谈之际，幸田看了春树好几次。春树总是那副漠然神情，汗滴从额头和脖子渗出。年轻的春树受不了这种炎热，幸田也开始冒汗。两人没吃午饭，都只喝了四杯大麦茶，结果更觉得热了。

"大阪真热。"

幸田没话找话。

"啤酒不错。"春树答道，嘴角微微抽动了一下，像是在笑。他快走几步，很快就爬到仓库的二楼去了。

那天傍晚，北川给幸田打来电话，说道："我冰好啤酒了，你下班后来一趟吧。另外，上次说的事情，你该决定了。"

北川的家在南千里一座十二层公寓的第十层，三室一厅，月租十二万日元，是一套很普通的公团住宅①。家具全是他太太选的，感觉挺呆板的。

搬来大阪之后，幸田第一次见到北川的太太和孩子。很长一段时间，幸田都不知道北川结了婚、有了孩子。上大学那会儿，幸田和北川不是同一个系，而且不是同一个社团。完全是被工作联系上的。听到北川有了家室，幸田一时竟有些难以接受。幸田所认识的北川和众人眼中的北川好像是两个人。别人眼中的北川，只是个相貌平常、年富力强、极其普通的男人，却一直很有女人缘。正因如此，北川才会有老婆孩子，才会有普通的家庭生活。

这当然算不上双重人格。拖家带口的北川和痴迷犯罪的北川都是真实的北川，又都不是真实的北川。这是幸田的直觉。这一点上，幸田自觉和北川很像。他根本分不清哪个才是真实的自己。即便存在这种真实的自己，幸田的万年惰性大概也不愿承认。

---

① 在日本，为了推进公共事业，由政府全额出资或政府和地方公共团体共同出资建设的住房。

幸田和北川选择了截然相反的生活。北川有得是朋友，周旋于女人之间；幸田则独来独往。幸田不赞同北川的生活，却又无法全盘否定。幸田的感触很复杂，像个无法说清的怪物。因之，就算去同一个地方做同样的事，两人得到的和失去的都总归有些不同。

看着北川家橙色的门，听着门铃响起，幸田突然开始寻思和北川交往的年头。这疑问瞬间冒出，让幸田觉得很怪。

门一打开，幸田就听到北川四岁的儿子大喊"镜镜哥哥"——"镜镜"是指幸田的双筒望远镜。有一次，幸田来北川家玩，四岁的孩子偶然看到他的双筒望远镜，小脑袋瓜里就冒出了这个名字。从那以后，幸田就成了"镜镜哥哥"，孩子见到他就吵着要望远镜。

"今天没带。"幸田说道。孩子说着"不嘛"、"不嘛"，用小手捶打幸田的膝盖。

北川太太闻声从厨房出来，说道："小祐，不可以，不可以这样任性。"便把孩子拉走了。北川太太大概是北川交往过的最不起眼，但脾气最好的女人。她的名字好像是"圭子"，驻颜有术，身材苗条，谈吐温柔。

"小祐，下次再玩望远镜吧。叔叔白天才带着它，现在外面天都黑了，用望远镜也看不到，你说是不是？"

北川太太拉着小祐往厨房走去，笑着和幸田打了招呼。她的嘴角在笑，眼神却很不安，笑得似乎不大自然。她总是如此，就好像世上有太多可怕的事情让她惶恐不安。

"对不起，真不好意思……"

北川太太把这句话重复了好几遍。她话音柔和，让人听得非常舒服。被她这样一说，幸田反倒不好意思了。

"哪里哪里，是我不好，总来打搅你们。"

幸田把在车站附近买的哈根达斯冰激凌递给她，匆匆脱了帆布鞋进屋。期间，她又说了好几遍真是不好意思。

玄关处，还有一双白色的锐步鞋，不是北川的。看来还有一位朋友来了。从里面的起居室，传来北川爽朗的笑声。

"幸田，我给你介绍一下，这是野田。去年，我们在南港的进口车展上认识的。这家伙，开的是最新款的沃尔沃740。"

"什么呀，贷款买的，你就别这样替我吹啦。当时搞促销，利息百分之三，所以才买的。总觉得这车笨重得跟你一样，买时犹豫了好半天呢。"

野田说话时像个学生。只见他从沙发上笑着站起，一只手伸向幸田。他的个头和幸田接近，但身体结实，估计经常锻炼。他穿着时髦的针织衫搭配休闲裤，很得体。野田从头到脚都像城里人，没小地方出身的土气，唯独那一口爽朗的大阪话总让人觉得有些做作。

"我是野田，请多关照。"

"我叫幸田，请多关照。"

两人握手之后坐下。野田又笑出声。

"喂，北川。你说是你的好朋友，我以为又是个怪人呢。"

"幸田吗？怎么说呢，不是说人不可貌相嘛，这家伙是个可怜的厌世主义者，几乎没有兴趣爱好，只喜欢一件事——

像饥饿的小狗一样四下里闻来闻去。你猜猜他闻的是什么？
是那些无人商店的后门！这家伙挺奇怪吧？"

"哎呀，挺帅的嘛，总比闻女人的屁股要好吧。"

阴森森的话，野田却说得若无其事。他语调柔和，仿佛
麻痹观众神经的魔术师，总让人事后才察觉谈话跑题。

幸田喝完一杯啤酒，再次打量野田，暗想这家伙肯定是
个花花公子。开沃尔沃的男人都有些臭毛病，也很自负。这
些都写在野田的脸上，也是幸田对他感兴趣的地方。

强烈的虚荣心和自卑感构成野田的矛盾，这无疑非常危
险，奈何野田反而对此得意扬扬，让人难以索解。践踏自己
并以此为乐……这家伙是个受虐狂吧？兴许这是直率，兴许
这总归是不自信。野田的笑容、嗓音、谈吐都说明了这一点。
爽快固然爽快，却暗藏着些许错位。

幸田不觉怀疑这家伙行不行。他不无疑虑，却决定相信
北川看人的眼力。北川从不会跟没用的人联手行动。

北川走过去放 CD。是赫比·汉恩考克①以前的爵士乐，
幸田不知道具体的曲名和年代。野田说他喜欢这曲子，随着
音乐轻轻晃着膝盖。

北川不想让家人听到下面的谈话，所以才会播放 CD。他
坐在沙发上注视着幸田，眼神凄厉得犹如被扒了层皮的野兽，
让幸田觉得腹部好像突起某种坚硬的异物。

只听北川说道："哎，幸田，你猜猜这家伙是干什么的？"

幸田随口道："外企销售。"

---

① Herbie Hancock（1940—），美国著名作曲家。

其实，他想回答的是"公子哥呗"……

"很遗憾，你没猜中。"北川笑道，"也难怪，他和我们专业不同。他是做电脑维护的，大阪市的大型企业就像他的私家花园，他都可以随意出入。"

幸田只得说道："啊，佩服。"

野田脸上的虚荣大概就是来自他那种社会地位。如此说来，这个人未免太自我膨胀了。

"哪有。只是个体力活。"野田苦笑道，"我都三十多了，还干这种女人都能干的活。比如电脑主机，工作起来总是很热，对吧。可打开机箱一看，蟑螂竟在那里产了卵。"

北川问道："那个住田银行总部，你也去过吧？"

"那里真是很大。"野田笑道，"住田的楼太旧了，老鼠都在通风管里建窝，只有联机的电缆被厚厚遮盖着，怕被咬坏。"

"是吗……那个电缆线，你知道是如何铺设的吗？"

"住田的嘛，我没有全看过，但估计哪儿都一样。"

"画个图给我和幸田看看吧。"

野田嘴上说没的可画，却还是在北川递来的报纸夹页背面用圆珠笔画了个四方形的盒子——接线盒。他又根据接线盒画了几条延伸出来的线，继而描了些梯子状的分层。

"走廊里应该也有这样的接线盒，它上面还有拉线盒。天花板里的线缆和PS塑料的中间接线盒连着，这是电缆架的通路。每层都有这种装置，都连着地下的交换机。交换机里有从主线缆分出的接线口，前端是地下电缆。电路有干线和备份两套系统。通信电路也有两套系统。"

"最重要的就是通信电路。它连着很多警报装置，还直接和保安公司相连。要破坏通信系统，估计要剪断某处电路。"

"剪断电路的话，同样会发出警报……你不知道？别说电脑主机，日本所有银行的自动取款机的红色警报灯都会一齐亮的，笨蛋！"

"就是说，如果不先破坏掉警报装置，我们就进不去？"

"所以，我们要放弃'剪断电线'的做法。倘若剪断哪里的话，他们第一时间就会知道线路有异。"

"那该如何是好？"

"把紧急情况下使用的备份顺带清除就行了。我的意思是把交换机完全捣毁，要不然就破坏含有地下电缆线的管道。嘿嘿，真干的话，破坏掉地下管道会比较好，那样会像是外部故障……"

幸田不知道野田说得是否认真。如果这就是大阪式思维的话，那连北川也要甘拜下风吧。幸田一时走神，只是呆呆看着爽朗憨笑的野田。

北川神情凝重，似乎正盘算着什么问题。

"前一阵，你说北滨四丁目有道路施工，是电缆线的铺设施工吗？地下管道……就是那个？"

"位置上很接近，但我不保证那里就连着住田的分接线。也许住田用的是另外的管道。"

"那就要钻进去确认一下。无论如何都要找到那条最重要的电缆线，这是你的工作。你要设法摧毁所有的电话线。"

"只破坏电话线，也不能解决所有问题啊。"

"如果彻底摧毁地下管道，也会造成停电吧，就像'外部'事故引起的停电那样。"

"供电电缆连有事故感应装置和警报线路，一旦出现异常，电力公司会马上赶来。"

"就算他们能立刻赶来，总不会立刻就修好吧。你还记得东京的地下电缆起火事故吗？用了大半天才恢复正常。"

"然后呢？"

"剩下的就是大楼内部的电力系统问题了，只要再破坏掉蓄电池和自备电源装置就好。"

"那个啊……红外线感应器都带有应急蓄电池，难道你要逐一捣毁？倘若切断了电话线，确实无法向外界报警，可蜂鸣器和电灯都安装了蓄电池，所以它们会继续工作。总之，那样的话，保安会立刻来查看的。"

"晚上最多有两三个人值班吧。对付他们，小菜一碟啊。"

"对付？你是指……"

"杀掉。"

野田盯着北川的脸，问道："谁去干这事呢？"

北川将脸凑近他，郑重说道："我呗。"

两人的脸贴得很近，都笑了。或许野田觉得这是玩笑话。

"别担心。我和幸田会办好这事。"北川说道，"这个幸田貌似温柔，该出手时却不会心软。所以，我们合伙十年了。"

"哦？'沉默男人的札幌啤酒'①的境界？这个人挺像。"

---

① 此处源自一句广告语——喝着啤酒的沉默寡言的男人，魅力无穷。

幸田不知"这个人"指的是不是他。他想看看野田的表情，野田却扭过脸又和北川聊上了。

"先声明，我还没说干呢。让我再考虑考虑。"

北川问道："那你什么时候能想好？"

野田用手戳戳额头，笑道："多喝点酒再说吧。喝晕了，脑袋这儿若觉得'干什么都行'的话……"

"脑袋的哪儿？"

"这儿，大脑——你们没有这儿。"

"哎，是吗？那，多喝点。快喝，快点喝晕。喝吧。"

北川又开了瓶啤酒，给野田的杯子倒满。野田嘴上说着"傻瓜"、"行了"之类的话，却一饮而尽，笑得酒都喷了一半。看来他是当真了，装模作样的性格表露无遗。幸田不觉暗想这家伙真会放烟幕弹。

北川不想让野田太自我膨胀，所以故意把话讲得朦胧模糊，这正是他细致谨慎的表现。北川就是这样一个男人。缜密的计算和坚定的意志背后，分明是天生的细致。野田看穿了北川的意图，北川则非常了解野田的性格。两人之间半是信任，半是试探。

见到他们，幸田唯有自叹单纯。幸田城府不深，用不着别人试探。他的判断基准只是事情的正确性和可能性，答案则只有"是"、"否"。但是，他固然不相信人，却又不怀疑人。

手里的杯子有点温热，幸田身体一颤，又去取了个空杯。这自然逃不出北川的眼睛。北川立刻伸来酒瓶，给幸田的新杯子倒满啤酒。这家伙总是这样细致、敏感。

只听北川低语道："又一个人想什么呢？"

没等幸田回答，北川的目光又投向野田。

"野田，说正经的。如果断了电，电梯停了，那就麻烦了。我们要从地下把五百公斤重的东西运上来呢！"

"电梯有单独的应急蓄电池。当然，有的大厦系统也会在发生异常情况时，自动锁上电梯。"

"应该会有单独控制电梯的装置吧。"

"这个，只能去问爷爷。"

幸田不禁插口问道："爷爷？那是谁啊？"

野田答道："是我朋友，去年还在电梯服务公司工作。大厦的电梯每月都会进行一次检修，他就是干那个的。虽说年龄有点大，倒是个挺酷的老头。我们有时会喝一两杯，那老家伙喝半瓶伏特加都不带变脸色的。"

北川补充道："我最近通过野田认识了这个人。"

"现在，他在市建设局的北部区公园事务所上班。说是老年人才中心介绍的。简单地说，就是干些清扫道路、打扫公园的活儿。哎呀，爷爷是个让人捉摸不透的老头，他还挺有学问。上次我看到他口袋里装了本书，就问他是什么书，结果他说是桑原武夫①的书。还说他在监狱的时候也读书。他说这些时，一脸严肃。所以我感觉他说的不是疯话。"

听到野田说清扫道路，幸田登时想到前几天从土佐堀附近看到的环卫工。虽然他和北川他们说的这个老人无关。

幸田问道："靠得住吗？"

---

① 桑原武夫（1904—1988），日本的法国文化、文学研究者。

"可靠。爷爷算是个沉着冷静的人。"野田笑了,"在这个混乱的社会,懦弱是不行的。这个爷爷,做起事来挺凶狠。前几天他走在南区,一辆奔驰停在路边。从车窗飞出块口香糖,恰巧被爷爷踩到。爷爷当场就脱下鞋,在奔驰车的发动机盖上用力蹭鞋底。我和北川都看呆了。可奔驰里的年轻人看到爷爷的眼神,一言未发就开车走了。真把我们吓了一跳。"

"不管怎样,野田。跟爷爷讲这件事,你可别笨嘴笨舌地说错话。话该怎么说,你得考虑好。"

"当然,我得动动脑筋。对他撒谎是行不通的。碰碰运气吧。他总让我看着他的眼睛说话。"

"什么样的眼睛?你学给我看看。"

野田把脸凑了过来,说道:"就是这种眼神。"

北川微笑道:"所以,你先要下定决心。"

"说得也是。真是服了你。"

"这是当然的。好了,二位,我们要高高兴兴去做这件事。否则就没意思了。我们当然要成功,但是,小心谨慎策划的行动和平淡无奇的行动是不一样的!我喜欢周密筹划,干大事。不能引起轰动的活儿,我不干。所以,我们这次要干得惊天动地。我决定了!"

北川放下啤酒,坐直身体。他那因酒精涨红的脸犹如一块烧透的铁板,似乎很快就会有红色的颗粒跃然而出。

"你们两人听好,停电、切断通信电缆、发电机故障,这些我都想要。我们要用外部事故掩饰大楼里的内部事故。所以,外部事故搞得越大越好。破坏掉地下管道当然好,但光这样是不够的。出现事故的地方越多，他们就越难查清原因，注意力就会越分散。对了，野田，那个中之岛的变电所怎么样？那地方离得挺近的，如果摧毁那儿，银行停电就不会再引起注意了吧。"

"又来了……你疯了吧？"

"问题只是我们是否值得这样做。"

"值得什么呀。为了找到耐火金库，就把房子烧了？有这样的傻子吗？还没找到金库，消防车就会赶来灭火。你说的不跟这一样？"

"我可没说把目标建筑烧掉。我们只要烧掉附近的房子就好。当然了，冒险放火这事情值不值得，确实要再想想。总之，接下来就要制订详细的计划，然后按照计划行动。"

"先说好，我可搞不定那个变电所。那儿的设备极其庞大，钳子、螺丝刀什么的恐怕都不管用。"

"别担心，那个由别人来做。"

"别人？"

"幸田有朋友。对了，桃太郎那家伙最近怎样？"

幸田答道："小桃啊……偶尔能见到他，应该还活着。"

话说回来，幸田颇有段时间没看见小桃了，最后一次见到他是星期二。那时，小桃出了点事。后来，幸田几次从家里张望小桃家的窗户，都没看到他。不知不觉，幸田就忘了这事。小桃现在怎么样了呢？

野田拖着长音，问道："桃太郎？谁呀，他是——"

北川答道："我真不知道桃太郎——小桃——从哪儿来。"

“是个来历不明的家伙啊？”

“我只知道他是工大的研究院学生，在附近的豆腐坊打工。对吧，幸田？现在好像是暑假，那小子会不会回老家？”

“不太清楚，大概还在这里吧，他有时会去图书馆看书。”

“在豆腐坊打工？都干些什么呀？”野田又问道，“在研究院学习的高材生，怎么会和我们有关联呢？难道这小子是激进派，要不然就是极左暴力分子？”

幸田答道：“不是那样的。”

但是，小桃究竟是什么人，幸田也答不上来。本来，关于小桃，就没有什么特别可说的。

“小桃可能是进修生或是助教吧。这个人不爱说话，所以我也没多问。我和他是以前在秋叶原的工具专卖店认识的，后来在大阪又偶然碰到，就搭了个话。这两三天，我没有见到他。他好像出了点事。”

“什么事？”北川反应得很快。

“不太清楚。那个家伙能出什么事啊？”

幸田不想多事，把话说得很含糊。三天前的事情，他还没告诉北川。那天发生在小桃身上的事，还有小桃讲的事，这些都没必要告诉别人。那只是小桃个人极其隐私的感情和事件罢了。想到这儿，幸田反倒担心起小桃。

野田说道：“这样呀，听起来是个可靠的人。”

“若说女人，这小子可是一点桃花运也没有。”北川侧目而笑，又对幸田说道，“哎，幸田，那个小桃也就能和你好好说个话……你觉得他怎么样？”

"他能不能加入，我不知道。但至少他有特别的途径，这是确定无疑的。比如，我们办不了的事，他能帮我们处理好。例如破坏变电所这件事，他总能想点办法。"

"太好了，幸田，那小子能制造炸弹吗？"

"或许能吧。"

"炸弹？"野田怪叫道，"听好了，幸田，我说的不是激进派那些家伙的玩具炸弹。我要的是有精巧的起爆装置、规格大小不一、种类繁多的那种真玩意儿！"

"只要给他备好材料，就没问题。"

"这事好办。剩下的就要看小桃本人的想法了。试探他的任务，就交给你了。"

幸田答道："好。"

然而，幸田委实没把握搞定小桃这个人。无论小桃是否答应，若想说服他，肯定要动真格的。幸田做好了思想准备。

反正这又不是坏事。

若想说服小桃，就不能不痛不痒地征询、试探，要直截了当地和他谈这件事。

野田拱手在幸田和北川四周来回地拜，嘴里念叨着："南无阿弥陀佛，真的，我什么都不知道啊……罪过罪过。"

"喂，野田。大家做好各自的工作就行。你呢，要把你的本领使出来。我们是八仙过海，各显神通。爷爷有他发挥的空间，小桃有小桃的舞台。想想看，没有一个闲人，每个人都有用武之地。只要各路人马到齐，计划自然就有了。你们想想看，这不是很有趣吗？来，喝酒，喝酒！"

北川去厨房拿来威士忌、冰块和玻璃杯。一个只穿着内裤的孩子从开着的门口探出头来。小孩像是刚洗完澡，头发湿淋淋的，全身都抹满了痱子粉。

"祐一！刷牙没有？"厨房传来北川的吆喝声。

"刷了。"孩子答道，又朝幸田和野田笑道，"没刷。"

"小祐，看你头发还滴着水，这可不行。"野田说道，"真是个不听话的孩子。怎么不让妈妈给你擦擦呢？"

"妈妈给我擦了。"

"撒谎。看看你的头发，还这么湿。"

野田让祐一坐到自己的膝盖上，摸了摸他湿乎乎的头。野田喜欢孩子？难道他只是外表看起来像个花花公子？

祐一好像特别喜欢野田，他已经把幸田和望远镜的事情全忘了。祐一告诉野田，明天要去世博公园，还说要去坐过山车。野田哄着他玩，问道："你不害怕？会不会哭啊？"

不管野田是奶油小生还是花花公子，反正幸田觉得他没准跟北川一样经历丰富。北川的家只是非常普通的三室一厅，却比北川本人要时尚些。沙发、音响、地毯、百叶窗和床，吸尘器的声音，卫生间、食物的气味，还有女人的气息……房间里充满生活的感觉，无奈这些都跟幸田无关。

幸田脑袋里一片空白。正午的酷热、电梯的声响、朝日啤酒工厂的烟囱……他都感觉不到了。此刻，他脑中全是刚才谈到的东西——银行大楼下面的地下电缆线、地下管道和电梯的钢索。他脑海里全是它们，指尖能感知它们，眼睛能看到它们。它们近在眼前，仿佛跟幸田的身体融合。

幸田不希望它们消失。被某种东西占领的肉体，总会在一瞬间充满力量，甚至拥有某种节奏。幸田的神经变得敏感，眼睛和耳朵都好使了。他似乎看到了平日无法看到的东西，听到了平日无法听到的东西。一瞬间，这世界骤然鲜明。

　　平常，幸田总是辗转难眠，哼哼着"热"、"好热啊"之类的话。今晚之后就不会这样了。那个地下停车场的入口、警卫室、电缆线、机械室、中之岛变电所，就像垒积木似的重叠交织，又轰然倒下。幸田每夜都会这样度过。一百亿日元的金砖固然遥远模糊，但是，摧毁警戒、夺取一百亿日元的美梦，幸田一时半会儿是醒不了了。

　　幸田觉得有了奔头。眼下，行动尚未到实质阶段，正是心态最轻松，时间最宽裕的时期。幸田望着身边打闹的祐一和野田，觉得他们的言行举止都很可爱。北川从厨房回来，又开了瓶波本威士忌，而且用微波炉烤了些花生，香气诱人。北川太太进来领孩子，不停说着"不好意思，真是很抱歉"，柔和的语调让人甚感惬意。北川的笑声听来非常悦耳。

　　扩散至全身的酒精让幸田有些头晕，又让他有点兴奋。幸田想活动一下，就从沙发上起身，走过去拉开了阳台的玻璃门。北川笑着说"你喝醉了"，和幸田一起来到阳台上。

　　夜晚燥热的风，让人的血管骤然涨开。适才被冷气吹过的身体细胞正开始膨胀，大脑里犹如有东西软软摊开。

　　幸田只觉得全身都昏昏沉沉的。满是酒精的汗液从身体里蒸发出来。幸田用手扶着栏杆，汗液很快形成水滴，继而汇成细流，流淌下去。

"喂，幸田，把你的决定告诉我吧。"

"好。我干。"

"你必须干。我会制订更详细的计划。你有什么条件？"

"没什么条件，只是希望大家均分。"

"好，就这么定了。"

北川的手从旁伸来，幸田握住了他的手。北川稍微用力回握了一下。

北川的家在高台，从阳台可以看到一排排比较宽敞的独栋建筑。很久以前，地价还没暴涨，这里多是普通百姓的个人住房。二十年后的今天，这里就跟芦屋地区和田园调布地区一样，成了寸土寸金、让人梦寐以求的住宅地段。然而，这些占地庞大、庭院深深的房子，到了晚上却是一片孤寂的暗。这里本就不是大款云集的居住区，上一辈会被固定资产税、遗产继承税剥去很多钱，导致房价越来越高。世代交替，房屋的主人改头换面，一些来路不明者随之混进。目前，这里鱼龙混杂，恐怕女人和孩子没多久就不敢孤身走夜路了。

北川用手指着一处房子——那儿就是住田银行国际部次长的家。隔着重重叠叠的茂密树木，可以看到一个屋檐很深的独栋小楼，二楼的白炽灯犹自亮着。

房子大约二百坪，车库里没有车。看来次长尚未回来。

北川介绍道："他每天早上不到六点一刻就出门，晚上十一点以后才回来，周末亦然。这仨月，他就没早回来过。"

"最近的银行家，都没有休息吗？"

"并不全是那样。他有情人。"

"哦？"

"这是我偶然发现的。那个女的在堂岛开了家咖啡馆。除了星期天不营业，一个月大概会有两次不定期提早打烊。那自然是要跟这个男的约会。就是说，只要我们事先摸清她提前关门的日子，就知道了那个男人哪天会提前处理完工作，离开银行。"

"看来他对我们挺有用的。"

"那当然。我甚至打算让这位次长大人带我们去金库呢。"

"去停车场活捉他？"

"这个倒没想好。"

"你监视那个女的吧。我可干不了。"

"那还用说？我哪能让分不清女人和奶奶的人来干这个。"

除了这个，北川再没事情要叮嘱幸田了。幸田拒绝了北川递来的烟，俯身趴在栏杆上。

从片刻之前，公寓附近就不断有经过消音器改造的摩托车的轰鸣。这附近道路的信号灯比较少，又都是直线，搞得市里的暴走族①每周五晚上都会来这里飙车。这些，幸田是知道的。从世博公园经新御堂路到服部绿地一带是他们活动的中心地区，可能北川家附近也是他们的跑道。发动机猝然启动，直线加速发出震耳欲聋的轰鸣。幸田据此推断，这伙人玩儿的是短程直路加速摩托车比赛②。

幸田从北川那儿得知这个暴走族组织名曰"吹田联合"。

---

① 指高速驾驶摩托车或汽车，在街上横冲直撞的团伙。
② Drag Race，比试摩托车加速能力的比赛，两辆摩托车同时向400米开外的终点进发，看谁先到终点，胜负往往在几秒钟内决定。

"他们家老大索光延和春树一样大，大家都直接喊‘索’。"

"索？"

"思索的索。"

"是韩国人？"

"不，朝鲜人。他住得离那位次长不远，当然从这儿是看不到的。听说他家豪华得就像宫殿。他父亲是位久经商场的实业家，经营一家名为‘旭兴业’的公司，在市内有好几家弹子店和餐饮店。而且，他父亲是在日朝鲜人工商团体的发起人。你知道这个人吗？"

"如此说来，报纸上肯定报道过他……是稳健派吧？"

"不错，是个挺有涵养和实力的人。无奈他儿子跟他不同，非但不务正业，甚至装成一个彻头彻尾的‘民族主义者’。"

"暴走族里的人也是形形色色啊。真无聊。"

话说回来，大银行和弹子店的组合确实有趣。说白了都是冲着"钱"——人民的、来自人民的、为了人民的钱。

幸田合上更觉沉重的眼皮，默默笑了。

飞速行驶的赛车发出金属般的轰鸣声，忽高忽低，持续了半天。空中的热风随之颤抖。延伸在脚下的梦幻住宅区，其坚固的水泥建筑和摩托引擎发出的嗡嗡响声产生了共振，以至幸田感觉脚下的土地也在震动。远处有警车驶过，传来扬声喇叭的叫喊，摩托的引擎声飞过一条又一条街道。

幸田不反感这种嗡嗡声。他觉得那是打破沉闷压抑的都市生活的警报，像是对那些空虚乏味之徒的嘲讽。幸田对着三十米的高空吐了口唾沫。北川在抽烟，炙热的目光瞄着幸田。

"幸田，我不打算给你讲这些无聊家伙的事。但是，索的事情，你要稍微留意一下。"

"为什么？"

"他的靠山是那些北方佬——暴力组织和极端分子。"

暴力组织和极端分子？那家伙不是傻瓜吗？幸田自称对他不感兴趣，结束了和北川的谈话。

十点多，野田说要去南区的酒吧见爷爷，就先回去了。野田走后，北川却说野田回去是因为女人在等着他。

"听说那个女的都怀孕五个月了。"

北川没说野田是否结了婚。不管野田有没有结婚，总归是个将要当爸爸的人，今晚谈这些话时他是怎样的心情，幸田无意去想。但是，北川和幸田都没想到，北川和孩子的世博公园之游，几个月后竟成了他们人生中的一段追忆。

北川太太把孩子哄睡，又端来茶泡饭。吃完，幸田也告辞了。幸田乘电梯下楼，在公寓门厅碰到了春树。春树扛着自行车，正要坐另一部电梯。他穿着 T 恤衫，牛仔裤上沾着泥，露出的胳膊上的新擦伤和红斑赫然夺目。自行车的车把歪了，车轮也变了形。

幸田问道："怎么弄的？"

春树木然耸了耸肩，满不在乎自身的狼狈模样。

"外面飙车的那些家伙里，有个叫索的浑蛋，故意撞我的自行车。"

"出血了。"

"我会让他们向我道歉的。"

"自行车，你自己修？"

"嗯，修修看吧。我哥哥家有工具。"

春树一直背对幸田，连句"晚安"都没说就进了电梯。

JR 吹田站周围，有一片四五层高的旧公寓，那儿就是公团住宅。除了公团住宅，附近只有几栋木结构的西洋住宅和几栋联排的分让住宅①，全无商品房和独栋建筑的影子。幸田租的房子就在一栋陈旧的钢筋结构西洋住宅楼的五层。一室一厅，月租五万日元，很便宜。在东京，这个价格连停车位都租不到。

幸田家有十平方米，带阳台。从他家的窗户可以清楚看到 JR 路轨的北侧有个缓坡。坡路两旁错落分布着狭窄的房屋、仓库、街道工厂和空地，坡道的下面是朝日啤酒的工厂和 JR 吹田调度中心。空阔的天空之下，是一排排泥灰屋檐。附近隐隐传来铁道线震动的声音，又飘浮着啤酒花难闻的臭味，让人觉得仿佛置身于一个临近世界末日的城市之中。

把幸田家和朝日啤酒的烟囱用直线相连，小桃家就在直线中间，离幸田家仅三百米。只要躲开公团住宅的楼群，视野便会猛然开阔，继而看到一栋木结构楼房二楼的窗户，以及窗畔的楼梯和楼梯口的垃圾箱。

幸田喜欢用望远镜观察小桃上下楼。小桃的房间没有空调，所以窗户总是开着。晚上则很少开灯。

---

① 公寓大楼分户出售的住宅和独门独院连同土地一起出售的住宅。

有好几个晚上，幸田明明看到小桃从外面回来，确定他就在房里，却不见他开灯。他能做什么呢？每每这时，幸田就特别想知道小桃不开灯的理由。

　　五月初，为了打发时间，幸田开始暗中观察小桃。小桃似乎察觉了幸田的目光。有一次，幸田下班回来时在吹田站的北口遇到小桃。小桃主动走近幸田，说了"我是不是在哪儿见过你"之类的话，幸田称有同感。

　　这便是他俩最早的接触。

　　就是那时，幸田第一次觉得正被小桃以同样的方式暗中观察。去年五月初，幸田又在秋叶原看到了小桃，那似乎不是偶然。有一次，在JR御茶水车站的月台，幸田在发车前的最后一刻跳上了车，结果他身后的一个男人被车门关在了外面，没能上来。幸田当时没太细想，后来在秋叶原之所以会注意小桃，正因小桃就是幸田隔着JR车窗玻璃看到的那个男人。

　　幸田向小桃坦白了——他不仅知道小桃的住处，而且用望远镜偷窥着小桃。他很想看看对方的反应，哪知小桃只是冷冷一笑，说道："你是警察养的狗吗？"

　　小桃说他的名字是"宗隆生"，目前在大阪工大的研究院。他是东京都江东区出生的韩国人，五年前来到大阪。小桃穿着朴素的毛衣和牛仔裤，背着个过时的挎包，样子委靡不振，寒酸瘦弱，又有些阴郁。他个子不算矮，面部没有明显的特征，相貌着实难以恭维。当然，这似乎跟他一直面无表情有关。他说话不带口音，面部肌肉总是纹丝不动，仿佛不食人间烟火。直觉告诉幸田，这是个擅长伪装的家伙。

话说回来，人来人往的大街上，小桃的大众脸很难被人留意。因之，这又算是他的一个特点。

铁道线另一侧的旭之路商业街上，有家"丸吹"豆腐店。小桃五年来一直去那里打工。两人刚认识时，幸田只要一站到小桃身旁，就会闻到一股让人窒息的味道，其实那就是豆腐味。小桃每天凌晨三点就开始煮豆子做豆腐，九点钟去给附近的客户送货。他的工作上午就结束了，之后会不会去大学呢？幸田白天都不在家，所以不大清楚。但是，这家伙晚上连灯都不开，哪里像个会勤奋学习的人。

幸田从一开始就知道自己为何会和小桃连在一起。那绝非他的兴趣爱好或是他对小桃的关注所致。随着偶然相遇而确立的关系，犹如一种本能，刺激着幸田的神经。狗会本能地嗅出生人的气味，并在追逐气味中不断斗争。幸田就像一条嗅觉灵敏的狗，嗅出了小桃的气味，继而开始追逐。

幸田确实不太清楚小桃的想法。

一个月之后，两人的关系渐渐亲密。小桃曾说他们两人是同类。幸田虽不如此觉得，倒也不在乎小桃为何会有这样的想法。幸田认为这关系的亲密是自然而然，根本不需要理由。幸田注定会遇到小桃，就像起床后要刷牙一样，又像有时候故意偷懒不刷牙一样，两人不是常常见面。

小桃看幸田时，目光总是很柔和，两人间的亲密关系昭然若揭。虽说两人不曾推心置腹地说过话，却偶尔会一起吃个饭，或是去打弹珠游戏。小桃很喜欢打弹珠，每天晚上都会去车站前的三家弹子店之一玩上一两小时。最近，游戏机都是电脑控制，小桃嘴上说没意思，却屡屡去玩。幸田觉得那是因为《军舰进行曲》①和游戏机的噪声对小桃来说是一种兴奋剂。置身在嘈杂的环境中，小桃会变得非常活泼，甚至爱笑。他一笑，就让人觉得他到底是个二十多岁的青年。幸田只有那时才会觉得小桃有些天真烂漫。

小桃都算个大人了，竟会天真烂漫？又不是冬眠后苏醒的黑熊，何事会让他如此高兴，让他笑得如此愉悦？幸田不想再寻思了。

然而，每次见到小桃，幸田都会有些兴奋。

幸田对小桃的了解有限。跟小桃亲口说出的事情相比，幸田更想得知那些需要间接发现的情况。小桃没收到过邮件，就连邮寄广告都没有。他不订报，也没有收款员来。总之，要么就是他没有朋友，要么就是没人知道他住这里。

小桃上下楼梯时总会不断张望。有时明明到了家门口，却不进去；有时本该从吹田站北口出站，却去南出站口的广场溜达。那时，幸田总觉得除了自己，还有一双看不见的眼睛在注视小桃。幸田甚至觉得有人在尾随小桃。

而且，小桃偶尔会消失几天甚至一周。他外出时不会带平日用的那个挎包，而是背一个深蓝运动包。再次见到他时，他总是一副疲态，坐在常去的游戏机前。幸田觉得他是去打工了。幸田不知其详，却明白那是隐秘可怕、劳神费心、磨炼毅力、让人消瘦的工作。

---

① 鸟山启作词、出田源一郎作曲的歌曲《军舰》，1897年由濑户口藤吉重新谱曲，名为《军舰之歌》，1900年濑户口又将其改编为进行曲。

一想到这些，幸田就会回忆起三年前在秋叶原的工具专卖店遇到小桃的情形。

小桃那时正在店里选购小型车床、多种型号的铝制板和小的金属管、弹簧。他特意从三家店买齐这些东西，又去了专卖电器零部件的商店。小桃显然不是要用这些东西修理洗衣机或者改装汽车，怕是要制作什么吧。

大概一个月后，幸田听说涉谷派出所被类似火箭弹的炸弹袭击，登时想到小桃。当然，他全无依据。后来，幸田去荒川的街道工厂时，刚好看到朋友用车床打磨金属管。那个朋友承接加工发动机零部件的活儿，那时正生产圆筒状的零部件。看着那个直径四十毫米，长度约三十厘米的圆筒，幸田突然想到炮身，脱口说道："这里面加入炸药打出去，就是火箭炮吧？"朋友笑道："你这个外行，懂得还不少啊。"

还有一次，幸田看到附近的小学生拿着带弹簧装置的玩偶盒。那是学校手工课上做的，按下开关，两根并排铜线中的一根就会断开。一旦超负荷，保险丝被烧掉，用磁铁黏合的金属薄片就会脱开另一根铜线，带动侧面的弹簧弹起，一举顶开盒盖。里面的保险丝只能用一次，孩子们不太满意，幸田却觉得有趣。弹簧力量再大些的话，就像步枪的击铁。幸田仔细察看被弹出的弹簧，不知为何又想起了小桃。

幸田没完全想明白这事，却想得出大致轮廓。那次事件没直接通缉某人，案情似不简单。幸田想着警方翻查户籍册，调查嫌疑人日常生活、社会关系、外出情况以寻找蛛丝马迹的情形。某种意义上，警察就是公安系统的间谍。

幸田天马行空地想象，结果却什么都没发生。

他觉得小桃的笑脸就像长在脚底的鸡眼，不知从何时开始竟成了生活中不可分割的一部分。

当然，那个鸡眼越来越硬，以致幸田几乎没了痛感。但若偶尔碰到，总归不免疼痛。那疼痛不算剧烈，只是轻微的阵痛，而且过一阵子就会消失。

至少，在"三天前的那天"，它一度消失。

三天前的星期二下午，幸田身体不适，难得在家休息。上午，大概是中暑吧，幸田开着升降机工作时突然眼前发黑，只得在开着冷气的办公楼长椅上休息片刻。醒来之后，虽然身体无碍，他还是提前下班回了家。

幸田在家一直待到傍晚。太阳下山后，他关上空调，打算开窗。这时，他看到小桃家的窗户关上了，那扇窗从昨晚一直开着。几分钟后，小桃来到走廊，穿着T恤和运动鞋。从他的打扮和时间来看，他是要去打游戏。看到小桃下楼梯，幸田也打算出门吃点东西。小桃去车站时总会拐进坡道旁的一条小道。

林立的楼房挡住了小桃的身影，幸田的望远镜只能看到那儿。只见一辆小轿车缓缓驶过胡同口。这辆白色的花冠车从早上就停在离幸田家三十米远的路上。幸田早上倒是瞥了这辆车几眼，却没察觉车上有人。

幸田不禁仔细观察。车玻璃上清楚现出两个男人的上半身，幸田看不清他们的脸，只看出一个是胖子，另一个扁头的后脑勺是平的。幸田觉得他们似曾相识，一时却想不确切。

他们突然闯进幸田的视野，犹如天外来客。他们来到幸田非常熟悉的这片土地，来到一如往昔的道路、相同的建筑物、相同的天空、相同的颜色之中。

他们一定不是之前被幸田看漏的存在，他们确确实实是第一次出现的活人。

小桃当然察觉了。他的路线一如往常，却加快了脚步。小桃的步伐明显很快，不像是在散步。幸田一时有些兴奋，索性扔掉望远镜，走出公寓。

谨慎起见，幸田避开花冠车，沿另一条路朝车站走去。走到车站南出站口的广场，隔着第二家弹子店的玻璃看到小桃的身影时，幸田松了口气。这时，他才察觉自身的表情有些不自然。适才慌忙跑来，这时透过弹子店的玻璃，幸田便看到自己满头大汗，头发凌乱。他择地先坐了一下，吹吹空调，汗干了才坐到小桃旁边。

小桃一动不动。幸田看着他的侧脸，看不出他有何胆怯害怕。小桃的表情很自然，很冷静而且很警惕，内心里的微笑隐隐挂到脸上。幸田暗暗后悔不该这样鲁莽追来。他收起游戏币，打算立刻离开。

小桃玩的那台机子好像不赢钱，他的弹珠就快没了，正准备换台机器。幸田搭话道："运气不好啊。"小桃只是眨了眨眼，没有说话。幸田把自己的弹珠敛在一起，投到了身旁小桃的弹珠盘里。

小桃的眼睛又眨了一下，说道："你不是病了？"

幸田问道："你怎么知道的？"

"中午，我看到你脸色刷白地回来。"

"中暑了。"

"乙型脑炎吧。"

"是又怎样？"

"你会死的。"

"那是我自己的事。有人跟踪你？"

"警察的狗。"小桃又是这样说道，继而问了很奇怪的话，"喂，幸田，你有兄弟姐妹吗？"

"有个妹妹。但是我当了别人家的养子，所以再没见到。"

"我有三个。一个哥哥，两个妹妹。昨天……我看到我哥哥了。"

"在大阪？"

"嗯。哥哥也看见我了……"

幸田看了看小桃的脸，可什么也看不出来。小桃不再玩游戏了，而是用指尖触摸着游戏机的玻璃，像在画某种弧线。人发呆时都会有些习惯动作。小桃的习惯是用手画画。幸田有些异样的感觉。弧线连在一起，形成圆形。小桃又画了一条直线，把圆形一分为二。

"你哥哥，多大了？"

"比我大四岁，三十了。"

"工薪阶层？"

小桃轻轻摇了摇头。幸田推测适才说得大概不对，用余光偷偷瞥了小桃一眼，只见他压着玻璃的指尖都充血了。因为太用力，小桃的手指肚毫无血色地肿胀起来。

幸田不觉望向别处，顿感不安。幸田汗流浃背地跑来，难道就是要听他讲讲他家人的事？

　　"哥哥看见我了……"

　　小桃重复了一遍，声音更小、更低。

　　幸田问道："你们没说话吗？"

　　小桃点点头，嘟囔道："现在又碰上他，我完了。"

　　——完了？

　　幸田看了看小桃的脸。

　　小桃低垂着头。突然，小桃把盘里的弹珠全部掏了出来，放进幸田的盘子，继而朝着跟出口相反的方向走去。游戏厅最里侧有台老虎机，从幸田现在的位置看不到。小桃就从那儿消失了。

　　幸田呆坐了几秒钟，脑海里闪过某种东西，一时却又有些浑噩。他偶然回头望向右侧的玻璃门，正好看到一个男人。是那个花冠车里后脑勺扁平的男人。

　　仿佛是条件反射，幸田开始用目光搜索小桃消失的身影。

　　再次往玻璃门张望时，他看到那个男人走了进来，匆匆走向游戏厅左边的一条小路。那条小路上有个兑换奖品的窗口。窗口旁边，就是员工通道和卫生间的窗户。

　　幸田往游戏厅里侧跑去。放老虎机的地方连着一条脏乱的走廊，通向卫生间。员工专用卫生间就挨着客人用卫生间，两个卫生间里都没有人。员工专用卫生间洗手池上面的窗户开着。突然，外面的小路上一阵响动，须臾就静了。

　　那不是小桃运动鞋的动静。而且，除此再无动静。

幸田在卫生间待了片刻，独自出了弹子店。他大脑一片空白，脚底的鸡眼突然疼了，炙热发烫。

幸田以为十分钟后脚底就不疼了，哪知整整两天后都很疼。

在北川家聊到小桃时，幸田说小桃好像出了点事，就是指这件事。

小桃消失了。那个星期二的晚上以后，小桃再没回来。那之后，有好几次，幸田天没亮就守在旭之路的"丸吹"豆腐店附近，有时甚至会黄夜来到车站前的弹子店周围转悠几小时。然而，小桃没再出现。幸田再没见过那辆花冠车和尾随小桃的那两个人。

二十八日，星期一。幸田照常工作，整整一天开着搬运车搬运货物，小桃的事几被抛诸脑后。傍晚，北川打来电话，两人决定下班后在梅田见面。电话里，北川自称有一个好消息和一个坏消息，又说想了解了解小桃这人。前几天，北川曾说小桃的事情都交给幸田办，由此可见他其实没有完全信任幸田……北川就是这样一个人。

幸田和北川在梅田站一家酒店一楼的咖啡厅见了面。那儿客流量不大，是个非常适合谈话的地方。

北川先说了"好消息"——野田搞定了爷爷。

"听我说，幸田。周六晚上，野田和爷爷在南区喝酒，比赛喝伏特加。两人约定，输的一方，不论对方说什么都要听从。野田甚至宣布，如果他输了就信教。"

"信教？"

"对，爷爷是基督徒。想想他们两人说'阿门'的样子，很可笑吧？但是，俗话说得好——只要信，泥菩萨也变神。"

"然后呢？"

"平时的话，野田必输无疑。可那天喝酒之前，野田先灌了三瓶两千日元一瓶的解酒药。野田真是拼了。结果，爷爷有生以来第一次喝酒输给别人。所以……总之，爷爷那边没有问题，他也跟我们一起干。"

这些人一个个的……是认真的？

幸田不觉如此寻思。

"你不太喜欢他们，是吧。这我知道。"

北川轻语道。就算隔着烟雾，幸田都看得到他的微笑。

"现在，爷爷成了我们的同伙。但是，准确说，他只是我们的顾问。一开始我就是这样打算的。六十岁的老人难免行动不便，我们制订计划时可以让他出主意，但绝不能被他影响了我们的具体行动方案。"

"那你为何还要让这样的老人加入呢？"

"只有爷爷才能操作住田的电梯。而且，他在警备保安公司挺有人脉，也只有他了解内部情况。我总归是不放心让野田一个人去查探住田内部。"

"那只是你的想法吧。"

"你想说什么？"

"野田说搞定了，没问题了，是真的吗？"

"这可不太像你的性格啊……"

北川笑了，指尖习惯性地弹弹烟头。他有些焦虑。

"估计不假，但我总觉得这事情有点不靠谱。恐怕真相是野田被爷爷喝倒了吧。喝酒比赛的赢输姑且不论，爷爷确实不是那种会轻易允诺的人。当然，现在我不会告诉他所有事。答应了就是答应了，不管动机如何，我更看重他的实际作用。总之，我问他想要多少，他主动报了数额。策划期间的顾问费是每月五万日元。事成之后，要一百万。"

"他就只要这点钱？"

"爷爷对钱确实没什么欲望，原本他就有养老金。而且，听说这个老头好像在找什么人。"

"什么，你说什么？"

"他当清洁工，每天清扫马路，就是因为他觉得没准会在街上遇到那个人。他要找的人，好像是他几十年前认识的一位神甫。就是穿着那种像裙子一样的黑色僧衣……那衣服，叫什么来着？"

"祭服。"

"对，就是那个。就是穿着祭服的神甫。说到这儿，好像你以前也说过，你家附近住着一位神甫……"

"我不记得我说过这样的话。"

"那是我记错了？总之，那个老头就是这么个人，你心里有数就行。别担心，缰绳在我手里呢。"

"有顾问的小偷也不错嘛。"

"你再给我说说小桃的事吧。他现在还是去向不明？"

"是的。"

"哎，幸田。你上次说小桃出事了，对吧。具体什么事？"

烟雾后面，北川野兽一样的眼睛似乎变得更亮。那眼神是北川瞄准猎物时的本能反应。幸田很佩服他这一点。但是，正是北川的这种眼神让幸田的怒意随之膨胀。如果对方不是北川，幸田肯定会痛打他一顿。

"有人跟踪他。"

幸田回答得很简洁。

"什么人跟踪他？"

"可能是警察。"

"理由呢？"

"可能他牵扯到那个火箭弹之类……不，我不太清楚。"

"如果他是激进派的韩国人，跟踪他的就是公安。日本的公安、KCIA（韩国中央情报部）……会是谁呢？"

"谁知道呢。别忘了，我们无法确信小桃是韩国人。"

"那他是朝鲜人？"

"所以我才说谁知道呢。"

闻言，北川打趣道："小桃是哪里人都无所谓。我们只要能搞到不是骗小孩玩的那种真炸弹就行。"

确实，他们不需要知道小桃是哪里人。不管小桃从哪儿来，只要能讲日语，就不妨碍工作。若说危险，喋喋不休的野田同样危险。那个在寻找神甫，来路不明的老头也让人不放心。

幸田不大想聊小桃的事。那天从弹子店看到精神恍惚的小桃，听他说了看见他哥哥的这些事，和抢金计划没有半点关系。小桃脸上的笑容自那天就看不到了——这些，幸田更不想对别人说。

幸田和小桃的关系，归根结底只是幸田单方面一种感觉，主观的比重太大。现下，幸田再次察觉了这一点。

胡思乱想一段时间之后，幸田突然一惊，明白正被北川那锐利的目光盯着，一时不禁脸红。因为适才的分神，也因为北川的目光，幸田有些懊恼。此事似乎又未逃出北川的眼睛。只见北川斜着眼，漠然瞅着幸田。

"不管怎样，你要跟紧他。小桃只和你一个人说话，事情能否成功，全看你的。"

"要看很多人的啊。"

"胡扯。你明明挺乐意的。"

北川边说边用勺子敲打咖啡杯，叮当作响。这说明他紧张焦虑。幸田想去吐口痰，偏又无法离开座位。

北川还有一个消息没告诉他。

"北川，说说那个坏消息。"

"啊，那个……难以启齿，是春树的事。"

北川自称昨天（星期天）把春树打了个半死，只因春树用厨房的分机偷听了野田打来的电话。北川挂断电话才察觉此事。春树没说他听到了什么，但他确实偷听了电话。

幸田不担心春树会泄密，只是觉得北川不该犯如此低级的错。正因是家人，所以才会放松警惕吧。不知道春树是不是个精明人……接下来会怎样呢？幸田认真盘算着。

北川懊恼的倒不是这件事被人知道。偷听——这种不太光明正大的举动，很难从生理上自我控制。后来，北川解释称当时那股莫名怒火大概是他对自身的不满。

幸田很难从北川口中听到这样的话。然而，就算真是那样又如何呢？这大概是一个哥哥的内疚吧。幸田想说点宽慰的话，却一句都没说出口来。幸田没有兄弟姐妹，所以不太清楚兄弟之间的情义。

春树挨打后就离开了家，再没回来。难怪幸田白天时没看到春树来仓库上班。幸田想起了星期五晚上，春树扛着被撞坏的自行车和自己擦肩而过时的眼神。他的眼中藏着太多东西，像是会在某时某地爆发出来。这么说来，春树这小子也挺坏，竟然能让北川这样的男人说出这番话。

"喂，幸田。虽说春树是我弟弟，但我不会原谅他。"

"给他点钱，封住他的嘴？"

"钱？别逗了。要是给钱，还不如让他不会再开口说话。"

"那，就那么办吧。心慈手软是会误事的。"

"妈的……"北川喘息着，大口抽烟。

幸田用手扇去飘来的烟雾，故意把脸一扭，说道："不管怎样，让不相关的人听到这件事是你的失误。你只要把它处理好就行了，我就当没听说这事。"

北川说道："所以，我打算让他也加入我们。"

原来如此。这才是北川的真心话。

"让十八岁的小毛孩子加入？我反对。"

"我，会把我的工作做给他看。不这样做的话，我无法消气。"

"消什么气？怎么消啊？"

"你不懂。兄弟间也有要讲清楚的道理，并不是不说就能糊弄过去。既然是他主动参与进来的，我就要让他承担后果。

我会让他看到最后，直到最后。而且，如果他有话想说，我也让他说。这算是我的一点私心吧。"

"如果我们失败，你说的道理就毫无价值了。"

"幸田，如果有万分之一的几率失败，我从一开始就不会有这想法！我不认为会失败，我只会成功，所以我才邀请你，才告诉那些家伙。我觉得不会失败，绝对不会。我要让春树加入。"

"你先冷静两三天再说。如果春树不愿意，你怎么办？"

"那就封住他的嘴。"

北川敢这样说，就一定会这样做。虽然嘴上这样说，北川还是相信春树会追随他。如果春树真说不愿意，幸田倒想看看北川那时的表情。其实，问题就在于北川和春树是否相互信任。或者，这就是所谓的兄弟情义或亲情之类的东西吧。自己这伙人要做的"大事"对春树是否有意义，这一点幸田不需要担心。他是北川的弟弟，只要按北川说的去做就好。

"你尽量好好处理。"幸田说完，正要离去，腿却被北川用脚绊住，只得踢了北川一脚，又坐下来，问道，"还有事？"

"最重要的事还没说呢。"

"好吧。什么事？"

"我想说……"北川把脸一转，抽了口烟，歉然道，"要是你遇到春树……替我收留一下。我那儿，他暂时不会回去。"

"一晚上一万日元。税、服务费，另算。"

说完，幸田站起身。这次，北川没再伸脚绊他。

那之后的两天，一切风平浪静。春树还是没来上班，小桃也没回来。幸田无事可干，只好设法消磨时间。

幸田下班回家时总会去那三家弹子店转转，在吹丸买些豆腐——虽然一口都不吃；要不然就去从未去过的商业街小吃店和游戏赌博屋附近溜达。他甚至会去车站调度中心旁边的空地。包括建筑物密集的小胡同里，幸田的身影都会出现。然而，他一无所获，只觉得脚上的鸡眼都陪着小桃逝去。

天气还是很热，热得人无精打采。盛夏的阳光好像都能喷出炙热的火光，但现在感觉不太一样了。幸田暗想夏天该过去了吧。脚上的鸡眼突然又疼起来。

八月三十一日是盘点库存的日子。前一天还有很多货物没整理好，所以幸田不到八点就去上班了，比平时早半小时。

虽然和平日只差半小时，街上的风景却完全不同。幸田见到的都是陌生的人和陌生的车辆，连听到的声音都是陌生的。内环线上，车越来越多，幸田看到了飞速行驶的暴走族。他们黑色头盔上"吹田联合"的荧光字闪闪发光。

幸田知道，沿着新御堂路到机场线环行，插到内环线后再回到新御堂路，这是他们的北大阪赛道，却没想到他们这么早就出来活动。

视线范围内的东西都要观察一下，这是幸田的习惯。他定了定神，仔细观察周围。

幸田就职的仓储公司，位于内环线上，附近一带林立着很多仓库、街道工厂和小规模事务所。路上三三两两的行人都是在附近工作的。这里并不是生活区，双向四车道的道路从上午八点就开始塞车，直到深夜车辆仍旧川流不息。

据说，内环线很不好跑。路两边全是乱停乱放的车辆，还有很多可以右拐的小路。行驶车辆的车速都不慢，要想插到车流里需要高超的开车技术和应变能力。

幸田曾听北川说暴走族利用这条内环线磨炼车技，在由一辆挨一辆的卡车、旅行轿车和翻斗车组成的车流中自如穿行。北川还说，玩车的人只要磨炼好操控方向盘的技术，飙车时就会无所畏惧，就能锻炼成一个车技好、不服输、有斗志、冷酷无情的飞车党。当然，这要豁出命练习。

在内环线上锻炼成长的暴走族，个个非同一般。只因他们不光会飙车，更具有"社会意识"。关西的暴力组织有着独特的本土意识和经营头脑。他们明确了规模不一的暴走族的地盘，又有规划、有先见性地培养人才和骨干，以保证组织延续。其中最被看好的就是用内环线磨炼出来的实力派。这些人具有社会管理中的经济意识，不管是搞色情行业还是制造恐怖行动，都不会免费服务，堪称暴走族之"转型"。

北川还说过，他们和湘南一带暴走族的做派不一样。但是，不管他们有何不同，幸田总归觉得他们就是一群无赖。第一，幸田讨厌这样的乌合之众；第二，他们干什么都要和女人牵扯在一起，幸田觉得太肮脏。

幸田不知道他们有多厉害，但"吹田联合"就是这样一个组织。路上三三两两出现的上班族都不理会他们，可能是他们经常在这时间出现吧。

这伙人，五六辆车一组，幸田数了数，共十七辆车。有些家伙连头盔的挡风面罩都没放下，所以能看到长相。幸田记住了其中三四张脸，如果下次再在某处见到他们，幸田应该能认出来。

摩托都是400cc排量，车型基本一致。幸田记住了金黄色车轮和红色车身，以及跑在最外侧的那辆和其他两三辆，猜想着是哪辆车撞坏了春树的自行车。

幸田寻思着。如果向他们发动进攻，首先要打倒最外面那辆。那是这里面看上去车技最好的人。莫非他就是那个叫"索"的家伙？不知不觉，幸田到了寺西运输仓库株式会社，这里就是幸田工作的地方。幸田钻过便门，走了进去。

其他人都没到。太阳升得很高了，仓库的砂浆、水泥却兀自冰冷。幸田爬上院子里的搬运车，勉强看到了仓库一楼的窗户。其中一扇窗户开着一道将近半米的缝隙，下面好像放着一个木箱。

开着的窗户、垫脚板……有小偷？

幸田从搬运车上下来，站在木箱上，从开着的窗户往仓库里面张望。三列架子紧紧并排，空旷的地面上有几个堆垛机，里面装着堆积如山的纸箱。这里是第二仓库，平常看守不严，纸板箱经常丢失，这才导致上面要求盘点库存。更重要的原因是，箱子里装的是价值百元一盒的法国进口饼干。

幸田早就明白了情况。他思量片刻，环视四周确定没人，便朝仓库里面喊道："春树！"

无人回答。幸田又喊了一次。

架子中间露出春树的头。幸田从窗户跳进仓库。

架子一带的光线有些暗，春树靠着架子蹲着。他流浪了四天，脸色苍白。但是，他的样子不像自暴自弃，脸上也没有吃尽苦头后的绝望。幸田突然想看看他那晚的眼神是否没了。

"你，站好了！"

幸田把春树从地上揪起。春树的 T 恤臭气熏天，像是汽油或某种机油的气味。

"你来干什么？"

"我报仇了，上次那件事。"

"你找他们算账了？"

春树含糊着点了点头，直勾勾望着幸田。此际，冲动甚至把他那如动物般清澈的眼睛变浑浊了。他的眼睛里有些东西很像他哥哥北川，但是，他和他哥哥的目光明显是望向不同的路。幸田觉得他那深不可测的眼睛有些像是小桃的眼睛。想到小桃，幸田一时六神无主。

"那些家伙刚从外面经过……是来追你的？"

"我没留下证据，估计不会查到我头上。"

"只有你才这么想吧。"

幸田把春树带到办公楼，让他就无故旷工一事向社长道歉。幸田让春树帮忙盘点货物，并让他保证在这期间不会走出公司大门。上午，吹田联合的人在内环线又出现了两次。中午，幸田走出公司，从自动贩卖机买了饮料，顺便观察附近小路和咖啡馆的情况。下午，吹田联合的人在内环线上逆向行驶，四次从仓库前面的马路经过。

幸田不时从仓库二楼的窗户向马路上张望。三点多，不仅能看到他们在路上飞驰，有些还停在路上。有十辆摩托车以仓库的大门口为中心，停在内环线东西一百米长的路上。隔着岔道口，西边的小路上还有四辆车。春树自然看到了外面的情形，表情却全无变化。

五点，盘点完货物，幸田在办公楼待了半小时，喝完啤酒，工作就算结束了。春树一直待在厕所里。幸田先出了办公楼，在仓库屋檐下的阴凉地抽了两支烟。

便门后站着的门卫大爷看到外面马路上的异常，忙往办公楼方向跑去，似乎是要报警。

幸田将之喊住，问道："武田，你这是要去打电话？"

"我觉得先报警比较好吧，不管他们是不是要进来。"

"那好，你就说有人要揍你。"

"别瞎扯了。"

大爷边说边往办公楼里跑。幸田发现头上的房檐下有根电话线。这根线是从外面的电线杆接进来，经仓库屋檐连向办公楼。幸田从口袋里拿出小刀，伸向电话线。

春树从办公楼走出来，手里拿着一根撬棍。他的身体做好了战斗准备，肌肉放松，神经凝滞，只剩下本能意识，处于一种奇特的忘我状态。

幸田有过几次这样的体验。幸田的体格不太健壮，不擅打架。然而，他的肉体一旦受到攻击，让精神感觉不佳，身体就会自然而然开始格斗反击。他当然会怕，无奈神经一旦兴奋，恐惧就会悉数消失。现在，春树好像体会到了这些。

春树站在人行道上。十几个人把车停在路上，沿内环线缓缓围来。还有些家伙开着车，在仓库前一百米的路上来回行驶，在车流中左冲右突，继而在内环线的路中心做 U 形转弯。他们沿着同一路线不断环行，仿佛只是来恐吓示威。春树眼下的对手就是下车走来的这十个人——不，十一个人。

　　春树呆站着。有人从他的两侧逼近，他却看都不看，眼睛死死盯住在内环线车流中来回穿插的赛车。

　　幸田不觉纳闷春树这是怎么了。

　　幸田背对着便门，站在春树斜后方五米左右的地方，想用自己的背挡住大门里武田的视线。春树根本不看从左右两侧靠近他的对手，一直盯着内环线的方向。

　　他似乎锁定好了要攻击的对象。

　　这时，早晨见过的那辆红色摩托掠过幸田的视线。他从西面驶来，三秒钟就驶过五十米，冲过对面车队，又飞驰了五六十米，继而混进车流。他几乎没有减速，只依靠上半身和手腕的力量使车体右倾，紧接着漂亮转弯，挤进对面车流；随后又快速调正车身，朝着这边的车道加速驶了回来。

　　人行道上的男人散开，有人率先冲来。与此同时，春树全身几乎弯曲成一团，抡起的手臂划出优美的弧线。

　　幸田根本没看到撬棍是如何从春树手中飞出去的。撞击水泥的金属声盖住了内环线上的喇叭声。他只看到二十米远处红色摩托的前轮离地，车身弹到车道中央。

　　对面和后面的车发出刺耳的急刹车声。

　　"索！"有人叫喊道，"索！"

三个男人冲向春树，剩下的则朝着索被甩出的方向跑去。路上川流不息的车辆纷纷闪开翻转到中央车道的摩托车，继续行驶。很快，有个男人被三四个人架着双臂，走到人行道上。索是领头的老大，却是个身材矮小的秃头。他的头上包着红色印花手帕，看不清受伤程度。不过，他坚持行动。

看到这儿，幸田迈步走了过来。

大概一两分钟，春树便被打倒在地。一个男人正用脚踢着春树，幸田抓住了他的胳膊。

"够了。"

男人们一怔，都扭头看着幸田。幸田怒目以对。虽说幸田身材上不占优势，不是他们三人的对手，却半点都不害怕。对方三人摩拳擦掌，瞪着眼，舔着嘴唇。看上去，他们年龄都和春树接近。北川说他们有"社会意识"云云，幸田却觉得他们只是些小毛孩子。不管他们意志是否坚定，卑鄙也好正直也好，幸田只确信他们是些肤浅丑陋的家伙。若说春树是乳臭未干的猎犬，这些人就是蠢猪。

幸田甩出他的匕首，缓缓摇了摇头。

"现在你们就算打平了，行吗？"

幸田停了几秒钟，等待他们回答，无奈没人说话。三人不置可否，用威胁的眼光看着幸田，稍稍后退。

突然，有人喊道："警察来了！"

男人们都上了车。有几辆摩托已经发动。

东面二百米远处，闪烁着巡逻车的红色灯光。

警笛声传来。

幸田用目光搜寻那个不知飞到何处的撬棍。在几米开外的路边，幸田拾起飞落的撬棍，拉起春树，走进仓库西边的胡同。走了三四十米，又拐进一条小道，才把春树放开。

　　警报声和扩音喇叭的声音犹未逝去。幸田身上的热汗被夜晚的热风吹散。两人待了十分钟，开始向神崎川前进。幸田在朝日啤酒的仓库附近偷了一辆迷你摩托，两人从神崎川骑着这辆摩托回到吹田。幸田把春树带到了家里。春树垂头致谢，什么也没吃，铺好幸田拿出的被褥，很快就睡着了。

　　晚上九点多，幸田出门去附近的公用电话亭给北川打了电话，说了带回春树之事。他又去弹子店转了转，在拉下窗帘的"丸吹"附近溜达了一小时。回来的路上，还在小桃的公寓前面停留了一下。小桃消失以后，这是幸田第一次来到他家楼下。小桃家还是没有灯光，T恤仍然晾在外面。

　　第二天一大早，警察就来到幸田公司。门卫武田说因为暴走族切断了电话线，所以才报警。让春树休息看来是正确的。武田说只看到那些人打了春树，没看到幸田出来制止他们，甚至不知道有辆摩托翻了。警察问了幸田很多事，幸田应付一番。被问到春树的住址时，幸田答称不知。警察甚至去办公楼询问了春树的住处。这样看来，吹田联合的人似乎没向警方告密，他们毕竟不希望被关进监牢。对他们来说，那会生不如死。所以，他们很快就会再来纠缠春树。

　　警察走后，幸田立刻给北川的太太打了个电话，试探道："春树在吗？"

北川太太支支吾吾，答道："幸田君？你不知道？我老公没告诉你？前几天，那孩子和北川打了一架，离家出走……不知去了哪儿……好像也不在千叶老家……"

听筒里传来北川太太银铃般悦耳的声音，幸田只觉得脑袋轻飘飘的。她似乎有些悲伤，看来北川没告诉她寻得春树之事。所以，就算警察打来电话询问，估计也不会出事。

幸田就等北川和他联系。中午过后，北川没有打来电话，而是亲自跑来，说是警察也找到他公司。幸田把情况向北川作了说明，北川这才明白。北川说让春树自己选择是被别人干掉还是去收容所。虽然嘴上这样说，北川还是拜托幸田再收留春树一阵子，说完就回去了。那之后，春树还算平安无事。

这天活儿不多，很久没这么清闲了。幸田保养完搬运车，和武田老头玩了会儿五子棋，到点就下班了。

在吹田站南口下车时，都六点半了。一想到在狭小的房间里又要和春树脸对脸，幸田便不想立刻回家，打算先在外面吃点什么，再去弹子店溜达溜达。

时值周五，车站里人很多。穿过车站广场时，幸田突然看到小桃坐在广场的喷水池边。

小桃还是穿着幸田最后一次见他时的那身衣服，表情却让幸田觉得非常陌生。或许是他很久没刮胡子的缘故吧。好像小桃先看到了幸田，起身朝幸田走来。

只听小桃说道："我有话和你说。"

他嗓音低沉，让人无从抗拒。幸田第一次见到这个样子的小桃——直白、尖锐，又有种耀眼的光芒。

"什么事？"

"你来一下……"小桃抬腿就要走开，见幸田没动，小桃故意不看他的脸，猛然握住他的手腕，"总之，你跟我来一下。"

"你这是在对谁说话？"

"当然是你。"

"是吗？你的胡子可真难看。"

小桃没功夫听这些，迈步走在前面。他的步伐和平常一样，幸田心想，看来没有盯梢的。小桃穿过天桥，朝着和商业街相反的方向走去。JR吹田调度中心的停车场很开阔，在其外侧，隔着河堤和栅栏，有条荒芜肮脏的陋巷，两边净是破破烂烂的棚屋和木头建造的楼房。

有时，他们从弹子店出来会走这条小路回家。现在想来，以前都是小桃带幸田走这条路。没人的夜间小道上，小桃总是显得很兴奋，很自由，笑容也和在弹子店时完全不同。然而，今晚不再是那样了。小桃没有笑，一言不发走在前面。

热风吹过空旷的停车场，闪电骤然划过昏暗的夜空，怕是要下雨了。小桃停下脚步，突然从手里的纸袋中拿出一个用手帕包着的块状物品。

"这是你的吧。"

小桃说着，打开手帕。幸田看到了一把黑色的手枪。直觉告诉幸田这是一把真枪。这是幸田头回看到真枪，很震撼。

"是你的吗？不是你的？是——不是？"

小桃重复着这几句话。幸田不想回答。小桃阴森的目光让幸田觉得厌恶。幸田不想再看到小桃手里的手枪。

幸田只觉得鬓角发热，这十天积压的感情就要爆发出来。

　　"你是在和我说话吗，小桃？你说这是我的东西，你是什么意思？"

　　"是你把我的住处告诉了我哥哥吧？我哥哥说他问的你。"

　　"我没见过你哥哥。是你告诉我，说在哪儿见到了他。是前一阵你逃走的那天，你告诉我的。"

　　"我只是听说是这样。我也想过这可能是骗人的。是我哥哥骗我的……"

　　"那么，你说那把手枪是我的，这是怎么回事？说！"

　　"这是我哥哥拿来……想要打我的。"

　　"然后呢？"

　　"我们国家没有这种伯莱塔手枪……所以，我只是想知道是谁给我哥哥的。"

　　小桃目光呆滞，好像他连自己的声音也没听到。一道闪电默默划过小桃的头顶，犹如落进他漆黑的眼球。小桃就像是带电的科学怪人弗兰肯斯坦，心脏第一次发出了跳动的声音，摇摇晃晃地站在那儿。

　　突然，小桃抬起了握枪的手，似乎是想把手枪扔掉。

　　幸田断然猛扑。小桃任凭幸田的拳头落在身上。幸田夺过手枪，抵住小桃的肚子。

　　虽说才给了小桃两拳，幸田的手臂却像出了十次拳一样疲软无力，只觉得浑浊的血液突然涌到头上，心情难以平静。

　　"小桃。在这个国家，很少能见到这种东西。我不知道问题到底出在哪儿，但我不得不怀疑你的身份。"

"我只想找到那个出卖我的人……"

"别开玩笑了。你，用这个，杀了什么人吧？"

"我杀了我哥哥。"

小桃空虚、呆滞的双眼看向天空，眼眶似乎漾出眼泪，闪耀着浑浊的光芒。幸田不想再看，把目光转向别处。幸田把枪一举，想将之扔掉。一辆回场的空车刚好驶过栅栏。空无一人的长长车厢发出雷鸣般的轰隆隆响声，遮挡住幸田的视线和他抡起的胳膊。

轰鸣声越来越远，幸田亢奋的心脏随之安静下来，只剩下无以言表的混乱情绪。幸田的胳膊垂下。

"好吧，你说是我的，我就收下。但是，如果你再做什么坏事，我就会向警方告发你。而且，我以后再也不想看到你。"

幸田用手帕重新包好这把沉甸甸的手枪，把它插在衬衫下面的腰带上。小桃的脸伏在栅栏上，嘴里嘟囔着什么，可幸田听不懂韩语。

春树在幸田的床上睡着了。洗澡水已经烧好了。幸田想起自己曾对春树说过，他不在家的时候，春树不能开灯也不能开空调。幸田打开灯，春树慵懒地抬手挡住耀眼的灯光。

"拜托你件事，今晚出去住，去哪儿都行，总之得出去，明天再回来。就今晚，你出去，听懂了吗？"

幸田拉起春树，给了他一把钥匙。春树一直盯着幸田看，但什么也没说。幸田从口袋里抽出好几张千元大钞塞到春树的口袋里，看也没看春树一眼，就把门关上了。

幸田拿出那把手枪，仔细观察起来。这把手枪不像是暴力组织使用的左轮手枪，而是单膛的自动伯莱塔手枪。枪膛内侧有几处子弹滑过的细小弹痕，枪托的手感很好，弹夹里还有四发子弹。为了不留痕迹，枪身上的登记号码都被磨掉了。

幸田的疑惑有两点。第一，枪是从哪儿弄来的。第二，小桃丢弃手枪的理由。小桃说手枪是他哥哥的，幸田却不相信这个说法。把杀害哥哥的凶器给别人？幸田一时捉摸不透小桃的真实想法。

一般情况下，什么人会有这种东西呢？那些激进派的家伙十有八九是不会拥有手枪这类东西的。那……是军队的人？要不然，是暴力组织？

不管怎样，幸田可以确定小桃不是激进派。而且，不管小桃的来历如何，他总归是杀了人。

想到这儿，幸田开始翻查房间一隅的报纸堆。

只要查查近十天的社会新闻，估计就会有答案了。这件事当然有可能尚未见报，但日本这么小，尸体不可能这么长时间还不被发现。

一页报纸一角的一篇报道吸引了幸田的目光。那是七天前（八月二十五日）的晚报。报上说，当天早晨，大阪市内发现一具被枪杀的韩国籍男子尸体。

幸田把"韩国"和"头部被枪击"这两句反复读了几遍。

莫非就是这件事？

幸田没证据断定这件事和小桃有关。他无法想象尸体漂流在土佐堀上的情形，但脑海里总有个端着手枪的陌生身影。

幸田不敢确定那个人就是小桃，却又想不到不是小桃的理由。幸田又翻了翻别的报纸，希望找到相关的后续报道。在次日（二十六日）的晚报上，有个篇幅稍长的报道。

大阪府警备搜查总部继续调查二十五日清晨在大阪市西区土佐堀发现的被枪杀尸体一案。警方认为被害男子不是护照上的人。解剖结果显示，尸体的颧骨和鼻孔都和护照上的照片不符。因此，护照很可能是伪造的。这本护照是用胶水装订的，可日本并不生产这种胶水。护照上的印戳显示此人系昭和五十九年（1984年）从成田机场进入日本，但是海关登记上根本没有"楚要焕"这个人。所以，护照和印戳很可能是在国外伪造的，然后带入日本国内。

另一方面，面对外交部和警方的协查要求，韩国大使馆二十六日答称韩国国内没有"楚要焕"这名韩国人的档案记录。

尸体的身份尚未确定，搜查总部计划近期公开这位男性的照片，以加紧对其身份的排查。

幸田读到这儿，放下了报纸。他不但认为此事与己无关，而且嗅出了报道中透露出调查当局不可告人的目的。公开照片恐怕是骗人的，搜查本来就是在媒体公开的范围以外展开。国际警察在行动，外交部东北亚分局在行动。另外，不知道是不是日本警方的要求，韩国公安当局也派来了搜查员。

被杀害的男子是否叫"楚要焕"，护照是否是伪造的，这些都不得而知，但幸田基本上可以下这样一个结论——

不能让杀人犯加入他们的行动。

作了决定后，幸田反倒有些犹豫、迟疑。这样的结论正确吗？真的就这样放弃小桃吗？左思右想，结论当然还是"是的"。可是，幸田的心情莫名地沉重起来，连拿在手里的手枪也觉得格外沉重。这把手枪好像承载着小桃沉重的心情，这种沉重通过握着手枪的手传遍幸田全身。

第二天是星期六。一早，幸田穿着带帽的夹克，一身运动打扮出了门。他的夹克里装着一个便携式铲子。幸田沿着坡道一直走到片山町的高台，在围栏附近的草丛里挖了个坑，用防水苫布把手枪包好，埋进坑里。

下午，幸田终于在金岗街的卡车停车场找到了北川。北川开着十吨大卡，刚从神户回来，在金岗街稍事停留，接着还要去堺市。北川说驾驶室里开着空调，让幸田也坐了进来。

幸田说，他来只是想告诉北川——放弃小桃。

北川一脸平静，凝视着幸田的脸。

"理由呢？"

"他杀了人。"

"杀了谁？"

"他说是杀了他哥哥。报纸上也有类似的报道。"

"是吗……"北川把烟头在烟灰缸里碾碎，把身体缩进舒适的座位，"小桃还没暴露？"

“警方还在搜查。”

“他会暴露吗？”

“不知道。”

“放弃他的理由只有这些？我需要炸弹，幸田，你知道，金库有好几扇坚固无比的大门挡着，都是使用电子钥匙或 ID 卡的电脑系统。我们只能一扇一扇爆破掉。你明白吗？放弃小桃，就要放弃整个计划。”

“炸弹，我们可以找别人做。”

“找你以前的同伙？”

“不是同伙。”

“不，是你的同伙。他们就是这样想的。他们只需花点钱，你就能帮他们把事情漂亮地处理好。对他们来说，你是非常重要的。所以他们会让你偷点硝酸铵、氰酸，或是打开资料保管库。说不定小桃接近你也是被人指使的。危险，或许就在某处等着你呢。”

“所以，和这样的我牵连在一起，你不就也会被牵扯进来吗？既然我们彼此都很危险，那我们就此分开好了。”

幸田说完，伸手欲开车门。北川的动作比他更快。幸田使劲挣脱，双手却被北川紧紧扣住，全然无法动弹。北川这个男人总是这样践踏幸田的防守。侵犯、横冲别人领域时的北川总是威风凛凛。某种意义上，那算是北川的暴力和霸权，无奈那威风又时时伴随着适意的呼吸和炽热的叹息，显得从容自若。幸田最怕的就是这样的北川。幸田平时不会去寻思这方面的事情，只因一旦想起这些就会无比烦闷。

北川沉着嗓子，厚着脸皮说道："我放开你的那天，就是放开小桃的时刻，就是十亿金砖消失的日子。除非我死了，否则这一天不会到来。"

幸田问道："我是你唯一无法随意操控的人吧？"

"大概是吧，所以我们才联手……算了，幸田，我不希望有激进派游击队的残兵败将加盟。我想要的是小桃。他是个受过正规训练的职业杀手。"

"你想用多高的价码收买他，随你便，我不管了。"

"那你听着。实际上，我倒觉得我们这次一定能成功。"北川的嘴角露出一丝微笑，犹如将要捉到猎物的野兽，"你说小桃杀了人？他被人追杀，四处逃窜？他还真是真人不露相啊。好，就这样。我去找小桃。那家伙这次一定会上钩。"

这些话，幸田似乎没太听懂，只是说道："我不打算再见小桃了。你想找他，随便你吧。"

北川的目光很柔和，又是微微一笑，说道："我知道。你总是把话说得很轻巧，又什么都放不下。我就喜欢你这样。"

"你爱怎么说，随你便。"

"好吧，幸田，我去找小桃。但是，我抓到他以后还要由你出面。我没办法让他说出杀人真相。你要让他说实话。"

第二天，北川不请自来，出现在幸田家。他这是要查看小桃的住处和周边环境。

春树前夜刚回来。北川见到春树时，只是瞥了他一眼，便凝神用望远镜观察外面。幸田无事可做，索性带着春树去了梅田，看完《第一滴血Ⅲ》，两人在台球馆打了会儿台球，晚上九点才回到家。

幸田看到桌上有一张北川留下的字条。

"公团13C栋四楼。小桃家斜对面的窗户，带防盗网。有人在监视小桃家。其中一人后脑勺扁平。你知道吗？"

看完字条，幸田立刻从窗户往前面的公团住宅区望去。幸田不知道哪座楼是北川所说的13C栋，可他第一次发现有很多窗户能看到小桃家。想到自己一直没发现的事反倒被北川发现，幸田有些不淡定。

北川全力以赴，稳步、执著地进行计划，每一步行动都像是要证明自己和自己的信念。北川连续两天补休，没去上班，带来随身听、香烟和一瓶威士忌，霸占了幸田的房间。

白天，幸田和春树去上班，北川就一直从窗户监视小桃的房间。幸田一回来，北川便把望远镜硬塞给他，就此出去。片山町的上坡道上，有些倒塌的国铁旧宿舍楼和预制板工厂的工棚。北川就去那里藏身，继续监视。

以北川之见，若小桃有意回家，不管是步行还是坐车，都会经过片山町的这条坡道。出口町的道路错综复杂，很难被人盯梢，所以好像有一大批公安来到这一带埋伏。

北川推测他们的目标正是小桃。

刑警埋伏在那里。如果他们采取行动，北川很容易就能知道小桃回来了。只要小桃出现，公安就会行动。

北川一旦锁定目标，就更加全神贯注，热情饱满，沉默寡言。他两天没睡照样精力充沛，完全不顾眼睛熬得通红。

没人敢靠近剑拔弩张的北川。

只要北川离开，幸田就默默拿着望远镜继续监视。幸田这样做自有道理，和北川的目的无关。他只是想看到将杀人凶器交给自己的那个男人的下场。小桃早晚会被包围。只要看到这个就行了。万一小桃又逃了，幸田就会替他担忧，那只会更麻烦。小桃被抓住也好。幸田的确认真寻思着这件事。幸田用望远镜默默观望，同时觉得一旦小桃消失，和小桃共度四个多月的那份美好便也随之逝去。

借助望远镜的两个镜片，幸田忍不住寻觅着那双足以看穿黑暗和丑恶的眼睛。不知不觉，他随着那双眼睛逃亡、奔走、诅咒。杀人的兴奋和欲望席卷了幸田。

幸田碾碎抽了一半的香烟，让下半身膨胀的热血冷却下来。春树睡了，幸田不想被他发觉，只好这样自我控制。

凌晨两点十分。黑夜中闪过一辆出租车的大灯，车在住宅区的入口附近停下来。一个男人下了车，走了过来。男人穿着夹克，戴着太阳镜，虽不能立刻确定，但从他瘦弱的背影和走路的姿态来看，此人就是小桃。

小桃的身影很快消失在重叠的楼房中。

幸田察觉公团13C栋四楼的窗户后有人在移动，便等待了几秒钟。小桃不久就会出现在另一条路上。从刚才的那个地方到小桃家，要再拐过一条小路，还有一百米的距离。幸田全神贯注看着镜头里移动的身影。

幸田再次看到小桃时，小桃身后三四十米刚好有一辆车。那是一辆黑色（要不然就是接近黑色）的雅阁，车灯没开。

雅阁接近小桃。

小桃不紧不慢地上台阶，头都不回。

北川突然出现在这条路上。他像是悠闲散步，实则慢慢追上了缓缓行驶的雅阁，继而超过了它。然后，为了分散车内人的注意力，北川不断故意回头看他们。

雅阁不再往前开，在离公寓三十米远的地方熄了火。小桃到了他在二楼的家，却没有开灯。北川慢悠悠地继续前行，一分钟后便到了公寓门口的台阶旁边。

后面的小路上又出现了一辆车。这辆车在公寓的前面停下，两个男人下了车。就是那两个人！一个后脑勺扁平，一个略有些胖……

后脑勺扁平的男人的右手，插在夹克的口袋里。

那两人同样朝着台阶走去，北川仔细计算着他们的步幅。为了拖延时间，上完一半楼梯时，北川俯身趴在扶手上，装出要呕吐的样子。

看到这儿，幸田放下望远镜，跑出房间。幸田知道北川想干什么。后脑勺扁平的男人和胖男人不是公安，三十米远的雅阁车上的人才是！幸田不清楚这两个男人的来路，但他们胸前装着手枪，只怕是杀手之类。

幸田从自行车棚抢了辆车，只拿着一把美工刀就去了小桃家。这段三百米远的距离，幸田得骑两分钟。方才的情形在幸田大脑里定格为一个画面。他现下只想着这事。

拐过最后一个胡同，幸田看到了十米外的公寓台阶和杀手的车，根本就没注意后面的雅阁车。

楼梯上，那两个男人和北川纠缠着。北川在上面用巨大的身躯堵住楼梯，挡住小个子男人。另一个男人的拳头从侧面向北川袭来。幸田只听到鞋子踢打在铁板楼梯上的声音和手掌敲击在水泥墙和扶手上的沉闷响声。动静不大，不会吵醒居民。但小桃应该在听，一个人在暗处侧耳听着。

　　幸田把自行车扔在楼梯旁边，在冲上去之前的一瞬间犹豫了一下。徒手搏斗的话，北川不需要帮手，他一个人完全对付得了那两个男人。幸田瞄准目标，快速冲上楼梯。后脑勺扁平的男人一只手紧紧抓住楼梯扶手，一只脚朝幸田踢来。幸田紧紧抱住他的脚，两人滚下楼梯。楼梯撞击着幸田的胳膊、背部，但幸田没有松手。男人涂满发蜡的头撞在水泥墙上，幸田朝着男人打出一拳。

　　突然，一股异味迎面飘来。第二拳尚未打出，胖男人便从上面落下，把幸田压住。三人乱成一团，滚落了两三级台阶，纷纷跌到地上。幸田趁乱从后脑勺扁平的家伙的前胸处偷出一把手枪。

　　幸田被摔得眼冒金光，回过神后，那两个男人早就驾车逃了。北川也从楼梯上站起。雅阁车不知何时也不见了。

　　这时，幸田又闻到了刚才的气味。北川也抽抽鼻子闻了闻。两人跑上楼梯。在二楼走廊头上，北川看到小桃家的门底下冒出了薄薄的、白色的烟雾。

　　"看来是着火了。"北川说完，突然又怪叫道，"哎呀！这座楼，用的是液化气吧？"

　　紧跟着，北川大吼道："失火了！"

幸田看了看往外冒火的门，又看了看旁边没冒火的门，他考虑的是小桃的处境。幸田想到的不是小桃被火包围，而是他会趁机逃跑，脑海里瞬时闪出"窗户"二字。

"失火了！失火了！"

北川大喊着踢开小桃家的门，身影瞬间被烟雾挡住。幸田则下了楼梯，穿过垃圾场，绕到有窗户的后院。

二楼头上的窗户开着。烟雾中，先是掉下来一个运动包。紧接着，窗框处出现一个人影往下跳，"咚"一声落到地上。

然后，又是"咚"的一声，北川也跳了下来。

这个后院被四周的楼房围住，宽约一米，很小。北川一言不发，抓住小桃就跑。幸田抱着小桃的包，跟在后面。

翻过铝栅栏，越过隔壁的公寓，跑过几条小胡同之后，他们听到了爆炸的"轰隆"之响。北川想看看情况，三人便转而登上了片山公园的高台。那里看不见公寓，却可以借助白烟，从被火映红的黑夜中估出公寓的位置。

"北川……那儿不光是着火吧，搞不好是煤气爆炸。"

"怎么会？怎么可能？液化气罐是空的。爆炸的应该是炸弹——那儿有个类似黑色黏土的东西，像烟盒那么大。"

"啊？"

"我亲眼看到的。一根二十米长的导火线连在这个黏土物体上。他们好像连炸药的量都算好了，要把整个房间炸毁。

"就是说，这是专业人士干的。可能那屋里有很多他们需要销毁的东西。为了掩人耳目，他们甚至点燃拉门放火，可惜没算好爆炸的时间，搞得我进去后险些被烟雾呛死。"

北川有条不紊地说着。他特意压低的语调下，掩藏不住他的兴奋。

"喂，小桃，你看看那些烟雾。那个炸弹暴露了你的真面目。"

北川看着呆坐在地的小桃。小桃一动不动，没回答北川。他脸上的太阳镜早不见了，苍白的脸上露出两只清澈的褐色眼珠。北川盯着小桃的脸看了几秒钟，拉了拉幸田的胳膊。

"你，把那个拿出来吧。"

北川都看到了。幸田拿出藏在自己T恤里，别在腰带上的手枪。北川拿在手里，凝目看着。幸田也是第一次仔细观察自己偷来的东西。这是支形状很特别的手枪。枪身又长又粗，上面还有好几个细细的小孔。

北川把手枪放到蜷坐在地上的小桃面前，说道："这是追你的那些家伙的东西。我们只知道这是手枪……你，应该知道吧？这是什么手枪？"

小桃只瞥了一眼，目光接着就看向别处，答道："六四式消音半自动手枪。"

"哪国的？"

小桃没回答。

"那好吧。但你要记住那些家伙想用这个杀死你。这个手枪给你。你要自己保护自己。"

北川硬让小桃握住了枪。小桃默默把手枪放进口袋。

"那好，幸田，我就先回去了。我会给野田打电话让他来接你们，你们在这儿等一小时。"

北川回头看了幸田一眼，得意扬扬，微微一笑。

那是挑战小桃——挑战这个不寻常的夜晚——成功之后的微笑。

"剩下的，就看你喽。"

北川说完就顺着水泥坡道走了下去。这时，从飘着烟雾的夜空下方传来消防车的警笛声。

幸田陪着小桃等了近一小时。凌晨三点半，野田才开着他的沃尔沃740旅行车来接他们。

黎明的黑暗中，幸田看到野田，觉得他像是从不合时宜的圣诞舞会中赶来。

"抱歉，来晚了。北川来电话那会儿，我正和别人在一起，所以……"

野田解释着，让幸田和小桃上了车，向市内驶去。小桃没找到机会介绍自己，也不想介绍自己。野田没主动问他，只怕早从北川那儿听说了。野田哼着小曲儿，笑声里带有一丝不信任和警戒。

"北川说让我找个地方，让你们躲躲。我想了想，你们可以去爷爷那儿。怎么样？不用担心。虽说他独自生活，但很干净，也有洗澡的地方。而且，他的隔壁住着一个女孩，芳名三重，是商场模特，挺开朗，很有意思。和她说话时，总会觉得非常快乐。虽然她长得不太漂亮……"

野田絮絮叨叨，犹如唱着让人听不懂的催眠曲。小桃不知是否真的睡着了，一直闭着眼睛，靠在座位背上。

幸田也困了，可他还想看野田开车，所以努力睁着眼睛。

野田这家伙的驾驶技术很高，不光熟悉道路，车更是开得行云流水，潇洒绝顶。野田这哪里是在开车，简直就是以车的姿态贴着地面活动。这种人车合一，幸田是头回看到。他身上确实有值得欣赏的地方，怪不得北川会看上他。

从西区的韧公园沿着一条小路进去是一片住宅，爷爷的家就在这里。道路两旁有很多小工厂和破旧的商铺，人员混杂。"韧公园公寓"是座四层高的陈旧公寓，一楼是咖啡馆和房屋中介。公寓有电梯，可是不能用。野田笑道："又坏了。"率先爬楼梯上了三楼。

野田没按门铃，而是从口袋里掏出钥匙，招呼都没打，直接就打开了门，说道："你们进来吧。"

一进门，就是一个兼做厨房的小餐厅。大概是没放什么东西的缘故，小餐厅显得很整洁。炉灶上有个水壶，除此再无锅碗之类东西。水池子里零零散散放着四个茶杯。有冰箱，没有餐具橱。再往里，有两个并排的拉门。野田拉开了其中一扇，从壁橱里拖出被子。

"你们随意就好。卫生间在那儿，旁边是洗澡的地方。窗帘要拉上。阳台对面是药品公司的厕所，有个傻瓜总在小便的时候偷看这边。"

"隔壁房间……爷爷在吧。他知道我们来这儿吗？"

"不，我还没和他说。没关系，明天我就和他说。"

"明天再说？"

"不行吗？"

"当然不行。"

"是吗？那我和他说一声。"

野田话音一落，猛然拉开了隔壁房间的拉门。

"爷爷！"

黎明昏暗的光线中，一位白发男人从被窝里坐起。他穿着不大常见的单和服。幸田登时想起小时候邻居家老爷爷穿着单和服坐在长板凳上的情形。父亲在幸田的记忆里只是个模糊的印象，幸田的家里没出现过穿单和服的男人。可以说幸田就没见过那个年代的男人吃喝拉撒的日常生活状态。

幸田觉得到了某个年龄的男人都有些像，而且觉得爷爷的相貌轮廓非常鲜明。

一转眼，野田就走进卧室，挨着枕头坐下。

"爷爷，能看见吗？这个时间把你叫醒，真不好意思。希望你收留一下我的朋友，让他住隔壁。"

"是谁？"

爷爷低沉的嗓音透露出性格中的沉稳。

"小桃，前几天我不是跟你说过嘛，工大研究院的那个秀才——小桃，是咱们的同伴，所以，你要好好照顾他。"

"同伴？什么同伴……"

"清醒点，爷爷，就是和我们臭味相投的同伙。啊，错了，不好意思，是要和我们联手工作的伙伴。十亿日元那个工作。"

"啊，是小偷啊，想起来了，有这回事。我好像做了个奇怪的梦。"

"你没事吧，爷爷，发烧了？"

"我口渴，想喝土佐堀的水，可无论怎么伸手都够不到。正纳闷呢，眼泪就流出来了……"

"那只是你喝多了。你口渴了？喝点水吧。"

"果真是我喝多了啊。"

爷爷起身走出房间。他很瘦，酷似皮包骨头，个子很高，看到站在厨房的幸田和小桃，爷爷轻轻点了点头。幸田报以点头，双方算是打了招呼。小桃则站着没动。

爷爷喝了口自来水，从冰箱里拿出一瓶带霜的伏特加。

野田笑道："又开始喝了……"

爷爷把水池里的茶杯摆在桌上，倒入冰冷的伏特加酒。

"你们也喝杯吧。"

幸田喝了一杯，小桃跟着喝了。灯光下，爷爷目光呆滞，眼睛如水般清澈，却冰冷无情。他脸上皱纹很深，皮肤干枯粗糙，和幸田想象中的沉稳形象相去甚远。野田曾说就算是年轻人都要对爷爷刮目相看，幸田却无法将这评语和爷爷挂钩，反而有种异样之感。幸田想再仔细看看，不觉凝望爷爷，突然竟觉得对方脸上一亮，像是有光芒乍现，旋又消失不见。那就像是神奇的第六感。透过那闪动的光芒，幸田隐隐看到了某种丑恶的东西。

爷爷问道："是谁要住这儿啊？"

"哎呀，忘了介绍了。是这小子要住这儿，他……"

"桃太郎。"

小桃自报家门。幸田看了看小桃的侧脸。野田不禁笑了。只有小桃和爷爷两个人神情肃然。

小桃补充道:"不过,你叫我小桃就行。"

"好吧。你呢?"

"我叫幸田。"

"你不是大阪人吧。我们是不是以前在哪儿见过啊?"

幸田摇了摇头,突然意识到那正是自己想问的话。在哪儿见过爷爷呢?幸田的记忆一片模糊。

爷爷自称等下就要去工作了——清扫中之岛公园。

野田把爷爷推回房间,说道:"那你顺便朝着福岛天满宫的方向拜一拜吧,就说咱们都聚齐了,不久就去拜访。"

小桃插口问道:"他说咱们?我们跟他们是伙伴?"

幸田看了看小桃的脸。兴许是伏特加的酒劲上来了,小桃的眼神有些奇怪。

"伙伴就是伙伴。你快睡吧,我们回去了。"幸田把小桃往旁边房间推,"这两三天,你老老实实待着。咱们以后再谈工作的事。"

"就是刚才说的小偷的事?'十亿日元'是什么?"小桃压低声音问道,"我不是流氓、恶棍,更不想当什么小偷。"

"不是流氓和恶棍,那你是什么?英雄?国家功臣?"

"幸田,你怎么了?你今天有些奇怪啊。"

"怎么了……"

幸田一时迷茫。他有种说不出的感觉。难道真是跟刚刚那个"爷爷"有关?但这又没有道理……

幸田再度看了看小桃的脸。小桃的眼珠是褐色的,大得像是狗的眼珠。他睡眠不足,眼睛有些充血,目光倒算柔和。

幸田觉得现下真正奇怪的反而是他本人的眼睛，所以默默关上了门。

随野田离开时，幸田看了看门牌，上面是"岸口"二字。

野田住在大淀，所以只能把幸田送到阪急电车的十三站。头班车就要发车了。沃尔沃车上，野田问幸田对爷爷印象如何。幸田答称和一般的老人不太像。野田笑着说那大概是信仰不同的缘故。幸田觉得这很无聊，和野田讨论更无聊，只好沉默着听野田絮叨。然后，他问野田，爷爷是怎么进监狱的。

"那是很久以前的事了，"野田说道，"我也不太清楚。听说是纵火。那都是几十年前的事了。"

"纵火？他烧了什么？"

"教堂。"

"教堂？"

"我不知道是哪儿的教堂。爷爷自称当时连累了那儿的神甫，所以出狱后就开始打听那位神甫的下落。"

北川曾提到爷爷要打听一个神甫，幸田当时没有深究。儿时的记忆再度浮现在幸田脑海里，清晰如故。

燃烧的教堂、穿着黑祭服的神甫。

燃烧的教堂是不是那个教堂？受牵连的是不是那个神甫？

幸田嘀咕道："不会吧……爷爷会放火？这肯定是假的，爷爷根本就不像是会纵火的人。"

野田嘻嘻笑道："这话太奇怪了，哪有人长得像纵火犯呢？别说了，别说了。"

纵火、纵火、纵火……这词如波浪般萦绕幸田耳畔。幸田手脚发热，身上却直冒冷汗。他怕被野田发觉，把脸扭向车窗。

只要听到"纵火"两字，幸田的身体就不大自在，像是某种无形的感觉复苏，手中犹如握着一把火。这让幸田惊恐。

幸田打了个寒战，悄悄握紧双手。说那个爷爷纵火，恐怕是假的。爷爷沉着稳重，不像个纵火者。幸田越想越不明白，越想呼吸越急促，浑身直冒冷汗，不停哆嗦。爷爷似乎看破了红尘，为何却会纵火？

一定是骗人的……

幸田默默重复着这句话，久久被不悦的感觉困扰。

凌晨六点多，幸田回到吹田的公寓。屋内窗帘紧闭，却不再像前一阵那样热了。热乎乎的风消失不见，代以一股轻盈的银白冷雾。春树在褥子上坐着，看见幸田回来，就背对着幸田躺下了。幸田洗了洗脸，只脱了衬衫就倒在床上。一小时后才上班，幸田还能睡一会儿。

幸田感觉到春树的身体在动。

"我，知道你和我哥哥在干什么。"

春树说道。幸田听到了他呼吸的动静。

"所以呢，你想怎样？"

"让我跟着你们吧。否则，我就去告密。"

"这些，你该说给你哥哥听。作决定的是北川。"

"我今天就说。我这就去见他。"

"好。"

"我，要回哥哥那儿去了。"

"嗯。"

"幸田……你睡了？"

幸田不答。幸田当然听到了，却一直闭着眼睛。春树又唤了他一次，继而轻轻摇晃幸田的手，再缓缓将之放好。

外面，警车、警察来往不断，甚是吵嚷。幸田回来时特意避开小桃公寓前面的路，无奈连他家附近的小路上都出现了警车和消防车。幸田自知犯了两个错误。一是将自行车扔在了现场，二是让雅阁里面的人看到了他和北川。兴许情况没有他想的那样糟，但搞不好警察很快就会上门。就算被查到，幸田都有把握脱身——不管是装疯卖傻还是离开这儿。总之，事情不会立刻败露。

幸田突然察觉，就算他犯了昔日觉得不可饶恕的错误，此时都没觉得如何自责、懊恼……

难道是他变了？

九月末。野田他们要给三重过生日。

这话是野田提起的。出席者包括野田、三重在百货商店的同事和她的朋友，如此七八个人，再加上爷爷、北川、幸田和春树。大家打算到南区的迪斯科舞厅开个生日宴会，一人出五千日元。

本来说好那天大家一起讨论进攻住田的初步计划，彼此再互相认识一下，聊充行动的发起仪式，无奈野田非要开个迪斯科舞会，结果仪式就成了舞会。

野田说只要是男的就要来，硬把北川拉来。其实他是有私心的。三重交往了一个男人，可野田觉得年轻女孩不该和那样的男人交往。这男人是市里一家大众金融公司社长的儿子，叫国岛，打扮得像个时髦公子哥，其实就是个笨蛋。野田说这次要让国岛看到三重交了个新男友，让他死了这条心——"新男友"正是北川。为了不让国岛胡说八道，为了让他彻底死心，三重的新男友就该是北川这种会让人恐惧的类型。听野田说完这些，北川说没问题，爽快允诺，又拉来幸田，还让春树暂时扮演手下。

　　据野田讲，三重虽非绝色美人，但也体态丰盈，是那种很会讨男人欢心的女人。她孤身从三重县来到大阪，所以大家都称她"三重"。这样的女孩，最初多半都会拼命讨好别人。可是最近这一个月，三重变得有些怪，几乎不回家了，也不大去上班。直到现在，幸田他们一次都没见过她。

　　而且，最近也看不到国岛的踪影。野田不知道这是怎么回事，却总把这件事挂在嘴边。其实，野田跟三重有过一腿，所以他才觉得自己有责任。或许是良心作祟，导致他暗暗抱愧吧。总之，野田以三重九月三十日的生日为借口，提议开个舞会之类的。

　　可是，那个迪斯科舞会到底是没开成。

　　那天傍晚，三重突然来到北川他们集合的地点——咖啡馆。她皮肤白皙，个子高挑，短头发，穿一件红色连衣裙，很显年轻。野田说她算不上大美女，但也是中上等姿色。

　　她来到咖啡馆门口喊了野田，两人去外面聊了一会儿。

一看就知道出事了。三重似乎有些怯生，脸上不像野田说的那样始终挂着笑容。须臾，野田独自回来，告诉大家生日宴会取消了。至于原因，他只是解释称三重的爸爸似乎身体不佳。

　　结果，他们只得开了个没有三重出席的聚会。再没人提起三重的事。然而，在迪斯科包厢里，幸田隐约听到野田和爷爷提起了那个男人，他听到野田说国岛疯了，又听到野田说"杀人"、"国岛亲眼看到"云云。

　　当说到"有没有报警"的时候，野田压低了嗓门。

　　聚会很早就结束了。十点，大家一起来到爷爷家。小桃都在爷爷家窝藏三星期了，那天晚上又是独自在家看书。他几天前看的是内村鉴三①的书，那天则是森有正②的《陀思妥耶夫斯基笔记》。小桃蓄着胡子，精神明显见好，最近偶尔会有个笑脸。听爷爷说，洗衣服、打扫卫生、做饭，小桃都干。厨房不知何时添了新的锅碗瓢盆，茶碗也多了三四个。

　　那天晚上，大家都到齐了，一共六人——北川、幸田、野田、爷爷、小桃、春树。这也是行动的全部成员。

　　北川首先做了个简短的宣言。

　　"太初有金③——"

---

① 内村鉴三（1861—1930），日本评论家，基督教传教士，明治、大正时代无教会主义的创始人。
② 森有正（1911—1976），哲学家、法国文学家。
③ 《圣经·新约·约翰福音》：太初有道，道与神同在，道就是神。太初，比"混沌"更原始的宇宙状态，有"最早"、"最先"之意。

他的开场白有意模仿了《约翰福音》的破题之句。

"太初有金，金与吾同在。我们的团结，不是肉体之欲望使然，更不是人性之欲望使然。一切皆因金砖。但是，我要先说明白，我们要拿的只是五百公斤——十亿日元。每人各分两亿，相信各位没人会觉得分配不均吧？我就说这些。"

誓言固然奇怪，哪知北川郑重说罢，大家竟一致鼓掌。之后，一张地图缓慢展现在众人眼前。

爷爷以前在电梯服务公司工作时，经常出入住田总部，这张草图就是他画的。草图的上面是野田绘制的地下停车场和保安室的略图。还有大约六十张照片。照片是幸田、北川和野田拍的，由春树设法洗出。其中二十张是住田大楼的照片，是他们开车跑阪神高速时从车里拍的。另有数张从中之岛的皇家酒店二十楼拍摄的变电所和附近道路的远景照片。然后的十张照片是在住田总部的地下停车场偷拍的。剩下的十几张，是野田利用给电脑作定期维护的机会，拍摄的电梯、楼梯和内部通道的照片。

他们先看了大厦的结构草图。

住田大厦看似正方形，中间有四个中庭，像个"田"字。四部电梯就在"田字"的中心位置。其中一部从地下二层直达顶层的七楼，另两部则抵达从地下二层到六楼之间各层。而剩下的那一部，正是去往地下三层的金库。这部电梯表面上只到地下二层的机械室和停车场，其实用的是一条特别电路。该电路使用随机数字加密，由保安室连接到电梯控制盘，而且每天变更钥匙卡的数字。

小桃嘟囔了一句："感觉像是加密电报。"

爷爷认为，只要掌握了装有升降程序的控制盘，就能手动控制电梯的升降，而且这是唯一的办法。

在靠近电梯的中央位置有处楼梯，大厦的东西南北四个方向各有一处楼梯，共计五处楼梯。这些楼梯都不通往在主体大楼南侧扩建的营业厅。楼梯的布局很均衡，这是因为大厦的结构是以中庭为中心，房间均匀分布在每层的走廊里。

一楼和二楼是开放式结构，有总务部、电子商务、保安公司的两个值班室、接待室和业务洽谈室。三楼是信贷业务部和营业部。四楼是投资部。五楼是国际业务部。六楼是交易大厅和外汇业务部。七楼是董事办公室、会议室和仓库。再上面就是电梯机房、储水罐和空调的排气设备。电脑房在地下一楼。机械室、中央保安室和停车场在地下二楼。

每层的房间布局比较细密，每个房间的进出口也多，结构复杂，难以控制人员的流动。在"田字"的中心位置，很容易迷路。因此，进攻和撤退必须利用地下结构。

然后，他们看了大厦外观的照片。

幸田曾有几个清晨开车沿阪神高速环状线行驶，行经土佐堀住田总部时，北川便会拍照。这二十张照片正是他们的成果。从地上任何角度都无法如此近距离观测到这个建筑物，但是在高速上，住田五楼以上的部分仿佛触手可及，一目了然。西南角上有个很大的避雷针铁塔，这个在地面上完全看不到。

野田看着照片，开始沉思。幸田认为那是避雷针，野田却说不是。

"这是红外线探测器。最近很流行这个。半径一二百米内的物体，它都能探测出来，还能在电脑上进行图像处理。这个可能和保安公司的网络连着。"

"你说这个铁柱半径数百米内的东西？如果是这样，为什么把它安装在西南角？"

"这个不太清楚。但是，从这个铁柱顶端的高度来看，其探测范围只怕覆盖了住田东面的道路。当然，西南角的地下停车场的入口一带同样在它的探测范围以内。"

北川说道："好，明白了。其实，就算被红外线照到，只要我们不引起别人怀疑就行了。我们要准备好车和衣服。"

他把从中之岛的皇家酒店二十楼所拍摄的照片摆出来让大家看。中之岛变电所一带本来就是个错综复杂的地区。这个最重要的变电所，四面都被别的建筑物遮挡，不管如何设法，从停车场和楼房的间隙都只能看到其巨大的水泥外墙。

一晚二万五千日元的房费，果真有登高望远的价值。

从二十楼放眼望去，近处是错落交织的扇町高中、体育馆、住友医院和大阪大学医学部，对面便是关西电力中之岛变电所。它后面是阪神高速的中之岛入口，对面是关西电力总部大楼；旁边是三井银行、住友中之岛大厦、朝日新闻大阪总部。

说是变电所，却没有架设高压线的铁塔，更没有变压器，只有一个看似盒子的水泥结构，这和从地面上看到的一样。

城市中心的电力设施大概跟这里一样。然而，若和周围的高楼相比，它无疑相当庞大，甚至接近其北边那个巨大的大阪大厦之半。

从高处还能看到无人控制的设备就放置在主楼北侧，这在地面上是看不到的。乍看之下，没有一个像样的入口——不，西侧的田蓑桥公车站附近似乎有条用来进出的小路，但北川他们暂不确定那里能否充当突破口。变电所的北面和东面完全被大厦的外墙堵住；南面有处空地，像是个小型停车场，但变电设备的水泥外墙紧挨着那里，就算穿过空地，只怕都没有插脚的空隙。

看完照片，北川很失望，嘟囔道："这根本没用。"

"不见得。"小桃一直盯着照片，此时开口说道，"大家都认为中之岛只是简单的配电用变电所，看照片似乎不是。"

北川的身子往前一探，问道："那……你的意思是？"

小桃指了指主楼北侧的控制室，说道："若是配电用的小型设备，控制室不会像这样单独分开。这里可能会连接着多条一百五十四千伏的大容量干线。"

"这是什么意思？"

"就是所谓的一次变电所。而且，和室内线系统不同，它大概连着别的干线系统，是中心系统的一部分。"

"那又如何？"

"电力供给系统，包括室内部分，会更复杂。就是多分支的开放式环形线路方式。只要能进去，就会搞明白……对了，野田，住田的室内分支容量有多大？"

"二十二千伏。是特高用户。"

"所以，不管是怎样的线路，反正都是从多线路的开关或分支开关直接接入的……"

091

"低压用的分支装置在住田的地下。总之，供电系统是环形线路。"

北川插口问道："环形线路？"

"简单说，就是至少用两条线路供电。就算一条干线故障，另一条线路也能正常供电。变电所有两端，都是环形线路，即便其中一端连接别的系统，都能形成环形线路供电。画图给你看吧。"野田在那张纸上，从一个点上画了两条分支线，在这两条线的中间加了条连线，"这就是环形线路。"

"就是说，只摧毁中之岛这一个变电所……不行？"

"对。若想断掉住田的供电，必须把住田分支的两个系统都断开。要让这一带全部停电，需要精确了解大阪市周边干线系统的构成，至少也要断掉以中之岛为中心的上位和下位两个变电所及其所有的关联线。嘴上说很容易。别那么严肃，北川，你没打算做这么大吧。"

北川深锁眉头，一直侧耳倾听。野田话音刚落，他的态度登时一变，嘿嘿笑了。

"那也好。我正想把警察的注意力吸引到外部去呢。的确，我们没必要把这一带的电都停了，关键是要做得让人感觉像是有一帮傻瓜要捣毁中之岛变电站。正好，朝日新闻总部就在这附近。你觉得怎么样，小桃？"

"你讲的和我们说的不是一码事。若只想炸掉它……"

"就是这样。中之岛只是个烟幕弹。我们的目标其实是包含住田分支管路的地下管道和住田变压器。为了让烟幕弹发挥最大的作用，必须彻底摧毁中之岛。这点你要搞清楚，小桃，我需要你作出准确的判断。是可能还是不可能。你要深入实地考察，然后给我个结论，没问题吧？"见小桃没有反驳，幸田补充道，"我帮着一起侦察。"

"那好，下面看看这些。"

北川铺开了几张地下停车场的照片，还有野田手绘的草图。野田没用尺子，画得很粗糙，线条弯弯曲曲。有几处清晰的线条是爷爷添的。照片在手，地下停车场的内部结构登时明晰。行车道、柱子、停车位的长和宽，还有值班室和直通中央保安室的进出口，图上皆有描绘。北川把野田拍的照片一张张铺到草图上面。

野田对拍到的这些照片非常自豪。他每月去住田两次，给电脑做定期维护，每次都会把车停在这个地下停车场。前一阵，他将装着 ISO1600 高感度胶卷的佳能 AUTOBOY 放进了口袋。经过停车场和电梯时，他一手抱着公文包挡住相机，就这样不开闪光灯从保安眼皮底下"啪啪"拍下照片。而且，他特意选在保安午休时听收音机广播的时机，这样他们就听不到按下快门的声音。野田觉得反正拍不好，没抱太大期望，哪知洗出来的照片非常清晰，甚至没有虚像。

住田大厦不小，停车场却不大。车辆通道呈"コ"字形，车道两边是纵向或横向的不规则停车位，共三十个。保安室在里面，被柱子挡住，因此，那里的视野不太好。

保安室的对面是中央通道，通道两边各有一部电梯。这两部电梯仅限于银行的管理人员、大股东和一部分大客户使用，这些人正是平时利用这个停车场的主要人士。实际上，如果和保安熟识，像野田这样的混个脸熟也可以进出这里。爷爷去年在这里工作时就是这样进出停车场的。据爷爷讲，电梯服务公司的人一直都这样进出那里。

北川露出满意的微笑，看了看幸田。幸田轻轻颔首，像是说穿过停车场外面的道闸不是没有可能。

野田拍的照片中有四张特别重要，就是拍下了保安室和在其窗后能看到的中央保安室一角的四张照片。值班室通常有两人，负责监视车辆的进出情况。很少有车辆通行，所以他们很清闲。桌上放着收音机、饮料和周刊杂志。后方则是可以看到整个停车场的四台监控电视。墙上挂着好几串钥匙，还有灯、空调和电闸之类的开关盒。四部内线电话分别和主楼一层的警备保安公司的值班室以及每个楼层的值班室相连。再往里有道门，野田拍照的那天，门是开着的。

这扇门一般都开着。大厦白天有五名保安，晚上有两名。他们和看守停车场的两名保安会互相走动，打发时间。白天的五名保安里有两位算是联络员，要在各楼层巡视，所以值班室常常只有三人。三人之一肯定会坐到监控大厦各处的九个监控电视前的转椅上。这工作很无聊，搞得他不停转椅子。

一张照片上可以看到保安转着椅子看向别处。还有九台监控电视、监控操作盘。CPU 放在桌子靠墙处。桌子右边放着两台像是打印机的机器。野田介绍说，一台是信息打印机，一台是数据记录器。电脑一天会多次自动检查线路，检测结果的数值会自动打印。照片上虽然看不到，但这台机器的左边应该还有电脑主机，连接着警备保安公司的中心电脑。

大家都注意到了照片中央的九个监控画面。画面中，有些由黑白线条和阴影组成的图形。如果画面再清晰些，就能知道那些图形代表的是大厦内部的哪些地方。

北川问道："把照片扩印一下，怎么样？"

春树答称那办不到——没有扩印机，也不知道如何扩印。况且，这些照片根本不能扩印。野田同意春树的意见。

"那个，北川，这个真是很难办到。这种照片一旦扩印，只会更模糊。"

"我看过肯尼迪暗杀现场的照片，也非常模糊，即便那样，那照片也提供了重要线索。"

"那个是把全美国最厉害的家伙集合在一起，使用了大型电脑系统程序进行图像分析。我们怎么可能办到，傻瓜。"

"就是说，这照片没多大用处？"

这时，爷爷开口说道："但是，我觉得从这个监控画面上，还是能找到点线索的。"

"这些我好像看到过。比如，左上角的这个是一楼的中央楼梯。边上的这个是七楼董事办公室的前面。这个……可能是对外营业窗口的通道。"

"那后面呢？"北川见爷爷木然摇头，又把目光转向小桃，"总之，起码要把这个监控器和继电器盘摧毁吧？"

小桃答道："这地方太惹眼，别乱来。最好是破坏机械室。"

"我们要算好炸药的量，保证准确摧毁目标。"

野田说道："对，我之前就说了，要想切断通信线路，就要先破坏掉交换机。对吧，小桃？"

北川又问道："所以，只要解决保安室里的人就行了？"

小桃说道："当然要搞定保安。如果有时间，能摧毁的东西尽量摧毁。但是，到时得争分夺秒，恐怕没有富裕时间。"

野田笑道："如果没人看守，这些设备就是一堆废铁。"

"好，明白了。机械室的情况呢？"

从保安室往里走，隔着休息室和卫生间，估计就是机械室和监控室了，但是没人进去过。这里有三个人轮流值班，轮班时间好像是下午两点、晚上十点和凌晨六点。野田和爷爷从没碰到这些家伙，不知道他们的长相，包括名字都不知道。

话说回来，如果是一个人值班，倒好对付。而且，天底下的机械室好像都如出一辙。小桃只要跟着野田进去一看，就会搞明白了。

"总会有办法的。"野田胸有成竹，"全摧毁不就行了？没问题，我有办法，不用担心。对吧，小桃？"

这是他们第一次聚在一起开会，大家带来了照片和草图，卓有成果。一番谈论之后，大家达成共识，对夺金行动有了大概的构思。每个人都明确了自身的职责。各种困难、可能性和疑点被一一挑明，一个清晰的框架宣告确立。

北川是这次行动名副其实的策划人，他以"总结"的形式归纳整理了以后的计划。大体分来，有五大问题亟待解决。

一、进攻住田总部的办法。这里包含四个重点。

1.做场好戏，掩护进攻。

2.选定进入停车场的车辆。

3.如何对付守卫和保安人员。

4.详细了解电梯控制装置。

二、悄悄制造事故和破坏通信线路。

地下管道，变电所，机械室，每个设施的内部构造。侦察活动。

三、金库的一切信息。

1.国际部次长户田雄一郎的日程。监视他的情妇。

2.如何在停车场擒拿户田次长。

3.进入金库的办法。

4.搬运五百公斤重物的机械、材料。

四、得手后如何撤离。如何确保逃走路线。

五、炸药及其他物资的准备。

这里面的每个环节都有更细致的小问题。这些问题都需要落实。实际动手以前，计划这东西总给人遥遥无期之感；然而一旦着手进行，就会觉得时间消失得犹如流水。幸田很清楚这一点。大家都冲着共同的目标行动，虽然每个人都有各自的问题，但现下大家聚首，每个人便都背负了自身的使命。没有人不情愿。行动就这样自然展开，大家有不同的憧憬，也有不同的烦恼。现在就是这样一个时期。

一进十月，黎明时的感觉明显变了。湿冷的空气中夹杂着河流和街道的腐臭味，随着呼吸进入体内，就像潮湿的衬衫贴在身上。

幸田有五六次利用清晨和小桃去勘察中之岛附近。侦察的前一天晚上，他们会装成流浪者，铺张报纸睡在长椅上。

有时就算不是为了侦察，幸田也会睡在外面。那种时候，一到凌晨六点，幸田就开始对着土佐堀川发呆。

七点左右，爷爷便会现身土佐堀路。爷爷的动作一如幸田八月初从商务酒店房间窗口用望远镜看到的那样，自然、协调。和盛夏时不同的是，爷爷开始清扫道路的时间晚了半小时。到了冬季，爷爷上班的时间会再推迟半小时。

幸田常常坐在仅供行人通行的锦桥的花坛边上。爷爷总会从锦桥边开始清扫马路，却一次都没看到幸田。而且，幸田从不和他打招呼。睡一晚长椅之后，兴许是不适应吧，幸田总会全身发冷，神经、感觉都变得迟钝，反应跟着慢了。

幸田忘了这是第几次看爷爷清扫马路了。就算不是要侦察中之岛，幸田都想装成流浪者来到这里待着。

他为何会有这种想法呢？恐怕就是想看到爷爷。除此再无别的解释。

幸田没有不可告人的目的，只是想看着爷爷。

他觉得爷爷的身体动作节奏流畅，透露出一股坚韧。爷爷的瘦弱身体似乎会散发出某种柔软、沉稳的东西。幸田每次看到这些，都觉得似曾相识。

若说幸田似曾相识的是爷爷这个人，倒不如说他更熟悉爷爷的肢体语言。他每次看到爷爷，都觉得这老头坚毅的脊背里包含着某种毅然决然，继而联想到一双柔软的手正抚摸着炙热的石头。幸田不知道那手的主人是谁，却常常设想那陌生人的容貌。

突然，那个模糊的人影缓缓变成了爷爷。这事态当真出乎意料。幸田有了种错觉，好像有一双热乎乎的手推着他。幸田突然从花坛中抓起一把土，紧紧握住。

正当他抢起那只手的瞬间，身后有人唤道："幸田……"

小桃喊了幸田两次，抓住幸田的手，掰开他的手指。

"幸田，你为什么用土扔爷爷？"

恍惚中，幸田听到小桃说些诸如此类的话，却根本不知道自己要干什么。

幸田留下一脸错愕的小桃，孤身返回韧公园公寓，换好衣服去吹田上班。这是三天前的事。

那天以后，幸田再没见到爷爷。这三天来，他每天都出去侦察地形。凌晨五点，长椅上的幸田总会盖着报纸醒来。他常睡市政府大楼前中之岛公园里的一张长椅，小桃睡他附近的另一张长椅。十分钟后，两人头脑完全清醒，便动身踏上淀屋桥。接着，两人一前一后，保持距离，踏上土佐堀路，而后再去住田总部附近的路上溜达溜达。

他们从东面的小路进去，沿着南面的小路转转，继而走到地下停车场的入口附近，再原路返回淀屋桥。为了避开住田西北角对面——锦桥边上的派出所，他们会绕开住田大厦的西侧。

然后，他们再次走过淀屋桥，沿着相反一侧的河边小路走到肥后桥，穿过沿河的人行道之后，进入中之岛三丁目。

这里绿化带的植被茂盛，里面的长椅和中之岛公园的长椅一样颇受流浪者青睐。特别是阪神高速机场线高架桥下面的长椅，风吹不着，雨淋不着，所以总睡着一两个流浪汉。幸田和小桃都去那儿睡过，所以没有陌生之感。

幸田拿着一瓶没喝完的饮料和一份报纸，小桃则拿着一本旧杂志和一个纸袋。纸袋里装着一卷《叛教者朱利安》[①]、饼干、卷尺、螺丝刀、钳子和橡胶手套。

幸田和小桃的皮肤都很光滑，不太像是流浪者，所以早晨开始侦察前，他们都会用公园里的土抹抹脸，乔装打扮一下。幸田每次伪装完都会转脸询问小桃的意见，而小桃苍白的脸颊上则会随之绽放微笑。

近来，幸田常看到小桃露出这种表情。那微笑十分奇异，犹如来自遥远天国的一抹亮光。

进入中之岛三丁目以后，两人会慢行一百五十米，如此走到田蓑桥附近。这条路的右边是朝日新闻社、住友大厦、三井银行、关西电力总部。路左边连着七八十米长的土佐堀步行道，路上停着不少车。自从朝日报社分社遇袭以来，警

---

① 日本作家辻邦生（1925—1999）的历史小说代表作。

察和公安的耳目就遍布了报社总部一带。根据幸田他们这几次的观察，路上停放的车辆每次都会不同，根本分不清哪些是暗哨。

过了关西电力总部，越过阪神高速中之岛入口，就到了变电所所属的区域。紧靠高速路入口，土佐堀一侧是大阪建筑株式会社的停车场和仓库。堂岛一侧是三井大厦。

这个停车场的大门紧闭，里面用水泥墙将停车场和外面隔开，墙上还有带刺的铁丝。这面水泥墙正对着三井大厦的外墙。停车场的西侧，一半是这家公司的大楼，里侧的另一半似乎紧挨着变电所，但若开车从中之岛入口进去，就会发现其实这里根本不通往变电所，而是紧邻着别的仓库。虽然没有专门的警卫人员，但到处都能看到像是红外线探测器的机器。从朝日新闻社总部的门前，能清楚地看到停车场入口。很显然，这里无法充当进攻变电所的入口。

大阪建筑的旁边有个狭小的停车场，那是关西电力员工的专用停车场。停车场的入口一带用绳索围着，里面正对着的水泥墙背后便是变电所。只有这儿才看得到变电所的水泥墙。诚如北川拍的照片，变电所的设备紧挨着这堵墙，中间的缝隙很窄，不到二十厘米。当然，从停车场里面架个梯子到变电所的屋檐下，是不成问题的。

停车场旁边是普通的商铺大楼，里面有一家贸易事务所和一间老餐厅。那大楼虎踞路口，再往前便是正对着大阪大学校舍的田蓑桥，沿街的感觉跟这里完全不同。几间破旧的商铺错落并排，把变电所遮挡得严严实实。

从重重叠叠的屋檐缝隙中，只看得到变电所设备的外墙、对面的大阪建筑株式会社的大楼和关西电力楼顶上的通信天线铁塔。

这些商铺背面是个五坪大的空地。空地用栅栏圈着，紧挨着变电所，里面有个两层高的活动工棚。虽然打着"住友电气设备"的广告牌，实则是个物资堆放场。工棚后方半米，便是一面二米四高的水泥墙和带刺铁丝网，隔开了变电所的主体设备。再往前是个前院，摆着些无人操作的设备。

幸田他们打算利用这个工棚右侧的外墙楼梯，从这个楼梯爬上去，只要一伸手就能够到水泥墙的带刺铁丝，距离只有区区半米。站在二楼的脚手架上，可以从扶手处用绳子翻过这面墙，继而摸进变电所。地面空间不小，完全跳得下去。

翻墙进去，就是变电所的控制室和院子。可惜看不到控制室的出入口，只能看到控制室的南侧，也就是中心变电设备室的入口。院子不大，只够一辆小轿车掉头。

这个工棚的北边，就如北川照片拍的那样，是车辆进出变电所的通道和大门。从路边往里看，这个通道和旁边的工棚差不多大小，有十米长、三米宽。大铁门高两米四，是个单面推拉的拉门，有铁丝网。

这里不太引人注目，但幸田他们最初没打算把这儿当成进攻变电站的突破口——铁门左侧的门柱上，有一根很像是感应器的天线伸在外面。

从那根天线到工棚室外楼梯的二楼，有大约十五米的距离。幸田需要确定感应器能否感应到那儿。

两天前，幸田和小桃爬上工棚楼梯，隔着带刺铁丝，不停晃动一根自行车的刹车线，针对感应器做了一个测试。等了十分钟，什么也没发生。就是说，感应器感应不到这里。幸田还用万能表测了一下铁丝，结果，铁丝上没有通电。

那个刹车线就那样挂在铁丝上。今早，两人去看时，它还在原处耷拉着。

小桃微笑道："看来，定期的巡回检查最多三天一次。"

总之，这个工棚可以作为进攻的突破口。问题在于，这是个临时搭建的工棚，近期没准就会被拆掉。侦察的时候可以使用，真正行动时就不好说是否有用了。

小桃考虑的另一个进攻突破口，在堂岛一侧。在田蓑桥路上，挨着一片工棚和变电所的车辆进出口，就是关西建筑管理株式会社的破旧小楼。在它和中之岛路的交叉路口，有处能容纳二十辆车的收费停车场。拐过中之岛路，停车场旁边是庞大的大阪大厦，这之间有条一米宽的小路。

小路和关西建筑管理公司的后院相通。

一米高的铁栅栏只是个摆设，其后方是建筑株式会社后院的垃圾场，再后方是高高的水泥墙，墙后就是变电所前院。

翻这面墙当然需要梯子，所以小桃想利用下水道。掀开井盖，眼前出现一个漆黑的空洞，地下隐约传来水流声。

几天前，幸田拿着手电筒从那儿下去过。下水道的直径大概有七十厘米，幸田下到一米半深的时候，脚就踩到了水。下水管就从这儿接到和地面平行的另一条排水管上。黑暗中，幸田只能看到这条管道有十米长。除此没有特别的发现。

脏水弄湿了幸田的衣服。爬出地面时，他顿时觉得很冷。

小桃问道："底下的水有多深？"

"大概二十厘米深吧。"

"只要不下大雨，一般都是这样。"

幸田在暗处脱光衣服，用毛巾擦擦身，换上小桃拿来的牛仔裤和毛衣。小桃微笑着守在一旁。幸田一打喷嚏，小桃就从纸袋里拿出一杯大关 ONECUP^①。两个人就在变电所的水泥墙根下，共饮一杯酒。

"这个下水道，可以用来隐藏炸弹。"小桃说道，"炸弹加上点火装置，得有四五十公斤。一次性搬运这些东西，太扎眼，也危险。我们可以一点点搬运过来，挂在这个下水道里。"

"会不会有人掀井盖啊？"

"应该不会。你打开盖子的时候，井盖是不是生了锈，很难搬开？这就证明很久没人来过了。"

小桃说得很对。下水道里面除了水垢和刺鼻的烂泥味，还有一丝苔藓的气味。

幸田问道："那……突破口就定在这儿？"

"嗯，这条路的入口对着堂岛河，没人会注意到。"

数日的侦察，就是要拿出一个最慎重最稳妥的结论。工棚的楼梯很容易通过，危险之处在于它不知何时就会被拆掉。关西电力停车场，需要五米高的梯子，利用起来不现实。关西建筑管理株式会社的这个后院，虽说隔断墙就有两米四高，感觉上却是最安全的。

---

① ONECUP是日本大关公司注册的日本清酒商标，清酒被装在杯中，方便饮用。

因此，那天早上，他们最后又观察了那个后院，看看铁栅栏、垃圾箱有没有什么改变。

小桃说道："今夜，我想进去看看。"

"好。几点？"

"三点。"

"要准备什么东西？"

"要翻墙，所以需要使用绳子和开锁用的工具。现在弄坏锁的话，就不好了。还需要便携式相机、手套。就这些。"

幸田和小桃溜达着沿原路返回。走回土佐堀步行道时，是清晨六点半。有两三个流浪者都起来了。爷爷还没来吗？幸田不觉用目光在土佐堀的对岸搜寻爷爷的身影，突然发现走在几米前的小桃不见了。

小桃蹲在肥后桥桥墩草丛的阴影里。眼睛盯着离肥后桥不足十米远、在其东侧的锦桥。隔着锦桥的石栏杆，两个留着短头发的人在往这边张望。幸田一眼就认出了女的是三重。那么男人就一定是素未谋面，大众金融公司社长的公子——国岛。

两人很快走开，过了锦桥，消失在土佐堀路。他们没有出现在四桥街，看来是往淀屋桥方向走去了。

直到看不见两人的身影，小桃才站起身。回头看了看，像是在找幸田。小桃走到肥后桥上，幸田紧追了几步。

幸田问道："你在看什么？"

小桃面无表情，冷冷答道："你认识那个男的吗？我杀哥哥，被他看到了……"

"被他看到了？"

幸田又看了看小桃，只见小桃的表情全无变化。

片刻前，在凌晨的黑暗中感受到的他的亲切，现在随着太阳的升起消失了吗？

明媚的阳光中的小桃，总让人捉摸不透。

"小桃，我知道那个女的是谁。她就住在你隔壁。"

"我怎么一次也没见过她啊……"

"好像她不大回来。听说从八月底开始，这两人就变得挺古怪了。"

"估计是从那男的瞧见我杀人之后开始的。他一定误认为我是暴力组织的人，不敢乱讲，所以四处躲藏。谁让我看到了他的脸呢。女的似乎从男的那儿听说了这件事，所以她的表情才不大自然。"

"这样啊……"

幸田敷衍着。实际上，三重的确知道了这件事。生日宴会没能开成的那天，野田也知道了这事。爷爷、北川、幸田都知道了这件事。

幸田不是想故意隐瞒。他最近整天忙于露宿街头、侦察这些小偷的专业工作，而且做得很兴奋，很投入，早就忘了小桃杀过人这件事了。

幸田真能不去想小桃是如何杀人的？怕是办不到吧。看着沾满泥巴的手指，幸田突生厌恶之感，对今夜露宿的事情顿时没了兴致。

"小桃，今夜的活动取消吧。我不想干了。"

幸田说着，把手里的空酒瓶扔到了马路上，身上的破衬衫也脱下来扔了，只穿一件汗衫回到韧本街的公寓，从那儿直接去吹田上班了。

到了十月，公司仓库外面的啤酒瓶明显少了。然而，有一家食品进口公司租赁了幸田所在公司的仓库，往仓库里放了大型冰库以储存冷冻蔬菜和鸡肉，搞得幸田每天都要进出零下三十摄氏度的冰库。这家公司一次就会往地方上发几十柜货，再算上时不时的批发，几乎每天都有五十个货柜的东西离开仓库。幸田就这样天天搬运堆积如山的冷冻食品箱子。

工作十分钟，休息五分钟，再干十分钟。这样的劳动频率比夏天时更毁身体。幸田感觉全身的肌肉都失去了弹性，就像拉不回来的橡胶，累得他都不愿开口说话。劳动的密集强度让大家怯而远之，大部分时间都是幸田独自干活儿。虽然幸田每天都能见到春树，但两人几乎不交谈。

春树最近的表情有些奇怪。他的表情冷酷如故，却添了几分卑劣和恶意。春树的眼神太敏感，正显出他的焦躁、无情。幸田总觉得被春树盯着，却故意不理。幸田觉得春树的生命信号太迫切、太张扬，就像一个重物压到了自己十分疲惫的大脑上，很不舒服。

幸田一上午就要跟春树碰好几次面。春树仿佛一直等着机会，只要对上幸田的目光，就会从眼角射出讨人厌的眼神。中午，春树给幸田送来一份加急的出货通知单，幸田忍无可忍，冲着春树吼道："别太过分了！"

春树假装不懂，问道："你说什么呀？"

"你还问？喂，你别再没事盯着我看了！"

"看你一副目空一切的样子，其实挺介意别人的目光嘛。"

"这正是我想说的。总之，以后别看了。我不喜欢别人看我。"

"有什么好看的？再也不看了。你最近都没回公寓吧？你爱怎么做就怎么做吧……"

春树说完，忘了把最重要的出货单交给幸田就走了。一分钟后，幸田就听到办公楼传来骂春树的声音："你这笨蛋！"

十月二十日，星期五。

小桃消失了，桌上只留了张字条——我出趟门。也没背他的运动包，而且《叛教者朱利安》的最终卷少了一册。

半夜回到家的爷爷看到字条，就给野田打了电话。感到大吃一惊的野田立刻给北川打了电话。北川接到电话后，穿着睡衣，披了件开襟毛衫，就从南千里开着他的帕拉丁赶到幸田家。北川喘着粗气，怒气冲天，一句话也没说，把小桃留下的字条扔到幸田面前，转身就回去了。那天晚上，下了一场雨，是这段时间以来的第一场雨。

之后的三天，北川一直六神无主。北川这个男人，一直以来只要他感到心神不定，就会沉默得像块石头。星期天，北川一直呆坐在房间里，一动也不动。北川的夫人拿他毫无办法，无奈之下她给幸田打了电话。

"我也不知道怎么回事，我老公让我叫你来。我说若是想让幸田先生来，你自己打电话说不就行了嘛。谁知他朝我大嚷道：'让他来我们家！你打电话！'他现在就像块超大垃圾，待在家里不动弹。我真是拿他没办法了……星期天真是不好意思，如果方便，你能来一下吗……"

如果电话是北川本人打来，幸田是不会去的。可因为是夫人打来的，虽不情愿，幸田还是出了门。刚出了南千里车站，就看到北川和儿子祐一朝车站走来。石头人主动出来了！祐一穿着一双大鞋子，一只手打着一把黄色的伞，一只手被大步前进的北川牵着。

只见孩子朝幸田叫道："镜镜哥哥！"

北川这是要带他去车站前面的面包店。

孩子笑道："我想吃好多冰激凌。"

北川好像忘了自己吆喝妻子给幸田打电话的事了。

在面包店，孩子要了冰激凌圣代和炸面包圈，北川和幸田要了咖啡，坐在靠窗的座位。雨已经卜了三天，面包店的椅子和桌子有些潮湿。隔着蒙着水汽的玻璃窗，依稀可见马路对面的红灯在闪烁。几声摩托的轰隆声穿过马路，远处传来警车的警笛声。

"春树买了辆摩托。"北川随口道，"听说二手车里也有些不错的。雅马哈……型号我忘了。下次有机会，你帮我看看。"

"我为什么要去看？"

"不愿意就算了。"

"你叫我来干什么？"

"我考虑好了，幸田。把一个杀人犯招为我们的同伙，这是我作的决定，我会负责的。所以这样下去可不行。"

"嗯。"

"小桃说'出趟门'就是过几天会回来的意思吧。我们要找到他，让他说清。"

　　"说清什么？"

　　"假设小桃把国岛怎么了……那，这就是最后一次。如果一个人接连杀死两个人，我觉得他以后做事时是没办法冷静沉着的。"

　　"总之，我有好些话想和小桃聊。他知道我们太多事了。"

　　"没什么好说的。没办法时，我们就告发他，一切自然结束。"

　　"别开玩笑。"

　　"你也清楚，之前我在小桃公寓碰到的那两人不是公安。我亲耳听到他们讲朝鲜话。要知道，幸田，六四式手枪是朝鲜军队的装备，明白了吧？是朝鲜……小桃兴许是从朝鲜经韩国来到日本的间谍！我们不用亲自动手，只要把小桃的情况告诉那些人，事情就解决了。"

　　北川说完，用纸擦了擦身旁祐一的脸和手。祐一把冰激凌吃得到处都是。此刻，北川无法平静。北川这个人看上去比较冷静的时候，往往都不大冷静。北川是最能充分发掘人的能力，积极评价人的能力并为己所用的一个男人。

　　因此，当他的信任遭到背叛之时，他的愤怒无疑骇人。

　　话说回来，此刻的北川尚未完全放弃小桃。幸田观察着北川的表情，觉得他没有彻底死心。

　　北川三思的结果，好像是——

　　拿希望赌上一把！

　　幸田决定保持沉默，看看北川的对策。

　　北川这三天来都寻思着这件事。他想让小桃吐露心声，想继续考验小桃，希望小桃振作。北川谨慎细微、循序渐进，用他强有力的双手推动着行动计划。此刻，北川的这双手温柔地擦拭着儿子脸上的冰激凌，正是这双手，将会握住价值十亿的金砖。

爷爷坐在餐桌旁。桌上有瓶打开的伏特加、一个空茶杯，还有一双筷子、一个盖着保鲜膜的碟子、一把酱油壶。

小桃就在紧闭的拉门后面。

一小时前，幸田和北川接到爷爷打来的电话，得知小桃回来了，立刻打车从吹田赶来。两人不请自来，爷爷不吃惊也不埋怨，只是默默坐在那儿。

北川无可奈何，只好主动表示希望爷爷回避。

爷爷这才开了口，问道："非要我出去啊？"

北川答道："对。"

"但是，看你们的架势，不像是来好好谈一谈的……"

"行了，爷爷，我们现在是什么情况？如果光讲大道理，那就火烧眉毛了。小桃的行为关系到我们大家的性命，你要搞清楚这一点，所以我才让你别管。"

北川扼要解释，拼命克制内心的怒火，以致说话的语调忽高忽低。

爷爷拿着酒瓶站起，什么话也没说，只是盯着北川和幸田的眼睛。爷爷拿着一瓶酒、一把伞，就此走出家门。他走路时，消瘦的肩膀习惯性地垂下。

幸田第一次看见爷爷时，印象最深的就是背影，但他现下根本没时间再去注意、思考这些，只因北川拉开了拉门。

小桃一句话都没说。

他这四天的消失大概跟国岛有关——直到最后，这都只是幸田他们的推测。北川狠狠打了他一顿，反复用脚踹他。幸田则没动手。

北川发飙时，幸田从来不会出手。他早就习惯了北川的霸道，从没想过要跟北川一争。

北川打得有些累了，额头都冒出了汗。鲜血自小桃的口鼻涌出。小桃不肯开口，北川就不会松手。北川不确定小桃是否杀了国岛，只是有些失望，所以心烦意乱，一拳接一拳发泄着。幸田倒挺平静，连憎恨都没有，只是心脏随着北川打出的拳头剧烈跳动，隐隐有一丝厌恶和痛苦的感觉。

幸田扭头不去看，脑海里闪过夏末在电车调度场看到的那支手枪，满眼都是那两个乌黑罪恶的枪眼。很久没有复发的鸡眼，偏偏在此刻破了，流血了。小桃为什么让幸田看到他的杀人凶器？此举有何用意？

直到现在，幸田还是想不明白。其实，幸田不是希望有明确的答案。如果北川不在这儿，幸田大概也会痛打小桃。打人的和挨打的没有太大区别，都会毫不留情地发泄。像野兽一样喘着粗气，兽性大发，热血沸腾，散发出一种让人无法忍受的肉体臭味，好像世间的人都拥挤在这间六榻榻米大的小屋里面。

没有人类的土地！

幸田的潜意识里突然冒出这句话，却没有说出口，只是抓起一个坐垫朝北川扔去。

北川这才住手，拉着蹲在地上的小桃，使劲摇晃小桃的身体。

他几乎把脸贴到了小桃的脸上。

"我只说这些。小桃，你想活下去，对吧。就是想活下去，所以才要把目击者如何如何，对吧。若是这样，那你就活出个模样来。你要想清楚怎么才能活下去。活着，去做你该做的事！听到了吗？"

小桃闭着眼睛，不置可否。北川推开小桃，站了起来。明明是失望交织愤怒，北川却有种满足和解脱的快感。

"听好了，小桃。这周内你要做完变电所的侦察工作。然后我们才能开始准备炸药。这个星期内！明白没有？"

幸田先走出房间，来到走廊的栏杆处，探出身子深吸一口雨天阴冷的湿气。北川刚才说出了幸田的心里话。

幸田和北川沿着四之桥走了半小时，一路上两人都无语。或许北川觉得刚才在幸田面前失态了，有些不好意思，耸肩走在伞下。

"喂，幸田，你觉得小桃杀了国岛没有？"

"不，看来不像。"

"果然……我也觉得那不大可能。"

"总之，小桃没杀那个人。虽然不清楚理由。"

"如果是这样，这小子为什么还去找国岛啊……"

说完，北川突然伸出一条腿朝雨中狠狠踢去。

然后，幸田就听到了一声低吟："妈的……"

"喂，幸田，人真是麻烦……下次再有什么事，我一个人就办了。反正你是要去'没有人类的土地'对吧？"

"嗯。"

"你总是这么说，但是你到底要去哪儿啊？西伯利亚？非洲？绿岛？"

"不是那儿。"

"那是哪儿啊？"

"没想好呢，反正不是这些地方。其实，我不大清楚……"

"那就只有彼岸喽——开满鲜花的彼岸。"

幸田答道："是啊，到时请多关照。"

北川低低说了句他妈的，重重顿足，这才开始前行。

幸田来到肥后桥时，看见土佐堀的人行道上有爷爷的身影。就算两人有几十米的距离，幸田都一眼认出了他拎着的透明酒瓶、他脑袋上的花白头发和他走路的姿态。

爷爷垂着肩，沿着河边的人行道慢慢下行。刚才他离开家时拿了把伞，现在手中却没有伞。从后面看不到他的眼睛，只见到他昂头面向前方。看着爷爷的背影，幸田的脑海里出现了另一幅画面。

"真是不可救药……随他去吧！"

北川说着，继续往前走。幸田却停下了脚步。

幸田从爷爷的背影里看到了另一个男人的身影——沿着片山町的漫长坡道前进的身影。男人的背影年轻、笔直，肩膀微微下垂。

当时，男人手里拿着个包，腰上系着腰带，从头到脚裹着一件黑祭服。长长的裤脚随着男人的脚步摆动。幸田忘了那是什么季节，只记得炙热的阳光、烤人的沥青路面和川流不息的汽车噪声。一抬头就能看到朝日啤酒工厂的巨大烟囱。尘土飞扬的外环线、空中弥漫的热气……列车开过，地面轰隆震动。幸田回忆起了那块土地和那位黑衣神甫。很久以前只能远远看到的身影，此刻竟如此清晰地浮现在他眼前，让他觉得无比奇妙。为什么现在会想起这些呢？

"哎，幸田……"北川回头招呼幸田。见幸田没动，北川后退几步，问道，"你怎么了？"

幸田一惊，低语道："啊？每次见到爷爷，我都觉得他很像一个人。现在我知道爷爷像谁了。"

"你……知道他像谁了？"

"很久以前，住在我家附近的那个神甫。"

"那个穿黑祭服的人？你喝醉时常常提到他。但是，他和爷爷有什么关系啊？"

"没关系。"

"爷爷该不会就是那个神甫吧？"

"嘿……那个神甫和我们这些凡夫俗子不一样……走吧。"

幸田看不到爷爷的身影了。片山町坡道的黑衣神甫同样看不到了。幸田的手有些疼。手里明明一无所有，幸田却总觉得捏着块小石头。记忆里，他的确向神甫扔出了小石头，时间和缘由则记不清了。幸田再想不起别的事了，只有让人窒息的难受和苦楚的感觉清晰如故。

二十余年的人生充满痛苦，所以回忆注定是痛苦的。

三重穿了件黄色的连衣裙，整个人陷进柔软的沙发里，盘腿而坐，短裙下露出她修长的大腿。野田一只手放在三重的大腿上，紧紧地抱着她的腰，另一只手抚过三重的短发、脸庞和脖子。优雅地抽口烟，野田的手又从女孩的胸前滑过。

　　在他们后面的包厢里，幸田和北川喝着两千日元一杯的温啤酒，瞅着来来往往的可爱女招待的屁股，倾听着野田他们的谈话。野田的手段诚然难以恭维，但他们毕竟是聊到了最重要的事情。

　　谈话没按预想的进行。野田一面对女孩就会变得格外温柔。虽然他不是装腔作势，可他抱着女孩时那种暧昧的气氛不免让人目瞪口呆。野田这个男人，只有挨着女人时才会显出价值。北川亲眼了目睹这一切，调侃道："原来如此。怪不得他这么有女人缘。"然而幸田不这么认为。幸田总觉得野田像个女人。不可否认，野田身上有些地方很女性化。他的思维固然男性，却又带有女人的那种感性。

　　野田的手娴熟地摸着三重。三重容光焕发，现在的她看来岂止中上姿色，简直就是上上美人。且不说两人谈话的内容，三重确实不再像之前那晚那样怯懦。现在的三重很能说，还时不时地笑出声。她一笑，完全就是个二十岁女孩子的模样。

　　"现在想想，真像是梦……小国说他看到了，我真是不敢相信。野田，京桥对面樱之宫公园的那座桥，你知道吗？"

　　"大川和土佐堀之间那座桥？"

　　"小国喝醉了，在那座桥边的长椅上睡着了……醒来时，看到有人拖着一具尸体来到河边。小国这傻瓜想看清楚些，就站到了椅子上，结果被对方看见了。真是个笨蛋……"

"他都敢站到椅子上看凶手的模样，为何又四处躲藏？"

"那个人一直盯着小国看。一般人被撞破的话，大概会惊慌逃窜。然而，那个人只是狠狠瞪着小国。"

"总不能凭这个就说那个人是暴力组织的呀。"

"要知道，以前只有那些人才会那样盯着小国看……"

"他现在还记得那个人吗？"

"他说若是再见到还能认得，谁知道呢……小国的记忆力可不敢恭维。他自己也说，虽然眼睛长得好看，但是缺乏维生素 A，一到晚上就看不清东西。"

"那……他受到什么人的威胁了吗？有吗？"

"不，好像没有。"

"有人跟踪他吗？"

"嗯，或许有吧……"

"那没什么好怕的。只要不乱说话……对吧？只要他保持沉默，就没事。你就这样告诉他就行了，好吧？"

"我是没问题。可小国恐怕不行。他很小心眼，而且还有些孩子气……"

"那我去说说看。"

"野田，你在吃醋吗？真讨厌……"

三重的嬉笑声越来越低，接着什么也听不到了。野田的手又在挑逗三重的身体。

"那，国岛在哪儿呢？我想去见见他……"

"他在西田边的朋友家。我给你画个图？"

"对，给我画个图。我明天就去找他。钥匙，你有吗？"

"有。"

"那个……三重，把这件事忘了吧。这可不是二十岁的小姑娘该知道的事，你一定要忘了，好吗？"

"我和小国，结束了……"

"嗯，好。我想让你忘掉的确实包括国岛这个人。我以前就是这样想的。我比他好吧？"

"小国是个只顾自己高兴的人。这种人，真是……"

"我会让你高兴的。两次三次都行，只要你想。懂不？"

"又来了……"

沙发背后传来一阵窃笑。北川把杯中的啤酒泼向隔壁的包厢。"干什么呢！"野田的声音飘来。北川低头致歉，三重乐得笑出了声。

野田拉着三重站起身。经过北川他们的包厢时，野田从手中把一张字条和一把钥匙扔到了北川的腿上。野田温柔地揽着三重的肩膀，很快就消失在里面的楼梯里。北川把字条递给幸田。地图画得很烂，只用黑点和箭头标出国岛的藏身之处。北川用指尖转着钥匙，小声说了句："就今晚。"

北川和幸田一直等到午夜一点钟。阿倍野区的西田边町离北川上班的地方不远，隔着大阪环状线和南港路的夏普大型工厂相对。那一带设有政府人员的住宅、商店和小型工厂，是个拥挤热闹、鱼龙混杂的地区。这里固然是大阪地界，实则更靠近南方的堺市。这里和高楼林立、城市基础设施完备的大阪北部地区有着天壤之别。从北边的梅田到西田边，坐地铁需要将近三十分钟。

我孙子街上没有灯光，只有卷帘门寂然列队路边。街上有信用金库、都市银行分行、房产中介、寿司店、书店、酒吧和咖啡馆的招牌，剩下的便是几家商店。四周光线太暗，看不清招牌上的文字。这里缺乏标志性的楼房和街道，只给人一种肮脏混乱之感。

大阪这城市越往南就越让人有无序、混乱之感。夜幕中，脏乱的马路、弯曲小道里的政府住宅、路边的奔驰，在在让人感觉异样。东京当然有这样的商业街，街上却没有奔驰。就算有，都会被小心谨慎地停放在车库里。

幸田总觉得这里有种让人不寒而栗的粗俗感。这不寒而栗跟来此藏身的国岛无关。

北川走进地铁站附近一家像是经营赌博游戏的小酒馆，幸田则在街边小摊的红灯笼下坐了一个来小时。按照三重画的地图，国岛就藏身在从我孙子街进去，穿过两条胡同的一座三层楼房的二楼里。从路边摊或是酒馆出发，用不了五分钟就能到那儿。

深夜一点十五分，幸田离开路边摊，北川走出酒馆，两人到三十米外会合。一点二十分，他们来到离目标公寓二十米远的停车场入口，戴上准备好的只露出双眼的黑头套和手术用橡胶手套。公寓有阳台，所有房间都黑着灯。慎重起见，两人查看了阳台和相邻房间的屋檐，周围的窗户也观察了一番。他们有钥匙。就算没钥匙，想进去也轻而易举。

北川背过身撒了泡尿。幸田摸了摸口袋里装着的小尖刀，这是他前几天在超市花三百日元买的。

要做什么，他们已经计划好了。国岛，作为一个目击者，是最没用的类型。出了事想不出对策，没有判断力，没有胆量，神经质还有妄想症，所以威胁他或是跟他讲道理都没有用。北川提议"封住他的嘴"时，幸田全无异议。他们很快就决定要做这件事。他们没有讨论这是否必要，只是一旦真的付诸行动，就觉得好像有飞跃性的奇妙变化发生。

半天前，他们绝对没想到会作出这个决定。幸田和北川的双手，半天前还是干净的，半天后就截然不同了。可他们并没有觉得半天前和半天后的自己有太大改变。飞跃在一瞬间自然、流畅地发生，让人毫无察觉。具体怎么做，要到现场后才能最后决定。为了不被人发现，他们设想了多个方案。

北川装扮好后，低语道："走吧。"

北川当先，幸田跟着。两人都穿着软橡胶底的运动鞋。公寓的楼梯铺着亚麻油毡，脚踩上去，发出"吱吱"的响声。二楼走廊的扶手边缝贴着塑料瓦垄板。这种政府住宅的二楼窗户紧挨着楼梯。走廊里一侧有五个淡黄色的门。国岛就藏在楼梯口第二户里。

他俩在楼梯口停留了几十秒钟，北川独自走到走廊上。附耳在门上听了听屋内的动静，然后插进了钥匙。北川从门缝里伸进一只手解开门链后，朝楼梯口的幸田招了招手。

一进门，幸田就看到一双高跟鞋。他不知道三重的鞋码，只是觉得她穿这双鞋会小。幸田拿起一只鞋，看了看鞋底和鞋跟上黏着的泥。看来，除了三重，国岛另有别的女人。北川轻轻摇头，示意幸田快点。两人脱了鞋，进入房间。

十平方米大的厨房里有个拉门。他们游目四顾，看准了厨房里煤气开关、煤气泄漏报警器和电闸盒的位置。幸田用螺丝刀卸下报警器的盖子，拔掉连接蜂鸣器的线，又将盖子拧好。蓄电池内置型的绿色小灯看不出有何变动。北川打开保险丝盒，把两根二十安培的电线都切断，继而从煤气灶上拉出长长的一段煤气管，打开了煤气阀门。垂在地上一米左右长的胶皮管的管口，发出如风声一般的咻咻响声。

做完这些，他们拉开了拉门。十三平方米大的房间里有张床，拉上了厚厚的窗帘。北川盯着床上凌乱成一团的毛毯。只见一个人侧身而卧，裸露出背部。那是女人瘦瘦白白的后背。男人的脸埋在枕头里，看不到。幸田认识几个年纪不小却喜欢趴着睡觉的人，他很讨厌这样的人。桌子上放着一瓶价值不菲的苏格兰威士忌和两个玻璃杯，还有一个女式手提包和装满烟头的烟灰缸。

幸田望向北川，见到了北川的疑惑目光。北川想问的自然是如何处置这女人。

北川似乎不想牵连这个女人。然而，幸田坚决摇头。

三分钟了。煤气的臭味开始刺激人的鼻子，他们有些头晕，眼里好似冒出金星，想要作呕。

幸田摇着头走到床前。北川唯有紧跟。

幸田没看男人的脸，直接用毛毯捂住男人的头，整个人骑到他身上。男人浑身的肌肉抖动着，床垫跟着颤动，枕头下传来痛苦的呻吟。旁边女人的脚动了两三下，就此不再动弹。北川伸手把幸田推开，摁住国岛。幸田用空出来的手快速摸索国岛的手腕，抓住那手腕和毛毯，将刀尖插进毛毯下面。

两人就这样用毛毯捂着男人，直到对方的手软软垂下，再无力气反抗。北川压在男人身上，大口喘息，肩膀一上一下，悄然晃动。那女人一动不动，露着大腿。煤气味更浓了。突然，身后的黑暗中闪过一道闪电。如此强烈的雷鸣，夏末很少听到。停车场栅栏外的轨道上驶过一辆电车。幸田恍惚看到端着手枪的小桃，看到他黑黑的双眸充满震惊的眼神。朝日啤酒的烟囱反射着光芒，穿着黑祭服的神甫行走在那个长长的坡道上。教堂的门前，母亲独自站着。

母亲穿着漂亮的蓝裙子，像是变了个人。每次去见神甫，她都非常高兴。马路对面，母亲微笑着向幸田招手。

"弘之！去吃冰激凌吧？"

北川抓住幸田的手，把幸田拉了起来，又抽出幸田手里的尖刀塞进国岛手里，把凌乱的毛毯重新盖到女人身上，继而把国岛从床上拖了下来。一个企图自杀的男人，是不会盖着被子睡在床上的。

北川让幸田去厨房的水池里洗手。幸田刚才隔着毛毯猛砍国岛手腕，虽然带着橡胶手套，手上毕竟沾了些血。血开始发黏凝固。幸田夹克的袖口同样沾了血。从卧室的床上到厨房，北川都用手电筒照了照，察看有无血痕。

一切处理干净之后，两人穿上运动鞋，离开房间，锁上门。

为了消除橡胶鞋底的脚印，制造假象掩人耳目，两人蹑手蹑脚擦着水泥地面走到隔壁，继而分开下楼。出了公寓，北川走到阿倍街，往长居方向走去。

幸田在胡同里七拐八拐之后，穿过 JR 阪和线的铁桥，往南田边街的方向走去。

幸田骑着偷来的摩托回到本町，然后步行到土佐堀。他从废纸篓里捡了几张报纸，铺在人行道的长椅上，在那儿一直躺到早上。幸田睡不着，只是闭着眼睛。

人生比想象中平稳。越过一堵高墙之后，眼前只是一如往昔的街道罢了。一无所有，一如往昔。没有恐惧，没有感动，只有不痛快的感觉。

幸田从一开始就知道其实不用杀国岛，却为何要杀了他呢？想要住田的金砖，根本不用杀人。没必要在游戏中加插杀人故事，这样游戏就不像游戏了。然而，他为何要杀人呢？是不是为了小桃？小桃没杀国岛，幸田便亲自动手替他做了……但是，这似乎缺乏道理。想想看，小桃为什么没杀国岛？小桃连他哥哥都能下手杀害，何以却不杀国岛？

幸田觉得被小桃愚弄了。小桃让幸田模仿他，让幸田去杀人……幸田是“叛教者朱利安”还是陀思妥耶夫斯基？

幸田把头贴在硬邦邦的椅子上，伸胳膊抱住脑袋。“总有一天我会杀人”这句话，不知从哪里又冒了出来。从幸田懂事开始，这句话被说了成百上千遍。幸田对好些人说过这句话——以前邻居的伙伴们，通情达理的亲戚，激进派游击队的成员，现在是小桃。他们的脸逐渐重叠，最后汇聚成一张脸。

不，那不是脸，而是穿着黑祭服的背影。

对，时值盛夏。一动不动都会汗流浃背的烈日下，朝日啤酒对面的空地上，装着空瓶的箱子堆积如山，足足有二层楼高。幸田爬到"山"顶，望向外环线的人行道。穿着黑祭服的神甫果然从出口町方向出现，沿着片山町的坡道走来。

幸田的口袋里装满小石头，手里也握着小石头，额头上的汗滴汇成水珠。昨天、前天、几天前，幸田都这样等着。想尿尿，能忍住；嗓子干了，硬是坚持。幸田不想回家喝，反正家里没人。口袋里的一百日元是妈妈早上给的。若用来吃喝，未免太可惜了。这钱，幸田晚上要用来买焰火。

黑衣男子从幸田眼前走过，在朝日啤酒工厂正门前向左拐，爬上片山町的坡道。他的脊背笔直，沉默，充满某种神奇的力量，肃重又不失温柔。幸田把小石头握了又握，强忍焦急，注视着那个男人。然而，小石头到底有没有扔出去，幸田不记得了。那个时候，到底有没有"结局"？

杀了你——这句话和"没有人类的土地"一样，是幸田的口头禅。此刻，幸田用胳膊抱着头，又嘟囔了一遍。

幸田决定什么也不做，好好休息两天。他按时上班，和往常一样工作，然后按时回家。他浏览了所有报纸，都没有国岛事件的报道。北川打来电话说煤气没按计划爆炸，幸好男人死了，女人煤气中毒。暂时不用担忧警方会不会认为他们是殉情而死。反正会进行例行搜查，倘若疑系他杀，报纸便会报道。总之，北川的意思是——"到那时再说。"

北川还说他没对野田说实话。行动的第二天，北川就见了野田，告诉他昨天没成功。北川是这样对野田讲的——

"我们到了国岛家附近，看见他带回个女的。不是三重，是别的女人。我们观察了一会儿，灯灭了，所以就撤了。"

野田笑道："那种下流人，根本不用特意去见他。"

就这样，北川把钥匙还给野田，野田再把钥匙还给三重，把北川讲的话变换主语又给三重讲了一遍。北川也不知道能瞒多久，但三重和野田总有一天会知道国岛不是为情自杀的。到时野田会说什么呢？以他的性格，一定会继续撒谎吧。

第二天下午，北川开着一辆六吨大卡来到了幸田上班的地方。跑名古屋线的司机有事，北川和他换了班，来寺西运输仓库装发往名古屋的货物。幸田搬完冷库里的货物，累得筋疲力尽，所以北川便自行开动搬运车往车上装了五十箱货。

在送货单上盖完已装货的章，虽然没有什么特别的事情，北川还是走进冷库里。幸田穿着防寒服，坐在空空的货架旁。北川走到幸田身边，问道："你怎么样？"

"什么怎么样？"

"还好吗？"

北川的声音包含少有的温柔，融化了幸田在零下三十摄氏度冰库里被冻僵的肌肤，感到阵阵刺痛。"你没事的话，我也没事。我和你一样。"幸田没好气地说。

"傻瓜！"北川温言低语，伸手拍了拍幸田冻僵的脸颊。

原来他是担心幸田，特意来看看幸田是否崩溃了。北川或许是来鼓励幸田、考验幸田的；也或许是想把复杂的心情跟幸田分享……幸田这样想着，报以一句"傻瓜"，握紧了北川伸来的手。他们彼此分担着内心的酸楚。

那天晚上，幸田往爷爷家打电话，找小桃。小桃回来已经一个星期了。拖了很久的变电所侦察工作必须得完成。

"今夜三点。"幸田告诉小桃。小桃的声音还是不带任何感情，只答了一句知道了。

凌晨三点半，两人走进田蓑桥一角停车场旁边的小路。随身携带的工具，除了绳索，其他的都装在口袋里。翻墙用的绳索，装在小桃手拎的纸袋里。

翻过小路尽头的铁栅栏，就是关西建筑管理公司的后院。院子里还是堆放着垃圾箱、散乱的零碎板片、瓦砾。变电所两米四高的外墙，似乎就是要让人翻越而建的。墙为了被翻越而存在，锁为了被开启而存在，警备是为了被击破而存在。

小桃蹲下，幸田骑着他，把绳子绑到铁丝网的支撑棍上。幸田拉着绳子爬上墙，穿过铁丝网。然后，小桃顺着绳子爬到墙顶，把绳子拉上来以后，翻过铁丝网，跳到下面。

迎面就是变电所一面巨大的水泥墙，一扇窗户也没有。

墙体北侧，有个类似控制室的部分突出来，有扇门。旁边是一扇对开的门。门上有两把锁。一把是圆筒锁，一把是荷包锁。这和从住友电气设备的工棚楼梯看到的一样。

小桃望风，幸田开锁。从车辆进出口可以看到这里，故无法使用手电。幸田准备了大小、形状不一的各种大头针。市场上的圆筒锁有好几种类型，基本结构则如出一辙。只要找准感觉，他就能用大头针把弹簧顶开。没有他开不了的锁。

无疑，开锁比砸锁更需要技术。

开了锁，幸田将铁门一推。长明灯竟然亮着。从黑暗中刚一进来，只觉得屋内格外亮。等眼睛适应了，幸田才发现这屋里其实只有荧光灯的亮度，甚至有些昏暗。

有股潮湿的机油味，也许是发热的钢铁气味。幸田能看到屋子中间六台巨大的变压器排成一竖排，两侧是变电箱排列整齐的灰色铁门。门的高度有两米半左右。幸田的印象里，电力设施应该是空中有若干条断路器、绝缘子以及密布的高压线。所以当看到只有一排铁门时，幸田有些意外。

六根很粗的电线从散发出热气的变压器里伸出来，伸向天花板，然后左右各三根和变电箱相连。

"左边是一次变电，右边是二次变电。变电箱里两侧的变压器和断路器的排列方法是一样的。"

小桃边说边快速地逐一打开一次变电器的门。里面的结构果真如此。排列着各种开关、断路器、保险丝。在这些后面，又是一排拉门。

小桃走进后面的一扇门。里面连着几十根电线，小桃在里面走了一圈，指着一个带有仪表盘的四方盒子形状的装置，说道："这是一次变电母线的接口。"

在这旁边，有三根电线从地面竖直地突出来，并连接到这些设备上。这是电力输出计量用变压器。同样的设备还有一台，从水泥地面上也竖起好几根电线。就是说，这个中之岛变电所有两套干线供电系统。

小桃再三强调道："记住，这就是接口。"

幸田把那些电线和设备结构拍了下来。

小桃走到两台巨大的绝缘开关装置的后面。这个装置用铁板密封着，但小桃说只要看看其上部瓦斯保护装置的形状就能明白。其背面的底部是母线接入口，分出三根 CV 线。

"幸田，你不用搞清具体细节，只要记住一次变电和二次变电的电线接入口、这个断路器和变压器就好。我们用的是硝酸甘油炸药，一定要弄清放的位置。以防万一，要并列接线，接口也要细致区分。搞不清重点就糟了。知道吗？"

小桃说完，跑到东边的楼梯。通往地下的楼梯有扇挂了锁的铁门，里面是地下线路的控制室。幸田打开锁，推开门。昏暗的空间充斥着刺鼻的金属味和热气。屋里到处都是架在架子上的一百五十四千伏的高压母线管、包着塑料膜的二次母线和排水管。这些都用连接器分开，连接到天花板上。

小桃环视一圈，确定了安放炸药的位置。

"就是那儿。"

两根一百五十四千伏电线垂直地立在那儿。

小桃走到那儿，说道："就是这儿。这条母线，连着刚才那个一次变电器。就在这条电线的后面——这儿，在这儿放些炸药，不会被人发现。还有一个地方，那儿，六十六千伏电线交叉的中间。"

小桃走向地下室的里面，用手指了指三根高压电线的中间位置。电线的前端，好像连在地下管道的分支管道上。

"可以用铁丝之类的东西把炸药绑在离地面四十五公分的电线后面。"小桃说道，"你最好把这儿也拍下来。"

小桃扬起下巴，催幸田快点拍，似乎非常焦急。幸田把小桃指示的地方都拍了下来。拍完，他看着小桃。

"小桃，埋设炸药是你的工作吧？只要你明白了就行。"

"不，万一有何意外，就要由你来完成这项工作。"

"万一有何意外？那是什么意思？"

"万一我不在……死了，或是被抓了。"

"就是因为没杀国岛，对吗？"

小桃不答，避开幸田的目光，走向别处。幸田站在他前面，挡住他的去路。

"小桃，你告诉我，为什么不杀国岛？你跟踪他四天，不就是为了杀他？为什么没杀他呢？"

"如果连那样的男人也杀，生存就没意义了……就这样。"

"就这……这算是理由？"

"好了，走吧。"

那到底是不是理由，莫非只是小桃的借口？

小桃率先离开了地下室。幸田寻思着该如何表述那个理由，无奈竟想不出。

幸田用大头针和带磁铁的螺丝刀锁好了锁，追上小桃。

那到底是不是他的借口……

没时间推敲这些了。他们从变电室去了控制室。这里的灯比变电室里亮。三排继电器盘几乎塞满整个空间。最里面的是通信电脑，房间右边的钢板有三扇门和操作分电盘。这里似乎是整流器的电源室、蓄电器室和压缩机室。三排继电器盘每排都是两面并合的配电盘结构，内有电路通路，布满电线、保险丝和压缩机，错综复杂。幸田完全辨不清这些配电盘，小桃却一目了然。最里面的是用于保护一百五十四千伏和六十六千伏的母线保护继电器，中间的是保护变压器的和变电所内部电源变换器，它们都是双系统。最前面的是故障显示器、示波器、记录针、远程通信和备用盘等。每个设备上都有显示器，红、绿、黄三色指示灯整齐排列着。

小桃大体察看一番，选好了放炸弹的位置——最里面的母线保护继电器的内侧中间和前排接近压缩机室的一端。幸田把这些都拍了下来。突然，故障显示器中开始闪烁白灯。小桃站在那个显示器的前面，盯着配电盘看。估计显示的是不同线路或不同位置的故障。幸田无法知道是哪儿出了什么样的问题，只好看着灯静静地一闪一闪。

"好像变压器出现了异常，保障系统似乎出了问题。"小桃说完，又加了句，"我们最好快跑。"

"这故障不是远程操控能解决的，操作员恐怕就快来了，快走！"

小桃抓住幸田的胳膊就跑。一分钟内锁上大门。狭窄的院子里，两人狂奔着。刚搜到垂在水泥墙内侧的绳子，从田蓑桥的方向就传来汽车的声音。小桃翻过铁丝网，先跳到外面。幸田爬上墙，跨越铁丝网时，一辆丰田汉兰达亮着大灯，从变电所的入口开进来。车灯照到了幸田跨在铁丝网上的脚后跟。幸田想跳下去，可双脚动弹不了，大腿根的牛仔裤被铁丝网钩住了——他被小桃刚才的话弄分心了。

只听下方的小桃呼道："幸田，绳子！"

幸田把垂在院子内侧的绳子拉上来扔给小桃。小桃顺着绳子爬上去，伸出一只手摸索着抓住幸田大腿根的牛仔裤。

铁门外，汉兰达停了下来。大门铁锁当当响着。

"我要拽了！"

小桃低语着，扯碎了铁丝上缠着的牛仔裤。车灯循声照去。一切重归黑暗。幸田只觉得大地和夜空突然晃动了一下，身体失去平衡，脚踩空了。小桃立刻伸手抓住幸田的手。

幸田的身体悬着，猛然撞上一块柔软的东西，然后被抓住了。小桃一手抓着绳子贴在墙上，另一手拉着幸田。幸田往下一看，脚尖离地面还有二三十厘米，幸好没弄出声音。

汽车开进院子里，幸田能听见下车的脚步声和关车门的声音。小桃和幸田坠得绳子吱嘎吱嘎地响。听脚步声，可以判断车上下来两个人，朝两个方向——一个朝控制室，一个朝变电室走去。然后就听到开锁、开门、关门的声音。

两人的脚总算落到了地上。虽然不到一分钟，两人却都累得筋疲力尽。小桃用胳膊支撑幸田六十公斤的体重，这就算是健壮的北川来做，只怕都会非常吃力。小桃瘫坐在墙根黑暗的角落里默默喘息。幸田懊恼自身的失误，啐了一口。

幸田和小桃去墙角待了二十分钟之后，再度开始行动，开车驶出大门。幸田看了看表。凌晨四点零五分。小桃骑在幸田肩上取下挂在铁丝网上的绳子。

"北川的下手点真是厉害。倘若炸掉这个变电所，只怕大阪车站附近都看得到呢。那样一来，警察和消防署就顾不上住田了。想想都让人激动万分……"

小桃微笑着，湿润的眼球光芒闪闪。幸田笑不出来，自责着适才的失误。

"哎，你这哪里像是打算去死的人说的话呀？"

"干这事没人纠缠我，所以我很高兴。不是谁的命令，也不是思想，不是信念，什么都不是。有生以来，我第一次这样为所欲为……"

"小桃，很遗憾，你得继续活下去。我和北川把国岛解决了，他不会再开口说话了……听到没有？"

小桃没有回答，垂头抱着膝盖，蹲着不动。幸田察觉他的身体正微微颤抖。

"幸田，抱歉……我想找人倾诉我杀哥哥的事，我想把这件事说给别人听，我想去教堂忏悔，可那不行，我在寻找一个合适的人……你默默听我讲了这件事，我也让你看到了手枪，可你什么也没说。因为你，我觉得轻松了许多。哪知这却给你带来痛苦……"

"我成了你的宗教替身啊……但是，我去杀国岛只是我想杀他罢了。我是为了我自己而杀他的。"

幸田说完，站了起来。小桃跟着站起来。穿过关西建筑管理公司狭窄的通道时，小桃的手一直搭在幸田背上。他的手就像老妇人的唠叨，一直抚着幸田的背，像是在祈祷什么。

"幸田，我从北川那儿听说你也有《圣经》。我真是一点都不了解你。如果有时间，我想和你聊聊上帝。想和你说说我的心里话……"

幸田坐电车到吹田，再沿着片山町的坡道步行十分钟，就回到了公寓。

公寓大门旁停着一辆摩托车。春树抽着烟，侧坐在上面。幸田本来不想见他，哪知这时看到他却大有平和、放松之感。这让幸田深感意外。

幸田没理会春树，目光转向春树新买的摩托车。

摩托车漆很亮，映出春树的脸，显得比春树诚实。车型是普通的公路运动款，没有夸张的流线，车架、减震器都很普通，单缸四冲程发动机是最常见的类型。这辆车的化油器、后减震器、不锈钢网状的刹车管、后置音箱都做过改装。车是悬挂式双制动器，径向轮胎。春树似乎很看重摩托的平衡性能。

"为何选择一个如此简单的发动机？"

"扭矩的感觉吧……这车虽然很简单，但高速拐弯时，扭矩很好。凸轮轴也换了，换成了高凸轮。"

"为什么不买赛车款？最近的年轻人都喜欢那种吧。"

"在大阪市中心，赛车的发动机哪里跑得起来。我要一个人随心所欲地骑。"

春树说得有理。这辆车的每个零部件都很润滑，和发动机很协调，跑起来速度很快。至少给人的感觉是这样。

幸田脱口说道："看起来速度很快啊。"

春树面无表情，说道："还行吧。"

"你来找我有什么事吗？"

"是我哥让我来的。"

"让你这个时间来吗？"

"现在都早上了。"

"你什么时候来的？"

"十分钟前。"

春树在撒谎。发动机早冷却了。半小时、一小时甚至更早以前，他就来了。而且，北川也不是这么早就使唤人的男人。若是十万火急的事，就算穿着睡衣、拖鞋，他都会亲自来的。

幸田看了春树一眼。春树的脸色苍白发青，脸上有着新的血痕。大概是被幸田批评的结果，眼前的春树没了以前那种傲慢和不快，但那游离不定的眼神……仿佛只要碰他一下，他就会崩溃似的。春树会待在这儿，只怕是根本就走不动了。

"如果是这样，就去你哥哥那儿吧。你带着我。"

"这是第一次，也是最后一次。"春树说着，放下脚蹬，嘟囔道，"我没骑车带过人。"

春树一发动车，幸田便暗想"完了"二字。这跟发动机的震动无关，而是春树后背一瞬间发出某种力道，让幸田的脊背和屁股变得无比僵硬。春树沿着片山町的坡道一直开到外环，又从市政府前开到内环，从江坂进入新御堂路。

星期天的清晨六点，路上车辆还很少。飙了一晚上的暴走族们这时候也撤了。此时的马路像是个真空地带。

春树这哪里是开摩托，根本是跳跃着横穿空间。这跳跃不是来自悬挂装置的动静，不是来自高凸轮的震动，而是来自春树操纵方向的不确定性。这跳跃让幸田僵硬的臀部有了无规律的节奏。春树疯狂驾驶，明明懂得怎样控制，却半点不肯理会制动的上下运动和凸轮的运转，只是一味狂冲。虽说车的平衡性能很好，但他控制车把手太用力了。不管加速、减速，春树都像是生拉硬拽，完全不顾车的扭矩。

幸田全身都能感受到春树令人不快、令人窒息的驾驶。幸田的身体随着这种震动，跟随着春树，无言发泄着内心的情感。摩托气门的闭合和不规则迸射的电花，形成一种不规则的节奏，不知不觉贴近了幸田的感情和身体。这节奏虽不流畅，虽不稳定，回响在耳畔却是那么柔和，甚至让幸田觉得比小桃的手都要亲近。

是的。那双手、那些话，以及幸田不适应更不知如何回应的温柔目光……

小桃，如果你想聊上帝，那你最好换个人聊。我的那本《圣经》是小时候从妈妈抽屉里偷出来的，那里面有这样一句话："不要效法恶，只要效法善。行善的属乎神，行恶的未曾见过神。"对吧？我就是这样的。我活着不是希求自我救赎，更没时间去想那个。光是生存就让我竭尽了全力。我是这样，春树也是，你不也是？

春树在叫喊着什么。幸田戴着头盔，听不清他在叫什么，

他的叫喊随着风声，真切地回荡在幸田耳边。摩托驶上一条平坦的双车道。路中央是种满花草的隔离带，路两边是平整的水泥石墙和绿树。这儿应该是万博公园的外围道路或其附近的道路。幸田耳边又传来春树的叫声。

春树驾驶着摩托在道路的分隔线中间来回穿梭。幸田的屁股在座位上颠簸得更厉害，耳边的风声似乎小了。忽然，幸田感觉身体有些倾斜，屁股像是跌落下去，身体一下子失

去了重心。幸田似乎听到自己叫了一声"哎哟"。

然后，幸田就觉得地平线在翻滚，还听到小树枝被折断的声音。猛烈的撞击过后，幸田看到火花在黑暗中闪烁。

黄杨树丛的上面，春树在探头张望。

"我不是告诉过你好几遍，不要睡觉嘛……"

"我哪有睡觉……"

"没睡的话，你怎么会掉下来？"

"我怎么知道。是地球引力的原因吧。妈的……摩托，问题大吗？"

"车没事，就你摔了下来。我正想做个 U 形环绕呢。"

金属蓝色的摩托就倒在中央隔离带的边上，在阳光下闪着光芒。

天空很晴朗，风很凉。幸田的屁股和脚都落在黄杨中，阵阵疼痛。那是一种久违的疼痛。幸田只觉得浑身动弹不得。

"摔坏了。"春树捡起了地上的相机。这可是三万多日元的东西啊。幸田摸了摸夹克的口袋，幸好胶卷没事。春树一屁股坐在幸田旁边的地上，嘟囔道，"你竟然在我背后睡着了，真行啊。如果你想睡觉，就别说要坐我的车呀……"

"我说了，我没睡……"

太阳越升越高，两旁的道路上逐渐有汽车出现。春树默默抽着烟，幸田则继续躺在黄杨树丛里面。

"幸田，我真想早点有些事干，任何事情都行！我每天都寻思这个，真想狠狠打出一拳，就此干干脆脆结束一切……"

"我和你不一样……以前，我也是光想干些决然的事，但现在不这样了。很多事牵绊着我，我在想我该如何生存下去。应该怎样做，我才能继续走下去……"

"我可不要这样的人生。"

"所以才说不能舍弃的是人生啊，它指引着我们往前走。"

"你……你能做到这些，我却不行……"

春树说完，站起身。幸田试着轻轻挪动身体。春树伸来一只手，幸田顺势站起。

"哎，幸田。我总觉得你心不在焉。"春树轻轻说道，见幸田没说话，又说道，"幸田，从今天开始，我就不是小毛孩子了。我要做个让你刮目相看的坏蛋。"

"你早就是坏蛋了。"

"还差得远呢。"

从树丛中站起身，幸田才发现阳光耀眼夺目。春树的手柔软却很有力度。现在，这双手不再是在夏末抚摸幸田后背时怯懦的手，而是一双亲切柔软、坦率直接的手。

坏蛋的手……幸田笑了，春树也笑了，善意的眼神天真无邪，却又带着某种无奈。

幸田和春树绕了一大圈才回到南千里。两人在面包店吃了炸面包圈，直到九点才给北川打电话让他出来。

北川开着他的帕拉丁，一家三口都出现了。太太和孩子在车站前面下车。孩子背着水壶和挎包，太太穿着毛衣和牛仔裤，打扮很随意。

北川说他太太正好要带孩子去天王寺动物园。

孩子拍着挎包，说道："里面是便当。"继而掰着指头数道，

"里面加了煎鸡蛋、'超级玛丽'的香肠，还有'我最喜欢'的胡萝卜。"

北川太太则笑道："就不带我老公去。他哪懂啊。他就喜欢大猩猩，守着那个笼子一动不动地看。"

她的脸不自然，有点僵硬。幸田想说句话，却觉得脸部僵硬抽搐，结果都没好好跟北川太太打招呼。春树尴尬望向别处。想不到孩子面前的"爸爸"北川竟显得如此之傻。

送走太太和孩子以后，北川的表情登时变了。

他看着幸田和春树，微笑道："有好消息。"

三个人去了一家咖啡馆。这是家明亮的开放式咖啡馆。星期天的居民区，到处都很亮堂。道路、公寓、绿化带，都沐浴在晚秋的阳光里，快乐地闪着光芒。他们就坐在阳光照射的窗边位置上。北川开始讲炸药的事。

"我可没打算从工地偷那么两包炸药。既然要做，我们的目标就是'帝国卡利特'①——那可是东京证券的上市大企业。"

"你是说我们要进攻工厂？"

"我看过群马的高崎工厂。那儿的设施，我们是攻不破的。我们的目标是炸药运输车。好消息就是，我掌握了一辆从高崎工厂运输炸药的货车情况。"

"那太棒了……"

幸田着实一惊。打炸药和弹药运输主意的人，简直数都数不清啊，反正幸田知道的恐怖组织都是那样。

---

① Carlit，氯酸盐炸药，"卡利特"是其商标名之一。

但是，他们除非向政府领导和警察部门申报，否则就不会知道运输的日期和路线。

"可以运送那种特殊危险品的运输公司是非常少的。我有个朋友在一个叫'月冈组'的公司上班。这家公司就有运送这种危险品的营运资格。昨天，我有事去了那个公司。办公室比较脏乱，墙上的黑板上写着近期承接业务的分配计划。我无意中瞥了一眼，三十一日那一栏中写着'帝国卡利特'。当然，写的不是全称，而是'帝卡'。"

北川在桌上铺开一张纸，写下——

高崎帝卡

　　AM5：00 东名、名阪、松原、中环、堺、泉北

　　　　　　　　　　　　木下、山田

"高崎的'帝卡'就只有'帝国卡利特'。路线是从名古屋经东名阪、西名阪，至松原离开中央环线，到堺、泉北。泉北当然是指关西新机场。自打有了新机场，炸药制造行业效益都不错。'木下'和'山田'是驾驶员。法律规定要有两名以上驾驶员。"

"就是说……我们从高崎就跟着他们？"

"一辆车从高崎跟着他们，另一辆车在名古屋等着。出了东名的一宫收费站，国道分别通向岐阜和名古屋两个方向，对吧？我们就在名古屋方向的入口附近等着。那儿是四车道，所以可以先把车停在那里。运输车一定会从一宫出口下到东

名高速，若是五点离开高崎，那么到达一宫也就是两点多，正好是中午，应该不会看错的。那辆车很好认，车的前后左右都包着巨大的板子，白底红字写着'火'字。"

"但也有可能里面装的不是炸药……那家公司除了硝酸甘油炸药，还生产卡利特和铵梯，以及化学药品。"

"药品工厂在保土之谷。若是贴着写有'火'字的牌子，一定就是炸药。是卡利特还是铵梯，小桃应该很清楚。"

"就是说最好带着小桃去。"

"我是这样想的。我们要让他从运输车的货箱判断出里面装的是什么炸药。包装都很相似，我们外行是分不出来的。如果是其他炸药还好，要不然……"

"到三十一号，只剩两天了啊……"

"嗯。必须要抓紧。明天我就去准备车。"

"车，我来帮忙找吧。"春树突然插了一句，"用丰田车吧。丰田车的钥匙，我能搞定。"

春树的眼神像是在谈买卖，并不让人讨厌。北川盯着面无表情的春树看了半天，笑着说："丰田车很好。"

"搞到车以后，就改喷一下，再换个车牌号。这个工作由野田和春树完成。圭子的父亲在千代崎有个出租的车库。"

幸田并不知道北川太太的老家是千代崎。那个地方在木津河沿岸，有很多小工厂，是个非常繁荣的商业城镇。

"详细事项，明天我们碰头再商量一次。对了，幸田，小桃他……怎么样了？"

"什么怎么样了？"

"中之岛勘察得怎么样了？能摧毁吗？"

北川的目光很直接，很尖锐。幸田佯作不见："嗯，没问题。"

"好。这样的话，下面就是地下管道的问题了。我会让野田先去那儿看看。幸田，你和小桃也一起去。"

"我去了也看不懂啊。"

"我不光是让你去看管线，更重要的是想让你看着野田。感觉野田像是有些打退堂鼓。"

"怎么回事？"

"昨天他说最近有件事引起他的注意，说是有人跟踪他。"

"跟踪？"

"肯定是他多想了。"

北川回答得很含糊。北川的眼睛比任何人都锐利，可是如果北川说得很模糊，那十有八九是有危险的。对有人跟踪这件事，幸田也要提高警惕。

"知道了。"幸田答道，"地下管道的事我会尽力。野田的事，你跟我说，我也帮不上忙。对那种芋头，我不知道怎么办。"

"芋头？"

北川和春树都笑了。幸田想随着他们笑，无奈他太困了。和眼前巨大无比的黑暗睡魔相比，和穿越黑暗彼岸的没有人类的土地相比，帝国卡利特和地下管道都是小事一桩。住田的十亿金砖、小桃、国岛这些更不再是大事。

幸田隐约听春树说道："幸田真能睡，无论出什么事都能睡得很香很甜……"继而又听北川说道："他以前就这样。听说他上学时，只要给他个坐垫，他就能睡着，都出名了。"

"坐垫？"

"把坐垫对折，当枕头用。"

"这家伙睡得挺香嘛……"

"是啊，脑子里还净想些稀奇古怪的事……"

十月三十一日，星期二。

前一天晚上，北川和小桃开着一辆丰田卡罗拉越野离开了大阪。在春树的建议下，淡黄色的车身上喷了"玉田电气服务（有限公司）"的图案。春树没说他是从哪儿、如何弄到这辆车的，但他的神情表明他颇费了一番周折。结果，北川只对他说了句"熬夜了吧"聊充安慰。小桃和北川轮流驾驶，开车跟踪炸药运送车。两人都穿着爷爷找来的蓝色工作服，货箱里像模像样地堆着电线、工具、梯子等东西。

幸田这天当然没去上班。前一天，他就说感冒了，想请假。社长很关切，问他是不是在冷库干活儿累的，同意他好好休息。春树照常上下班。

上午九点。幸田来到朝日啤酒门口，上了野田开来的一辆白色速乐娜。幸田知道这辆车的来路。此花地区的二手车市场，这辆车标价二百四十万日元。一星期前，北川在那儿试乘了好几辆，记住了其中一辆的钥匙号码，去市内配钥匙的地方配了把相同的钥匙。北川觉得这辆车是典型的中档车，配置不错，没给"速乐娜"这牌子丢脸。野田头上喷着发胶，梳得整整齐齐，戴着墨镜，穿着拉尔夫·劳伦的名牌夹克。幸田穿得很随意，毛衣搭配紧身裤。

幸田口袋里装了七件工具：一把美国产的名牌飞刀、邦迪、一小瓶消毒液、吕宋帽、螺丝刀、弹簧钢丝和橡胶手套。

上午九点半，他们从吹田收费站上了名神高速。十二点半抵达名古屋市内。通往京都的高速路上出了交通事故，所以他们比预计的时间晚了些才到名古屋。十二点四十分，野田把车停在二十二号国道靠近一宫收费站出口的路边。对面车道附近有个共石（石油公司）加油站。这个停车位不太理想，无奈他们没寻到更好的位置。

后视镜换了个特别准备的超大镜子。野田调整了一下后视镜的角度，以便看到从后面四车道驶来的所有车辆。这条国道的车流量和大阪的外环线接近，但车速要更快。道路比较宽阔，视野亦较开阔。"不打转向灯就变道，太有名古屋特色了。"正如野田所说，车辆在车道里频繁穿插，若想看清驶来的每一辆车，需要极大的耐心。野田每天研究电脑错综交叉的线路，很适合干这活儿。一旦全神贯注开始做一件事，从野田的脸上就能看到他神经细致、脑瓜好用的闪光一面。

幸田每隔几分钟就打开收音机听一下道路信息。那天没有名古屋以东的事故报道，只是名阪国道的针地区和福住地区之间有道路施工，那一段成了单行道。车堵了大概一公里长。

那儿三天前就开始施工，北川早就知道了。他庆幸一阵，又开始寻思。

炸药运输车要绕开堵车，会不会从针地区驶出名阪国道，绕路前进？运输车若变更路线，他们的计划和袭击策略要跟着变。他们确定了三个袭击地点。

运输车出了名阪（A）、驾驶员换班的服务区（B）、终点站——泉北（C）。

根据袭击地点的不同，他们的行动步骤也不同。

北川认为，从名阪国道跟着运输车进入一般道路再行动，也就是A方案，是最安全、最容易的。而且他们也在努力让事情朝该方向发展。因为，即便道路在施工，运输车也有可能继续沿着国道跑。

北川一向不靠运气，他做事追求万无一失、干净利索。按照北川的设想，野田事先要做些准备工作。下午一点半，野田下车，走到路旁的公用电话亭。

野田往自己家拨电话，发信号给家里预先设定好的调制解调器，启动程序往电脑网络上发送信息。几分钟后，全国连接PC-VAN网络的电脑屏幕上都会先出现野田发送的乱码，然后是用片假名书写的信息。而后，程序会自动消失。

该信息是："今日要炸毁名阪国道一本松的天理射击场。"

一本松是针和福住之间的一个出口，附近有自卫队的天理射击场。这个时间，连接到PC-VAN网络的电脑成百上千，画面上出现这样的信息，无疑会有人报警，这就要几分钟；警察查证报案的真实性，要几分钟；联系地方警察和道路管理部门采取行动，需要十几分钟；驱散车辆和人群，又要几十分钟……到下午两点，一本松的出口就该被封闭了。而且，针和福住之间估计会禁止通行。纵不如此，运输车也会从公司总部的无线通信或收音机、道路的荧光指示牌获知这一异常。北川确信运输车会从针地区下高速，换到国道三六九号线。

"一下就成功了。"下午一点三十五分，野田回到车上，拿出了带来的酒包子，说道，"先吃点饭吧！"

一点四十分，两人开始吃饭。幸田吃了一个，确实美味。这是野田太太昨天去大阪最有名的老字号买的。

"一盒十个。我说就这样带去，我们怎么吃呀。我老婆说凉着也很好吃。的确，我从没吃过这么好吃的东西。"野田一气儿吃了三个，突然又竖起耳朵，"你听！"

收音机里传来甜美的女声："播报临时新闻。下午一点三十五分左右，黑客侵入全国的电脑网络，民众纷纷向警方询问具体情况。"

北川估计正在听这条广播。新闻称，为了加强附近一带的警戒，奈良县地方警察出动了。

"名阪国道没准会禁止通行，请驾驶员朋友继续关注道路信息播报。那么，接下来的点播是中森明菜的……"

下午两点零六分。后视镜里驶来一辆四吨货车。距离速乐娜大约五十米。它在内侧车道上行驶，前面有四辆小轿车。这辆车和其他的翻斗车和大型卡车排在一起，看起来格外小，像是辆普通的搬家公司货车。在车头的下方，能看到一个白底红字写着"火"的牌子。北川驾驶卡罗拉跟在它的后面，保持两辆车的距离。

野田立刻打开转向灯，直接斜插上内侧车道。

到东名阪的入口，还有四公里左右的直线距离。野田后面第六辆车就是炸药运输车，运输车的后面还有两辆小轿车，然后就是北川的卡罗拉。

"怎样，能看到吗？"

"不行。最好放走一辆车。"

为了能从左右两边的后视镜中看到运输车的转向灯指示，野田故意减慢车速，让后面的车先行。

幸田很快就看到了名古屋高速和东名阪入口的路标。

隔着后面的两辆车，野田看到运输车的左转向灯亮了。看来运输车要拐入通往东名阪的辅道。野田迅速打开转向灯。

从清洲东到龟山的东名阪大约有六十公里，一路都穿行在三重县的乡间。运输车的时速在八十至八十五公里之间，有些慢。这里的车流量明显比东名、名神要少，但十吨级的大型卡车却格外多。只因这条路不仅连着行经东大阪、门真、八尾等工业地带的近畿道路，而且贯穿了奈良县和三重县的群山，可以说是大阪商圈的交通、产业大动脉。

道路从龟山地区开始改称名阪国道、西名阪，驾驶的感觉也和刚才不同。车虽然少了，但这里多弯道、陡坡，所以开得很紧张，尤其是翻越奈良县境内群山的那段路，急坡弯道接二连三。正因坡道太多，这条汽车专用车道一直没升格成高速公路。这里是事故多发地段，经常有车在拐弯处被甩出弯道，撞上护栏。或是大型卡车失去平衡，侧翻在路上，引起连环事故。因此，这里的道路维修工程从未间断。

针、福住和天理市相邻，从大阪的方向看，它们位于奈良盆地的边上，正好是翻山弯道的下坡道。原本西名阪这一带，都是开山打通的国道，所以道路周边全是山林。除了偶尔能看到爱情旅馆怪异的屋顶，平时连个人影也看不到。

出了出口，就是乡间小路，路两旁还是一样的山林、村落和田地。

下午两点四十分。十分钟之前，收音机广播说一本松附近正在进行车辆盘查，没有封锁道路。可是，如果是盘查，那么一定会堵车。运输车是否驶离名阪，变得有些微妙。野田放慢车速，保持和运输车等速。光线好的时候，幸田他们能看到运输车驾驶室里的人。可毕竟隔着接近一百米的距离，所以并不能看清他们的样貌。

从龟山到伊贺上野之前，野田和运输车之间，平均保持两三辆车的距离。快到上野收费站时，野田谨慎减速，后面的车一辆辆地从超车道超过他，接着野田靠边行驶，让运输车和北川的卡罗拉先开了过去。

过了上野东，很快就是针收费站。幸田把车里吃剩的酒包子包装纸盒、烟头从车窗扔了出去，做好随时出击的准备。

炸药运输车行驶在前面，两辆车之后就是北川他们的卡罗拉越野，野田的速乐娜跟在后面。透过越野车的后窗，野田可以看到北川和小桃的头。野田对着挡风玻璃伸舌头、翻白眼、做鬼脸，北川他们无疑都从后视镜里看到了。

车流平均车间距本来有百米以上，这时却明显近了，大概正是一本松地区开始盘查的结果。在离针出口一公里路标的地方，运输车前面的车开始减速。北川前方的那两辆车同样开始减速，车身渐渐向左偏。野田说道："他们要拐出去了。"车距更近了，北川和野田唯有减速。

前方二百米的运输车果真开始减速了！

147

路标显示离出口四百米。供车辆离开高速的辅路随之出现。北川前方的那两辆车早就打开了左转的转向灯。北川的越野打出左转向灯时，副驾驶座上的小桃回头向幸田做了个胜利的"V"手势，只因幸田看不到运输车的转向灯。小桃手势的意思是运输车拐出去了。

出了针，就是国道三六九号线。如画的乡间小路展现眼前，穿过山间道路，这条路就和通往名张方向的一六五号线合并为一条道路。只有当地人和跑运输的熟悉这条近道，所以这里行驶的车辆不多。地图上只标记出高速公路和主要干线道路，所以一般的司机很难一下子找到这条路。北川一个月里会从这里经过两三次，野田昨天也开着他的沃尔沃来探过路。

这条三六九号线和好几条乡间小路、农用道路以及通往福住的名阪国道交叉。装载炸药的运输车应该会选择最宽阔最安全的路线行驶，所以它应该会进入大和高原广域农道。从这条路到福住还有两公里半。无论运输车走哪条路线，都会选择车辆少的乡间道路。

按照设计好的路线返回福住，有八公里的路程，可以出击的地点并不是很多。必须具备以下几个条件，才能对运输车发动攻击：第一，坡度四十五度以上的弯角；第二，附近没有交叉的小路；第三，有电线杆或侧壁；第四，后面没有车辆。在北川的大脑地图上，从这儿到福住的八公里之间有五个地方符合这些条件。再加上别的条件，有两三个地方都适合下手。

运输车以四十公里的时速缓慢行驶。从针拐出来的另两辆车早就超过了它，消失不见。运输车往后三十米便是北川的越野，再后十米则是野田的速乐娜。一切皆如预想，运输车右拐去了广域农道方向。在第一个弯道，对面驶来一辆拖拉机。第二个弯道，不知为何，北川没发出进攻指示。

运输车驶过几条小路的交叉口，进了广域农道。剩下的三个弯道都挨着福住。部分农道劈山而建，六米宽的柏油路上全是被雨水冲刷下来的砂土。路边的草丛长满芒草和胡枝子，下水道都被盖住。道路很狭窄，车辆很容易滑进路边的沟。

"该动手喽。"

野田低语道。幸田把塑料瓶里的两升汽油全倒在后面的座位和地板上，系好安全带，戴上吕宋帽。野田把两侧的车窗全部打开，摘下太阳镜，也戴上吕宋帽。

午后的阳光下，布满原野的芒草白晃晃摇曳着。

野田笑道："一定不能失败。"

幸田跟着笑道："我又没有父母兄弟。"

野田用大灯给北川发出信号，同时加大了油门。距离运输车还有四十米远，前方一百米处就是第三个弯道。野田超过了北川的越野，逐渐接近运输车。野田在三挡上继续加速，发动机发出震耳的轰鸣，仪表盘显示车速为六十五公里。运输车像是往左靠了靠。仅仅三四秒钟，野田就超过了它。前方十五六米就是个很陡的左弯道。野田没踩刹车，双手松开了方向盘。刹那间，幸田就只看到山地、成片的芒草穗和斜上方的天空。

一根电线杆兀立视野正中。

幸田耳畔回响着"咚"的撞击声，脑袋发热。

幸田用双臂蒙住脸，低下了头。玻璃碎片扎到他身上。睁开眼来，只看得到被撞扁的发动机罩，却看不到电线杆。幸田解开安全带，踢开被撞坏的车门，翻滚着爬出车外。野田正从事先打开的车窗里往外爬，接近弯道的地方传来急刹车的动静。"火柴、火柴！"野田倒在地上，呻吟着喊道。运输车的喇叭狂响。幸田擦着火柴，扔向车里，拖着野田跳进了芒草丛。

路中间横着的速乐娜燃烧了。自后方跟来的运输车一个急刹车，两个男人的脑袋从车窗探出。运输车距离燃烧的速乐娜只有五米。距离运输车仅仅一米的卡罗拉按响喇叭，惹得运输车司机从车窗里伸出脖子，冲着北川他们大吼。运输车想要倒车，无奈被卡罗拉堵死了退路。北川完全不理他们，只是一个劲儿按喇叭。

运输车副驾驶的门终于开了，一个男人气呼呼地从车上下来。运输车挡住了幸田的视线，按照计划，小桃应该会纠缠住下车的男人并打倒他。三秒钟不到，幸田就看到蒙着面罩的小桃跳上了运输车的副座。司机转脸看小桃的同时，北川已经从卡罗拉里跳出来，手里拿着扳手跳进了运输车驾驶室。

瞬间，北川从背后击中司机，把他拽下车。小桃从运输车的另一侧门抬出了副驾驶。北川把这两个人拖进芒草地里，用胶带封住了他们的嘴和眼睛，再用绳子把他们捆绑起来。小桃夺过钥匙，去开运输车货箱的锁。

"没事吧？"北川问躺在地上的幸田和野田。

幸田和野田两个人相互搀扶着回到路上。

小桃打开了货厢。货厢里堆着二三十个用木板加固的箱子，皆如果箱般大。仔细再看，箱子其实是不一样大的。小桃飞快地看了看贴在木箱上的标签。

不到一分钟，小桃就按类把箱子分开。他指着其中几个，说道："就是这个，还有这个。"

北川拉出小桃挑选的四个纸箱，倒腾到卡罗拉车上。

同时，野田和幸田把运输车的四块板子都拆了下来，从卡罗拉车上取出复合纸做的"玉田电气服务"图标贴到运输车上，继而用早已准备好的车牌换下卡罗拉的车牌。他们事先就拧松了螺丝，所以很快就换好了车牌。

速乐娜的白车身被汽油烧得发黑，只有微弱的零星火苗从车内冒出。北川他们精确计算了汽油用量，让油几乎烧尽，从而保证车不会爆炸。北川发动卡罗拉，轻轻按响喇叭，从燃烧的速乐娜旁边驶过。幸田他们开着运输车跟在后面。运输车发动的那一刻，野田欣喜若狂，大呼道："成功了！"

四大箱子，九十公斤炸药。他们是史无前例的大盗。

北川开着卡罗拉返回名阪国道，继续往福住方向行驶。幸田开着运输车，中途掉头经别的小路返回三六九号线。那是条山间小道，人迹稀少，有几处路面较阔，足以容下两辆大型卡车。幸田把运输车丢在一处路面较阔的地方，和野田步行进山。说是山里，其实满是村落和田地。倘若再往前抵达一六五号线的话，就会看到公交车了。

途中，两人互相察看了对方的面部和双手是否有明显伤痕。两人都挺兴奋，甚至顾不上开口说话。

野田直到肚子饿了，情绪才有些回落，嚷嚷道："肚子饿啦，肚子饿啦！"

下午五点左右，天色渐黑，凉气逼人。他们好几次遥遥听到警笛声，总会同时说道："是不是他们发现了？"

两人谨慎起见，一前一后在榛原市内下车，换乘六点多的特快地铁，晚上七点半到达上六地区。

来到上六之后，幸田给北川家打了个电话。接电话的是春树，他说北川一小时前到了家，正洗澡呢，又说一切顺利。货物在千代崎的车库。卡罗拉重新喷了漆，停在相川的废品站。而且，小桃回到了爷爷那里。

十一月一日，星期三。

四家覆盖全国的报纸上面都有两篇雷同的报道。

一篇称，前日下午一点半，黑客闯入日本电气公司的数据服务网络——PC-VAN 在线。奈良县警方和自卫队派出爆炸物处理小组进行道路盘查，封锁了道路，现场一片混乱。警方怀疑这是一起恶作剧，正着手搜查。嫌疑犯方面，只知道是个精通电脑的人，除此再无其他信息。

另一篇报道的标题自然是"炸药被抢"、"炸药运输车被袭"之类。类似报道总是见诸社会新闻的中间版面，位置不大显著。只因警方对这类案件总是另眼相待。考虑到社会影响和侦查工作的顺利进行，警方不愿公布太详细的情况。

该报道的主要内容是："不久，有车辆看到了那辆燃烧的速乐娜，报了警。樱井地区和天理地区的警方立刻搜索附近一带。下午五点后，国道三六九号线的无山地区附近，丢弃的运输车被发现了。货厢里原装有各种炸药共二十箱，总计四百五十公斤，其中四箱（合计九十公斤）的强力樱级①硝酸甘油炸药被盗。驾驶员称嫌犯共有四人。除了那辆燃烧的速乐娜，另有一辆名古屋牌照的白色卡罗拉越野。卡罗拉车身侧面有'玉田电气服务'的图标。那四个罪犯显然是有预谋的，他们一直尾随着运输车，突然动手袭击。四人都戴着黑头套，其中至少一人擅长格斗，手法技巧非常人能及。眼下尚未有犯罪组织宣布对此次事件负责。我国从无抢夺如此大量炸药的案件。目前，警方怀疑是激进派组织策划的犯罪。"

同日，奈良县警方协同三重县、爱知县警方，联合设立了搜查总部，出动警力三百名，在运输车行驶的沿途路线进行走访；又派警力到群马县高崎市的帝国卡利特高崎工厂调查其物流体系。警视厅高度重视此案，指示全国警察系统加强对信息的收集、整理，预防再有类似案件出现。

幸田一大早就出现了感冒症状，大概是前晚只穿一件毛衣就去山里转悠的结果。那天上午，幸田在冷库干活儿，用光了一盒纸巾，只得打算下午让春树帮忙替班。

当他独自在仓库发货时，仓库的分机响了。电话是从办公室转接过来的。

"幸田先生？"只听对方说道，"幸田先生，好久不见啊。"

---

① 日本按照炸药的爆破强度、速度等，将其分为松、樱、桐、杉等八个不同级别。樱级是强力炸药。

男人装腔作势，像是在读剧本。幸田一时想不出这人是谁。

"你……是谁？"

"山岸。四年前，池袋的青铜社，印刷机前面，戴着宽边眼镜的那个人。你想起来了吗？"

"没有。你有事？"

"我看了今早的报纸，突然就想起了你。九十公斤炸药，不少吧？"

"你说什么呢？我挂了。"

"别挂。我有事和你说……关于楚要焕这个人，我有些事想问问你。"

"你说什么呢？"

"楚要焕。八月二十五日，土佐堀上漂着的男人，不是楚要焕。那是另一个人。楚要焕没死，而是被你们藏着！我们一直追查他的下落，总算有苗头了。我们想见见他，希望你告诉我们。"

"你问错人了。我挂了。"

幸田挂了电话。空旷的仓库墙壁上"咣当"一响。昏暗的铁架子对面，浮现出昔日池袋大厦的一扇窗户。微弱的阳光透过两片脏兮兮的玻璃照射进来，幸田的手心里全是冷汗。

丰岛区高田二丁目小胡同的拐角里有一个三层的砂浆建筑，其二楼便是青铜社。那里的铝合金窗户下装着摄像头，正对着胡同的电线杆。那是个很难得的向阳房间，屋内摆放着铁办公桌和橱柜，样子犹如一家小公司。房间里杂乱堆放的纸张大都是粗糙印刷的宣传单，没有像样的印刷业务。

这地方总是聚集着一些人。在塑料沙发上睡觉的男人，在满是烟头的桌子上下象棋的男人，戴着耳机听磁带的男人……幸田早就忘了印刷机前坐着的男人的相貌。他记忆里的每张脸都很相似，看上去都一个样。

实际上，幸田曾因工作之故来到这里几次，又有几次是接受别人指使去恐吓他们。然而，他想不出四年前有何特别之事。不管是昨天还是四年前，甚至十年前，幸田都是一样的冷漠、迷失自我、憎恶世界。四年前，幸田流血流汗地辛苦工作。哪怕是鬼鬼祟祟去当小偷，都跟混饭无关，而是想经由那种劳动实现自我拯救。那样的日子，没有欢喜，没有时间，没有希望，一无所有，混混沌沌。结果，日子就那样一天天地过来了，那都是幸田默默劳作、坚持、不放弃的结果。

幸田一点点回忆起以前的人和事，这是一种不可思议的感觉，犹如经时光隧道悄悄回到往昔。这条时间的长河似乎没有终点，流淌成了环形，连接起过去和现在。几年前见到的东西，仿佛在昨天刚刚出现。常常回荡在耳边的声音，不知是从何处听得。到底是何时踏上青铜社那昏暗楼梯的？踩上油毡楼梯时的动静，两三天前不是也听到了？窗前电线杆上挂着的数学辅导班的广告上，写着的学费是多少钱呢……

幸田停下手中的活儿，在堆垛机上坐了很久。很多模糊的事，现下都想得起来了。他痴痴回忆着，独自品味昔日。

幸田试着回忆那里每一个人的脸，但就是想不起他们的名字。其实，他根本不知道他们的名字。不管是因为工作关系和他们接触，还是让他们在合同或宣誓书上签名，他们用的都不是真实姓名。他们来自不同的地方，年龄从二十岁到四十岁不等。幸田只知道他们都不是东京当地人。

幸田和这些男人只是"生意"关系。中间人先将他们需要的东西告诉幸田，双方接触两三次，条件谈妥就签个形式上的合同。之后，幸田就去筹备。双方约好，彼此不过问对方东西是从哪儿、怎么搞到手的，包括东西用在哪儿、用来干什么。他们交易的东西主要是化学药品、钢材、工业用雷管和导火线等。幸田帮他们弄到这些东西，就能得到不菲的报酬。青铜社用钱换到了制造炸药的原料和凶器。

幸田本来不想听那些男人们阐释其政治信仰，无奈他交了东西之后总是无法立刻脱身，结果就被他们拉住，被迫听他们说些吓唬人的话。幸田只要出去，就会厌恶地啐上一口，继而无奈苦笑。他对那些人的印象真是难以形容。他想和他们划清界限，却又无力反抗他们。和那些男人的关系常常使幸田体验到一种更孤独的感觉。不知不觉，他常会看到一个剥掉外壳，不被任何东西束缚，自由自在的自己。以致他每次踏进青铜社事务所，都会想起故乡大阪的那条小路。

小路上的板壁和格子门布满灰尘。水沟盖上的花盆里栽着一串红和金盏花。路上玩耍的孩子们的笑声、风铃声、隔壁邻居家的电视声和附近经过的阪急电车的声音，此起彼伏地萦绕路上。

深深的屋檐下，昏暗的房间里传来年轻母亲的哭声、阿婆的唠叨声，还有猫的叫声。二百米外的出口町有个教堂，那儿宛如另一个世界。要去那里，需要穿过几条弯曲的小路。

那条路早就没了，时隔四年却又清晰重现幸田脑中。从最后一次离开青铜社那天开始，幸田对小路景色的印象就日益模糊。现在虽又忆起，却似乎有了些距离。

对青铜社那帮家伙，幸田曾有强烈的生理上的不快，现在更是转化成一种明显的敌意。调查别人，跟踪别人的那些坏家伙，就和国家权力一样。对此，幸田深有体会。

从这样的人身上榨取金钱，我又算个什么东西？

幸田寻思着，只觉得苦涩和无以言表的愤怒持续涌上心头。

幸田听到了脚步声。是春树。

"幸田，吃点心。"

春树端着盘子，盘子上是一杯姜汤和不知谁买来的蛋糕。蛋糕被春树吃了，幸田只喝了几口姜汤。关于昨天炸药抢劫事件，春树一句话也没问。这很像他的作风。春树的脸色和平常一样苍白，他挨着幸田坐下，默默搓着几乎冻僵的双手，却连句"真冷"都没说。

"春树，把脸转过来。"

春树抬起头，转脸看着幸田。幸田不知道自己想从春树脸上看到什么，只是任由目光在春树脸上停留了几秒钟。

从春树年轻的瘦脸上，幸田嗅不到小路的味道。这大概是年龄和环境的差异使然。春树在船桥的高楼大厦中长大，身上充满水泥的干净空虚和冰冷粗野，就像空灵却又炫目、昏暗却又明快的沙漠一样。这是为什么呢？突然间，幸田竟觉得春树就是一片荒无人烟的土地。

春树看着幸田，表情不悦，像是在暗骂傻瓜。突然，春树揪住幸田的前襟，使劲推了他一把，就像四缸发动机一样有力。幸田被推倒在了堆垛机上，刚一躺下，就觉得堆积在身上的泥土被冲走了，非常轻松。他闭上眼睛，青铜社消失了，肮脏的玻璃窗跟着消失了，只有清凉的银光在眼前闪烁，炫目得让眼睛疼痛，直欲溢出泪水。

"哎，春树。你要做坏人中的坏人，没有伙伴的人，在世间没有牵绊的人，像沙漠一样的人。"

"神经病。"

春树笑了，把冰冷的手放到幸田的肚子上。摸到幸田米粒大小的乳头时，他用指尖微一拨弄，扑哧笑了，犹如极地之光。春树的某处硬了，继而喷发、滴落、渗透在沙漠中。幸田只觉得躺在沙漠里，眼泪又要流下。小时候，如果在路上看到积雪，幸田会觉得世界变了，会感动得流泪。

现在，小时候那个短暂的梦似乎又回来了。

下班离开公司时，幸田理顺了思路。他警戒着躲在暗处的眼睛。和以前常常被跟踪的日子相比，现在的情况并不那么糟糕——想接近自己的山岸和他的同伙，盯着山岸的公安和韩国中央情报局，搞不好还有朝鲜的特工。这些人都不是傻子，都阴阴盯着对方，所以谁都不敢轻举妄动。

幸田坐春树的摩托回到千里，从那儿坐地铁去了难波，又换乘反方向的车到了梅田。他穿过梅田地下街的人群，走进人潮涌动的纪伊国屋书店，在杂志书架前停下。

晚上七点半，幸田看到人群中的北川拿着本《百万人的英语》站在书架前。北川那儿人不算多。看到幸田，他便缓缓把书放回架上，跟着幸田出去了。北川和幸田保持十米的距离。幸田走进地下三街的楼梯，拐进公共厕所，等待北川。

北川问道："出什么事了？"

"今晚我不去爷爷那儿商量事了。"

"为什么啊？"

"青铜社的山岸给我打电话了，他好像在找小桃。"

"是吗……"北川没说别的，用绿色的洗手液缓缓洗手，突然说道，"喂，我肚子饿了。吃饭去吧。"

幸田说道："我要回去。"

"和我一块儿吃吧，反正你回去也会有人监视你。"

北川用手绢擦了擦手，笑道。谁知道他这不慌不忙的态度是不是故意做给别人看的？北川什么都能看透，此刻的心情正和幸田一样。因此，幸田更觉得他镇定得让人讨厌。

"吃中餐、火锅还是关东煮？"

北川边说边抓住幸田的胳膊，力度比平时要大，不知是否故意。

最后，考虑到幸田感冒了，北川拽着幸田去太融寺吃了河豚什锦火锅。北川是个细心的男人，所以他很有女人缘，男人也喜欢他。总之，他容易让别人吐露心声。

幸田去大学独自生活之前，一直不知道火锅的滋味。他倒不是没吃过火锅，只是不了解大家围着一个锅的乐趣。每当大家围坐着吃火锅时，昔日不愉快的感觉便会涌上来，所以幸田不太愿意吃火锅。但是，关西的火锅种类繁多，而且都很好吃，尤其是和食欲好的人一起吃，自己吃起来会觉得更香。吃到美味的食物，幸田就会觉得自己变成了另一个人，体会到另一种人生，真是不可思议的感受。

幸田把这感受讲给北川。这感受当然不只来自美味的食物。北川肃然凝听。

目前，他们两人对各种情况都不太确定，只是凭着经验推断出了一件事——小桃是间谍。

"幸田，那些人接触小桃的理由，你有没有线索？"

"没有。"

"如果小桃对他们无比重要，他们早该有所行动，但……"

"不错。小桃以前很喜欢到处转悠，他们要想接近小桃，随时都可以办到。山岸说'总算有苗头了'根本就是撒谎。他们的情报网其实厉害着呢。"

"山岸这帮人，其实没在找什么人。楚要焕这名字只怕是某人告诉他们的吧……会是这样吗？"

"我猜就是这样。"

"他的背后是谁呢？公安？韩国中央情报局？"

"除了这两个，还和朝鲜的组织有关。小桃的哥哥要把小桃引出来杀掉，这只怕是组织的命令。小桃一定是因故被国家追杀。详情我不知道，总之他现在连祖国都回不去了……"

"跟我想的一样。"

北川把喝干的酒杯扣在了桌面上。他不想再喝了，开始盘算着什么事。

幸田看了看他，慎重说道："如果这些都是事实，韩国想抓住他，套出他掌握的情报，朝鲜就会抓紧干掉小桃。韩国和朝鲜都在利用山岸接近小桃……这不是不可能的事情。"

　　"喂，幸田……你的打算呢？出卖小桃？"

　　"出卖？"

　　"如果对方只是公安、杀手之类倒没关系，但现在连青铜社都卷进来了，事情就得另当别论。"

　　"凭什么另当别论？"

　　"我就知道你不会冷静。当然，我跟你一样，很看不惯山岸那帮浑蛋。"

　　幸田理解北川的话。幸田曾和青铜社打交道的这段历史一旦泄露，一切就会像古尸被挖出来丢到太阳底下一样。北川觉得那会把幸田肉体上和精神上的一切都毁掉，故而有意劝幸田交出小桃，和青铜社撇清关系。

　　幸田觉得北川不是瞎操心，他的想法是对的。只要青铜社从旁窥视，他们就没有自由，就没有新的土地，只有一连串的犯罪和令人厌恶的纠缠。只要对方藏身暗处，幸田他们的计划迟早总会暴露。

　　索性就此直面人生吧！

　　幸田觉得这不是一件坏事。当然，他很理解不想目睹那种境况的北川，所以他很欣慰。

　　"不。"幸田摇了摇头，迎上北川投来的目光，却又立刻低下了头，毅然说道，"我不会出卖小桃。"

　　北川良久不语，片刻之后才开口说道："知道了。"

北川把蛋打到冒着热气的锅里，杂烩粥不一会儿就出锅了。北川把粥盛到两个碗里，说道："来，吃吧。"

杂烩粥很热，吃得幸田身上热乎乎的。离开火锅店，北川要去爷爷那儿，幸田要去御堂路打车。两人分别时，北川突然站住，看着幸田笑。

夜晚的轻风将北川的低语送到幸田耳畔。

"其实我也做好准备了，知道吗，幸田？……"

这三天，幸田一直尾随着野田，白天和野田一样装成上班族穿梭在堂岛、北滨和梅田的写字楼一条街，晚上则蛰伏南区。野田的生活很正常，没什么特别，很忙却很有规律。上午九点，他到堂岛滨的公司上班，半小时后离开公司，在梅田转了两座大楼，没吃午饭就进了北滨的证券公司，直到晚上八点多才出来，去心斋桥简单吃了顿荞麦面，继而和一个看似朋友的人一同出来。两人进了附近一家酒吧，一小时后带出一个女人。野田叫了两辆车，独自坐了其中一辆。第二天，他又是准时九点上班，重复同样的行动。

　　第一天，幸田就确定有人跟踪野田，有两次甚至清楚看到了对方。一次是在早上九点半，野田从公司大楼出来的时候。野田往西梅田方向走去，一辆快递公司的车一直在他后面跟着。这辆车九点之前就停在野田公司的对面，车上坐着两个穿着蓝色工作服的男人。幸田觉得在哪儿见过他们，可是想不起他们的名字。

　　第二次是那天晚上野田走进心斋桥荞面馆的时候。野田进去不到一分钟，一个穿着夹克的男人就在门口窥视，又很快离开。他的衣服换了，但幸田确信这男人就是早上那辆快递车里的男人。幸田有了结论，却还是决定再观察一阵子。

　　次日，幸田跟丢了，无法确认他们是否一直跟着野田。

昨晚八点多，野田干完梅田的工作，又去了心斋桥的那家面馆。幸田待在斜对面的三津寺路的拐角，站在一座大楼门口。这座大楼里有些小酒馆和饭店，地下又有家迪厅，所以宾客盈门。幸田紧盯着对面的面馆，反而没察觉眼前的人。突然，有人从后面拍了拍幸田。

幸田无暇躲闪。"幸田？"只见三重的脸从身后探出。不待幸田回答，三重就一屁股坐到地上。幸田慌忙去拉，结果引来更多路人的注意，更让他无法置之不理。幸田想帮三重打辆车，便拉起她朝御堂街方向走去。

三重唱着歌，嚷嚷道："跳舞跳累了，不舒服。"幸田让她别唱了，她唱得反而更响，突然说道，"幸田，我一直觉得你很像岸口爷爷。你们长得很像，都是瘦高个，对人都很冷淡。幸田，你是不是他的私生子？对，你肯定是。"

幸田怒吼道："拜托你别说了。"

三重回击道："你们就是像！"说完又坐在地上。

幸田真想暴揍她一顿。竟然在夜晚人来人往的御堂路中央撒酒疯，这女的简直不知羞耻。

一辆出租车在他们跟前停下。司机说道："老兄，是不是要送回家啊？让一个女孩喝这么多，不能再让她独自回去啊。"

三重从旁附和道："对呀，对呀。"

幸田无奈，只好跟着上了出租车。哪知三重上车之后，竟然变老实了，低语道："我酒醒了。"

幸田看着她苍白的脸和蜷身而坐的样子，不禁觉得她其实不是个坏孩子。

出租车来到韧公园公寓的前方停下。三重突然紧紧抓住幸田的衣角，央求道："送送我。"

两人下了车，却看到电梯口贴着一张字条，写有"故障"二字。三重戳着告示，笑道："送我上去吧？"

幸田拒绝道："不。"

"不？"三重说道，"幸田，警察找过我。你还记得国岛死的那天吗？本来该是野田去国岛那儿，结果却是幸田你和北川去的，对吧？原因无所谓，但是，你们真的去了吗，还是根本没去呢？那到底是怎么回事？"

"你听野田说的？不错，是我和北川去的。我们去了，看到国岛带着个女的回来，所以没招呼他就回来了。就这样。"

"你骗人。你们嫌麻烦所以没去吧？否则就不会这样说！你们骗我。你们根本没去，而是直接把钥匙还给了野田，对不对？小国没有那样的女人！"

"这……他真的带着一个女人。"

"听说他们是殉情而死，这是骗人的。那个女人只是小国在哪儿刚认识的吧。他喝醉了，撑死也就把那家伙勒死……国岛确实挺差劲，甚至没那胆量。但是，如果幸田你们那天晚上没有推辞，真替我去监视他的话，小国或许就不会死了。想到这些，我曾打算把你们的事告诉警察……但是，就算跟警察讲了，小国总归是活不过来了。他想死就让他死吧。当时我的脑子乱极了，所以我最后什么都没说。"

"所以呢……你想说什么？"

幸田话一出口，就觉得不大妥当。三重笑了。

"幸田，你真是个好人。我认识的男人都不让我痛快讲话，我真的很喜欢你呢。"

幸田的脑袋里很乱，一时无言以对。

"我送你上去吧。"这句话，幸田到底没说出口。

这跟三重是国岛的女人无关。幸田事后回想，只怕他当时是觉得双手不干净，由此萌生了强烈的恐惧感，所以才没说出那句话来。

幸田离开三重的公寓，独自回家，情绪糟得要命。

十一月八日，星期三。第三天。

一上午，幸田都没发现盯梢的人。然而，他确信一定有人监视，所以比前两天更留神观察。

下午两点，野田来到四桥街堂岛二丁目的三菱电机大厦。上午十点后，野田干完西天满农协大厦的活儿，没吃午饭就打车去了下一个工作地点。幸田眼中的野田，就是一个写字楼之间穿梭的商务精英。然而，做工精良的纯色西装穿到野田身上，总显得有些走样，不大协调。野田表面上循规蹈矩，实则满怀着傲慢自信，给人留下复杂的印象。

三菱电机大厦位于四桥街，正对着每日报社、每日会场和每日会馆，附近有好几家都市银行的分行以及人企业的总部、分部大楼。高楼林立，一直连绵到梅田新道。堂岛河至梅田新道之间有一条四百米的路，幸田从下午两点开始将那条路来来回回踩了三小时。最后，他混进了那些排着队准备进每日会馆的年轻人里。

会馆地下有个电影院，正放着斯皮尔伯格的两部影片。等着看下一场的年轻人从地下的入口一直排到地上。

幸田眼前正好有个张贴海报的玻璃窗。玻璃有些反光，使他无法看清里面的海报，却看到了会馆前的四桥街和其对面三菱电机大厦的门口。这条件对幸田挺有利。他背对马路，从玻璃窗里注视往来的车辆和行人，等着野田从三菱电机大厦里出来。

五点一过，人群突然骚动。从地下出来的人和去往地下的人都挤在了楼梯口。幸田被人流挤得贴在玻璃窗上。突然，玻璃窗上映出一个人头。对方就站在幸田身后。幸田直觉那个人是冲他来的，立刻弯身蹲下，果然听到"嗖"的一响，头顶上的玻璃登时碎了。幸田顺势倒向楼梯口的年轻人脚旁。牛仔裤男生和短裙女生一片混乱，眼看着幸田又滚下几级台阶。四周充满惊呼。幸田反手抓住扶梯，起身跑完最后几级台阶，穿过电影院入口前的人潮，奔向通往堂岛的地下通道。

那个地下通道连着地铁西梅站和JR大阪站，时间临近下班，里面自然拥挤。幸田随着人流去往JR方向。到站台需要三分钟。梅田地下通道有数不清的岔道，除了JR尚有阪急、阪神两大私铁和国营地铁的御堂路线、谷町线。数万上班族形成壮观的流动大军。幸田行经JR口，一直走到阪急、阪神的百货商店附近，进了公共卫生间，掸掉西服上的泥土，这才得空喘息。一直紧张得怦怦直跳的心脏隐隐有些疼痛。

幸田没时间寻思袭击者是谁。如此轻易被人看破跟踪野田之事，让幸田无比震惊。

幸田看看手表。玻璃表蒙破了，指针停在五点零三分。幸田摘下手表扔进垃圾桶，出了公共卫生间。他平时不喜欢穿皮鞋，此时自不免有些脚疼，走不动路了。

大家约好六点见面，这时估计有五点半了。北川去九州公干，无法出席。野田的工作不知何时结束，春树和小桃则该到约定地点——弹子店——等着了吧。早上，幸田打电话通知小桃去弹子店见面，小桃欣然表示会提前去，春树也说要早点去跟小桃玩会儿。一想到他们两个玩得正欢，幸田就有些光火。

幸田经地下通道出了阪急车站，穿过一条马路，路上霓虹灯闪烁。路边电影院的后方便是东街，整条街布满弹子店、游戏厅和粉色沙龙，灯火辉煌。幸田一直觉得这里跟南区的繁华街道不同，是十几岁年轻人的天下。跟色情相比，这里更常见的是暴力。真正来到这里之后，幸田才察觉这里虽然霓虹灯闪烁，招牌林立，每家店却都没有几个客人。整条街都回响着游戏机的噪音。街上罕见行人，只偶尔有几个醉醺醺的白领、傻乎乎的十几岁少年、丑陋的女人和男妓。看不到情侣和美女。拉客的男人们都是一副冷若冰霜的蠢笨样。

一家弹子店前摆着庆祝开业的花环。隔着这些花环，幸田看到了春树。一头金发的春树穿着皮夹克，微笑着。小桃挨着春树坐着，戴着墨镜，笑容洋溢在他蓄着胡子的脸上。这是幸田踏进东街之后首次见到笑脸，精神登时一振。

幸田从自动售货机上买了弹珠，走到两人身边，低语道："快走。有人跟踪我。取消聚会。"

小桃的手停在半空。春树面不改色，扬扬下巴，说道："走吧。"两人把剩下的弹珠一收，扔到幸田的碟子里，果断离开。

幸田守着那部游戏机直到七点，打完了碟子里的弹珠。他早就看到对面有家音像店，此时一出弹子店便直接走了进去，透过贴满海报的玻璃继续监视游戏厅。

五分钟后，路上现出野田的身影。野田进了弹子店。幸田又等了一两分钟，才从音像店回到弹子店门口。野田在屋内东张西望。幸田又等了片刻。野田没找到人，走向门口，准备离开。两人的视线在花环中交错。幸田立刻离开，沿着东街向车站方向走去。野田肯定跟上来了。这条路上几乎没人，野田不会跟丢。

距离商业街的路口还有二十米。绿灯亮了，通往车站的斑马线前的十几个人齐齐迈步。幸田突然看到人群后方的人行道上站着两个男人，而且觉得对方同样看到了他。对面光线昏暗，幸田却站在光亮之中，所以他们自然会看到幸田。幸田立刻躲向旁边的一家店。店门口有个穿红马甲的男人喊着"一位客人"朝幸田跑来。

幸田没留意店名，只看到门口写着硕大的"只需二千日元"几个字。转眼间，一位穿着水兵服的女人来到幸田面前，又说了一遍"一位客人"……

然而，女人盯着外面的马路，又对那个穿着红马甲的男人说道："还有个人，你看，那边那位拿着公文包的帅哥——就是他！你把他也叫进来，快去！"

只听野田叫道："哎！喂……"

不出三秒，他便被拖了进来。

女人喊道："两位客人！"

"该死的，咱们快跑……"

野田想跑，女人却笑道："那是厕所。"

野田拽着幸田，跑进了混乱而又狭窄的小店，似乎想从小店的后门冲出。他们途经厕所、仓库，跑到一扇上着锁的门前。这里听得到铁门后方的雨声，却不清楚门后有没有人。

野田催促道："打开这扇门！快点……"

幸田只用五秒钟就打开了锁。

没有行人的路上，只有雨滴砸地的响动没完没了。伴随着一股垃圾的臭味，他们看到了几个小酒馆和饭馆的招牌，再往前十米，就是通往东街的小路。如果那儿有人蹲守，野田和幸田一定会被发现。两个人背靠大门，剧烈喘息，盘算着要不要出去。

"这些浑蛋……"野田嘟囔着，突然冒出一大堆话来，"喂，幸田，我被跟踪了！你知道那些家伙的来路吧？你明明知道，却不跑开？他们为什么要来抓我？你说呀！幸田，你是不是知道他们跟踪我的缘由？他们跟踪我，是知道你总有一天会出现，对不对？他们前几天往我家打电话，自称知道炸药的事，威胁我若不想暴露就把你引出来。我不是傻子，自然猜得出那些家伙的身份。我不想问你和那些人的关系，但是他们吓唬我。说实话，我不知道该怎么办……不，说得再清楚些，我很害怕。他们知道我们的事！炸药的事不该轻易被别人知道，他们到底是如何知道的？是不是我们之中有内奸？"

"野田，炸药的事是他们瞎猜的。找借口、刁难、动摇人，那都是他们惯用的伎俩。"

"那……该怎么办呢？激进派的人为什么会对一个小偷感兴趣？是冲着你还是小桃？不管是谁，和我又有什么关系？"

"这个嘛，你再忍耐一下。再过一阵，他们就不会再说什么了。我会让他们不再乱说话的……我向你保证。所以，希望你再忍耐一下。"

"这些话对我不好使，我只是个普通的上班族……"

野田说完便要离去，幸田抓住了他。幸田想让他出去时留点神，哪知野田竟拨开了幸田的手。两人开始扭打。

"一定有内奸！"野田喊道，"我敢跟你打赌。这个内奸，这个叛徒，为什么要这样做呢？对了，还有国岛——幸田，国岛不是自杀的，对不对？"

"倘若不是，你想怎样？"

"你竟然有脸问我这个？"

"我再警告你一次……"

"你他妈还是人吗？就算国岛真是自杀，那你知不知道警察询问三重这件事？三重说警察问了她好些事，她很害怕，却一咬牙半点都没告诉警察。她再这样被盘问下去，没准哪天警察就会知道我们……"

"野田，别再瞎嚷嚷了。知道计划的人，谁都没有退路。每个人都要尽全力。别忘了这点。"

"你确实和我们不是一个世界的人……"

野田盯着幸田的脸看了片刻，没再言语，跑了。

东街一片安静，静得让幸田觉得刚才被人袭击只是幻觉。

幸田在这条路上又待了一会儿。为了跟踪野田，幸田专门买了身西装。现在，西装被雨淋湿了。野田的目光以及他的动摇，让幸田不太舒服。幸田觉得野田太"天真"了。幸田有的是想说的话，无奈考察、磨炼人员毕竟是北川的工作。

总之，幸田达到了跟踪的目的。幸田只要知道跟踪野田的是山岸那伙人就行了，他不想打探野田的私生活。北区的商务区、南区的面馆和酒馆……诚如野田本人说的那样，他的世界就是一个典型上班族的世界。野田说得对，他们的内奸和公安，以及那令人讨厌的感觉，其实都是来自幸田。

幸田再次看了看身上的西装。虽然自己没什么感觉，可别人一定会觉得衣服不适合他吧。想到这些，幸田就觉得双颊发热，打算一回家就把它脱了，扔进垃圾桶。

十一月十日，星期五。

"小桃，你得搬家。"

吃完买来的烤鱿鱼，喝了伏特加，看完久米宏^①的节目，幸田说了这句话。

爷爷尚未回来。听小桃讲，爷爷最近总是凌晨才回，有时甚至不回。小桃准备的碗筷兀自扣在厨房的餐桌上，没有动过。这足以证实小桃的话。

小桃似乎早有预料，淡淡问道："什么时候？"

---

① 日本著名节目主持人、播音员。

幸田答道："立刻。"

小桃一句话都没说，从壁橱里拿出那个蓝色运动包，装了几本看了一半的书，披上一件夹克。这就是他全部的家当。

两人走到阳台，幸田先顺着扶手跳到对面药品公司仓库的屋顶。小桃跟着跳过去。两人沿小路走进韧公园，这才分开。在本町，幸田打了辆出租车。

昨天早上，幸田和北川商量让小桃搬家。北川当天傍晚就安排好了，把公寓钥匙送到了仓库。小桃的新公寓在地铁御堂路沿线的江坂，挨着热闹的车站。江坂一带满是小户型公寓，都是近郊的农民建来避税用的。这些公寓只有一个房间，很漂亮、整洁。房租很便宜，一个月才六万日元。房子是以北川的名义租的，五十万日元的押金和按日支付的租金由北川和幸田均摊。

车站前灯火通明。幸田下了车，步行五分钟就到了小桃的新家。房间在四楼，屋内一个坐垫都没有，电灯亮着。阳台前方就是庄稼地，而后是一片空地和文化住宅①，再往前又是田野。从这里能看到车辆川流不息的内环线，贫民窟的低矮楼房，以及神崎川沿岸的工厂和高尔夫练习场。

小桃坐在崭新的榻榻米上，从运动包里拿出一个用厚塑料紧紧缠绕的包裹。幸田总觉得这包里大有玄虚，而这包里的大半空间都被这个包裹占去。

幸田问道："那是什么？"

---

① 战后五六十年代建设的二层木结构集合住宅。

"塞姆汀塑胶炸药。"

据小桃讲，这是一种高性能塑胶炸弹，在日本买不到。吹田公寓被炸时，北川见到的黑色黏土估计就是其残留物。

"这个最适合用来爆破金库大门。"

小桃说完，把包裹当枕头，在不到十平方米大、空无一物的房间里躺下。幸田枕着瘪瘪的运动包，跟着躺下。他眼前就是小桃脚上破了洞的白色棉袜。房间有些冷，幸田却很平静，只是后悔没早点寻得这份平静。没几分钟，睡意袭来。

第二天，星期六。北川下班后，黈夜将他的四吨卡车打扮成搬家公司的货车，又搬来棉被和五六个纸箱。除了个别箱子里装着餐具和一些洗刷用品，其余纸箱都是空的。这是北川做给别人看的。不愧是仔细谨慎的北川。

北川搬完行李，把一张字条悄悄塞到幸田怀里，说道："这是煤气管道铺设平面图，是野田从他在大阪煤气工作的朋友的公文包里偷来的。"

字条上画的就像冲洗出来的道路地图，除了门牌号码，还标出了接到各家各户的煤气分支管道，还有详细的编号。只要把这个煤气管线的号码和地图的门牌号码对照一下，地下的线路分布就一目了然。在北滨四丁目的一角，有个荧光笔做的标记，那儿估计就是地下管道的入口。

"是这样。"北川解释道，"野田这家伙到底是想跟我们合伙。昨天，在南区，他追上跟踪他的家伙，狠狠揍了他们一顿，结果被巡逻的警察抓个现形，去拘留所待了一宿。他早晨给

174

我打来电话，说当时喝醉了，又说要休息一天。他的状态听来不大好。明明说要去地下管道看看，结果却一个人回家闷着……所以，侦察工作只好交给你和小桃两个人了，明白？"

"若是喝醉了，他会不会在警察面前胡说八道啊……"

北川怒道："那样的话，我们大家明天就会被抓！你不信的话，就干坐着等死吧！"

幸田知道北川此刻正怒火中烧。北川不确定情况，又不甘就此放弃，情绪糟糕透顶。搬完纸箱，北川就回去了。期间，小桃一直收拾着东西，默默听他们说话。

趁小桃收拾东西的空儿，幸田去江坂车站前的弹子店找春树。幸田在公司臭骂了春树的金黄色头发之后，春树一整天都戴着毛线滑雪帽，像是说："不让你看见总行了吧？"幸田在店里找到春树，结伴进了隔壁的面馆。不久，小桃也来了。

来这家面馆吃饭的主要是工薪阶层。这里客人不多，很适合吃饭时聊天、喝酒。

春树和小桃早就混熟了。对将要进行的行动所必需的一些知识，春树有了基本的了解。那主要是制造炸弹起爆装置的材料学知识。小桃打算去大阪的日本桥和东京的秋叶原购买材料。这些材料要用好几天时间精挑细选，所以春树是最适合做这项工作的人选。一是警察那儿没有春树的案底，二是春树辞职不会引起别人注意。

小桃的指示非常具体、琐碎、复杂。春树自称脑袋都快炸了。要购买的零部件很多，小桃又不让春树做笔记，所以春树只好把这些零部件的名称挨个背下，目前刚记住十之七八。

春树喝着啤酒，吃着火候正好的烤鱿鱼，背诵道："零点零二一欧姆的单芯线，直径五毫米，BS18号线……"又告诉幸田，"这是连接炸药雷管的母线。"说完便塞了一嘴的鱿鱼须。

据小桃讲，制造雷管所需的添爆剂和起爆剂的化学药品，他能从工大实验室的仓库偷出。春树负责购买的是铝管，它将代替电热电桥的桥丝、脚线和管体，以及起火电源用的零部件、电容器、开关、蓄电池等。而且，因为需要在很多地方安装炸药，所需的零件种类繁多，大概得装满两个纸箱。

小桃摘下墨镜，神情柔和，边说话边喝酒，没太吃东西。

幸田问他是不是哪里不舒服，小桃摇摇头，微笑道："我现在心情好得想唱歌呢。"

趁春树去厕所，幸田把那张地图打开给小桃看了看。

北川刚才说的野田的事情，小桃也听到了。小桃很敏感，幸田不想再重复那些让他不快的话。

小桃看了会儿地图，缓缓说道："可以去看看……虽然不见得有用，去看看总归没错。不试试看就没法前进。这种时候只能摸索。我们先往前走一步，没事的话就再进一步。要是有问题就撤退。那个叛徒，早晚会露出狐狸尾巴。"

春树回来了，脸喝得微红，念叨着"白金、铱合金，四十九号线，一点四欧姆"云云。

十一月十三日，星期一，凌晨两点十分。

幸田起身离开土佐堀人行道上的椅子。十分钟前，小桃应该已经从中之岛公园的长椅上动身了。

176

过了肥后桥，沿着住田西侧的高速路就到了南侧的北滨四丁目。根据野田的地图，进入地下通道的地面入口就在住田总部和隔壁信托银行围成的正方形中心。煤气管道埋在连接淀屋桥和肥后桥的东西方向的道路下面。

幸田和小桃仔细研究地图，结论是电线的主管道和地铁御堂路线、四桥线的坑道呈南北向平行铺设。这两条管线坑道东西连接，北滨四丁目地下的管道估计就是其中之一。野田曾亲眼看到这里进行过管线铺设工程，所以这地下肯定有某种管线的坑道。就算此行一无所获，这地方总归是个危急时的藏身之处。

两点十五分，小桃出现在爱日小学的拐角。同时，春树从阪神高速的高架桥下溜达着走来。

春树似乎把摩托放在了高架桥下的某处。

北侧斜上方，信托营业部交易大厅的灯犹自亮着，其对面就是住田总部的东大门。保安公司的巡夜警卫晃来晃去。大门南面营业窗口大厅的平房突了出来，让幸田他们所在的地方成了一个死角。

从正方形中心往西一米的路上，就是地面入口。井盖上有大阪市的标志，还有个方便掀开井盖用的洼坑。这条路的东西、南北方向都是单行路，而且这时间没有往来车辆。

幸田用准备好的带把儿鹰嘴钩掀开了井盖，里面透出一丝微弱的光亮。幸田事先并不知道地下入口还有电灯。把井盖往上拉了几厘米后，为了避免发出响声，幸田把手伸到井盖下面，轻轻挪动井盖。

搬开井盖之后，幸田大汗淋漓。井盖下井壁边上有很多把手，起到楼梯台阶的作用。看清这些把手的位置后，幸田想都不想就下去了。

四秒钟后，幸田全身都进了井里。他用指尖摸索着把手，继续向下。脚下越来越亮，把手成了斜挂空中的陡梯。

小桃紧跟着幸田下来。地上的街灯和春树的脸闪了一下，井盖就被扣上了。春树用井盖夹住一根白色的绳子，垂了下来。如果地面上有情况，春树就会抽走这根绳子。

幸田下到了坑道的底部。在离地面垂直两米深的地方，能看到地下管道的顶棚。地下管道的直径大约三米，也就是说他们要下降到五米深的地下。机油、氯乙烯和霉味混杂在一起，弥漫在潮湿的空气中。

幸田全身都湿透了。大概是有高压线的缘故，这里闷热得让人难受。

幸田感觉到了一丝微风，忍不住确认道："是风？"

小桃答道："那是送风口吹来的风。"

"信托银行大厦的这一面，的确像是有个邮箱模样的送风塔，对吧？"

"是吗？我记不起来。"

他们置身的地方就像个巨大的混凝土房子，顶棚上装着荧光灯。幸田游目四顾，只见圆形的洞道延伸向了肥后桥。淀屋桥一侧是地下管路的出口，但那里被封闭了。在电力输送方面，中之岛变电所的大容量主线的一部分似乎从肥后桥分连到这儿，继而一部分成为低压线，一部分输送到淀屋桥。

两边的侧壁上各镶着一个三层的架子。下层是电力线缆，一边是六十六千伏的干线，另一边则是二十二千伏的二次线缆。大容量主线是三根直径十厘米的线缆，包着黑色塑料封套。巨大的金属连接器就像铝制的铅笔帽，套在线缆上，显得无比臃肿。二次线缆连入低压变电器，连接器伸出的几根细接线头又被引入侧壁的几根管线中，其中几根作为低压线缆再输回淀屋桥方向。

　　架子的第二层是煤气管线。第三层则是NTT[①]的通信线路，在侧壁上有分别接入最终用户的接线口。小桃打开野田的地图，对照架子上的煤气管线，寻出住田方向的分支线，继而从他们下来的梯子位置拉卷尺，量出到分支管线的距离，在图上写下"一千四百五十毫米"的字样。

　　那个分线口上段是四根通信电缆，中段是一根煤气管线，下段是两根电力线缆，共计七根线缆。这些线缆几乎都成一竖排。小桃在图上画的线，其接线口都朝向住田大厦中心偏东的方向。那个位置应该就是中央机械室。

　　幸田再度望向架子上的线缆，嘀咕道："是这个吗？"

　　只听小桃说道："住田就在这个方向。对面是河，这分线一定是接入住田的。和这个煤气管线的铺设图一致。但是，通信线缆和电缆不该只是这些，某处肯定有别的系统……"

　　"别的？"

　　"如果这里出了故障，从结构上来看，住田的联机不会突然中止。就是说，别的地方至少还有个分线。"

---

① 日本电信电话公司。

小桃说着，目光再次落到图纸上更细微的地方。

"之前，我沿土佐堀步行勘察，也没有看到工作口或类似地上变压器的设施。煤气管道，也不经由此处。住田和信托银行之间也没有。只有住田西侧，这个高架桥下有个工作口。就是这个位置……"小桃拿着红笔往图上画了个圈，圈住阪神高速沿线的住田停车场一隅，"这里没有煤气管道。我觉得可能是 NTT 专用的工作口。"

"从停车场值班室看这里，会一清二楚吧……"

"是的，从工作口进去显然不行。值班室里二十四小时都有人。"

小桃画的红色圆圈标记，从他们现在所在的工作口到延伸到肥后桥方向的坑洞，它们的距离非常近，几乎就是挨着。地图上只差几毫米。或许，那个工作口和这个洞道的某处是连接在一起的。

幸田说出了这一感觉，小桃立刻将之推翻。

"不对。NTT 的专用管路若和这个洞道相通的话，就失去其紧急备用的意义了。应该还有条管路，直接穿过这个洞道的上面或下面。"

"等等，小桃……这个红圈，离洞道的准确距离是？"

"水平距离大概一米。"

"那我们可以把炸药放在这个洞道里最接近这个红圈的位置处。如果管道距离这里只有一米，肯定能炸飞它，就像隧道的爆破那样。"

"爆破啊……"

小桃说完，拿着卷尺走向洞道。他边测量边往肥后桥方向移动，并在图纸上写下距离，以确认当前位置。他不太熟悉煤气管道的编号，所以用卷尺测量会更方便，也更准确。

小桃察觉洞道略有些倾斜，估计是个缓上坡。水泥地面就像洒了水似的潮湿，运动鞋踏上后便是扑哧扑哧的动静。这种倾斜是特意设计的，可以有效防止积水。换言之，这洞道里肯定会有排水管道。

又走了近百米之后，小桃停了下来。前方是一面灰暗的墙壁，墙壁上又是嵌着架子，架子上的线缆又是分出三层。但是，小桃确信这面墙附近埋着别的通信线缆管道。

"管道只怕就在这洞道上方。这儿挺深了，如果还在这下面的话，那就是地下六米。一般不会在这么深的地方铺设通信线缆。"

小桃边说边用粉笔在架子上层不太明显的位置画了个红圈。他们感觉到了风。小桃笑了，幸田跟着笑了——搜查完毕！两人都很高兴。他们离肥后桥下方尚有近二百米，这一带有个轻微向上的坡度，所以看不太远，只能看到前方五十米有一个工作口，估计是横穿阪神高速的马路一带。

三分钟后，两人回到刚才的工作口，再次确认了住田的分线口。幸田他们不打算在这儿放置硝酸甘油炸药，而是在每个分线口贴上少量的塞姆汀塑胶炸药，以免破坏东面五米之隔的信托银行的分线。倘若信托部同时出现异常情况，就意味着整个银行系统会引发更大的骚动。要顺利摸进地下金库，就要保证开始行动的几分钟平安无事。

凌晨两点四十分，线缆之事确认妥当。幸田率先登上回到地面的梯子。突然，他抬头望向头顶上方三米的工作口井盖。

充当暗号的白绳不见了。幸田一惊，定睛细看了看，绳子确实不见了。

幸田顺着梯子爬了下来，说道："换个出口。"

他说完就往肥后桥方向的洞道走去，暗想刚才发现另一个地面出口真是老天保佑。两人都没说话，经过刚才用粉笔做过记号的地方，又走了大概三分钟，就到了那个新的工作口。这里有着同样的梯子和同样的井盖。虽不知会从哪里钻出地面，但幸田没时间犹豫了。

幸田忍不住想要离开这儿。他登上梯子，爬了五米，把耳朵贴到冰冷的井盖上。他听到了地面震动的深沉响动，大概是阪神高速上的车辆弄的。除此再无别的响动。

"小桃，到了地面，咱们就分头跑。无论如何，你都要一直往前跑，不要回头管我，懂了没有？"

幸田说完，向上推开了井盖。寒冷的夜风打到脸上。幸田看到了阪神高速的高架桥。这里和他设想的位置接近。幸田回到地面，不待小桃出来便朝着高架桥走去，途经似曾相识的贴着"一小时一百七十日元"招牌的停车场，来到住田西侧。抵达地下停车场的一个角落之际，幸田看到了方才他们下去的那个工作口所在的那条路和十字路口。地面出口的井盖被盖好了，一根白绳放在旁边。

幸田知道附近一定有人藏着，虽然从现在的位置看不到，但推测就在十字路口一带。住田停车场值班室的方向，传来收音机深夜节目的声音。幸田握紧匕首的刀柄。从停车场值班室前面走过的时候，警卫一直注视着幸田。

幸田走到十字路口。左右两边的路上都看不到行人，只有几辆车停在路边。幸田觉得附近确实有人。这时，信托银行西侧的树丛里传来一阵声响。在绿化带的方向有人被殴打，发出短促的叫声。

"快跑！"

那声音喊道。是春树。

从树丛和附近车辆的阴影里，飞出几个戴着头盔的人。头盔上闪烁着"吹田联合"的荧光字。他们有六七个人，手里拿着撬棍和扳钳。

他们跳出的速度太快，幸田仓促间难以反击，尚未挥动手中的匕首就被几人摁住，夹克被撕烂，被打得满脸是血。幸田闻到了额头的血味，听到了身体发出的闷响。

他眼前似乎闪过了住田的石墙、夜空和交易大厅的灯光。

突然，幸田看到一头黄毛的春树从某处闪出。春树挥舞着撬棍，正是幸田之前见到的那种撬棍。

幸田一直听到"住手"、"住手"的呼喝，大概是来自住田的巡夜警察或停车场值班室的守卫。头盔男跑开了，一群人四下逃散。幸田耳畔传来巡夜警察"干什么的"、"住手"之类怒吼。

幸田想动一动瘫在地上的手和脚，可根本动不了。幸田不想被巡警的手碰到。

别碰我！

然而，不管幸田再怎样使劲，喉咙都发不出任何声音。

突然，一双纤细有力的手从背后伸来，抱紧幸田，把他拉了起来。幸田看到了满头金发的春树。男人们七嘴八舌地说着什么。幸田感觉春树支撑着自己迈开了脚步。男人们的声音逐渐远去，只留下春树剧烈喘息。

春树发动了摩托车，幸田紧紧贴在他后背上。

"这次千万别松手！听到没有？幸田，千万别松手！"

幸田唯有不断哼哼，仿佛在哭。他发不出别的声音了。

北川低吼道："你说是吹田联合？你的白日梦有完没完？"

春树自觉理亏，说道："反正都这样了，我也没办法！他们的目标其实是我。"

"如果是这样，他们为何连幸田都不放过？之前他们在寺西仓库袭击你的时候，是幸田替你解的围，所以他们来报仇？"

"恐怕真是……"

"是索？"

"嗯。"

春树的声音低得都听不到。北川骂了句"他妈的"……

幸田就睡在北川家春树的床上。一回到北川家，春树就给他涂了各种消毒液，用热毛巾给他擦了脸和身体，又让他吃了镇静剂。幸田挨打之后，身体疼得要命，不断发抖，想睡都睡不着，唯有睁着眼睛。过了片刻，大概是药力生效，睡意袭来。半梦半醒之中，幸田听到北川和春树说话的声音，结果就醒了，疼痛随之苏醒。

幸田从毯子里伸出手，隔着睡衣握住北川的胳膊，勉强开口说道："不……不是春树说的那样……那伙人被收买了，山岸在他们背后煽风点火。他们早就盯上了我和小桃……"

"明白了。你别说话了，天一亮就送你去医院，先睡吧。"

幸田动动脑袋，想看看北川的眼睛，无奈头痛欲裂，只觉得北川的话音忽远忽近，而且断断续续，唯有闭上眼睛。

黎明微弱的亮光照了进来。幸田动了动枕头上的头，瞧见北川正临窗眺望。这是幸田第一次进春树的房间。屋里只有一张床和一个煤气炉。报纸、各种工具、小车床、机油、涂料罐等物品皆随手放在地毯上，墙上没有任何海报、照片，房间里也看不到杂志或书之类东西。

只听北川问道："好些没？"

幸田答道："好多了。"

一开口说话，就觉得嘴里全是黏液。

"幸田，你看……从这个窗户能看到住田金库次长的家。我每天都看，现在觉得那儿很亲切。我能看到院子里的树叶变黄，窗帘也经常换。那家人最近出了好些事。上个月，他家的大女儿搬出去和男人同居了。次长最近经常夜不归宿，总是去堂岛的那个女人那里住。上个星期天，搬家公司的业务员开着车来过他家，看来是准备搬家。我觉得他家肯定还会有人离开，目前看来是他夫人要走了。他夫人似乎挺高傲的。要是那对夫妻真的分居甚至离婚，我们就得另作打算……所以，我们要定下行动的日期了。"

"北川……"

"说。"

"我们中间有叛徒。"

"这个……野田跟我说了。"

"你相信我，我们中间真有叛徒。那个人把小桃的事情告诉了别人，这个我很清楚……我想求你件事，你再给小桃弄个藏身地点吧，求你了……"

"又要让小桃换地方？"

"对，以防万一，求求你了……"

"好，我知道了，我等下就去挑地方。有没别的事要我一齐办的？"

幸田想摇头，无奈脑袋根本动不了。

北川挨着幸田蹲下，轻轻问道："渴不渴？"

幸田又想摇头，无奈又是动不了。

"北川……"

"哎？"

"地下管道方面，进行得很顺利。"

"好……那太好了。"

微弱的亮光中，幸田看到北川笑了。睡意又袭来。

第二天早上，幸田可以站立行走了。他没骨折，只是有点皮外伤。

幸田坚持去公司上班。冷库的活儿都交给春树，他只干些仓库里的轻活儿。幸田怕头上的绷带扎眼，便模仿春树戴了顶滑雪帽。单位的阿姨竟然夸幸田这样很可爱。

加了会儿班，离开公司后，幸田坐车到了 JR 吹田站。他要去北川昨天刚找到的小桃的新住处。北川觉得还是比较熟悉的环境好，所以就在离吹田站很近的地方找了一处。从车站北侧的旭之路商业街往北走二百米，有个昭和街公寓，小桃的新家就在这里。沿着"丸吹"豆腐店那条街，向北直行，再往前走就是 JR 吹田工厂和调度中心。

这座公寓共三层，预制板轻型钢筋结构，幸田觉得这儿很像之前片山町的公寓。北川昨天从车站前的超市买齐了被褥等生活用品，所以小桃昨天深夜就该背着运动包搬进来了。

幸田找到北川说的二〇三房间。按照老办法先敲三下门，两秒钟后再敲两下，门果然朝里打开。

幸田看到了一张年轻女人的脸，想都没想便低头致歉。抬头再次看到那张脸时，幸田不觉有些茫然。

光滑白皙的脸上有一双细长而清秀的眼睛，顺滑的长发披在肩上，粉红的嘴唇……他是小桃。

小桃身上的高领毛衣若换成红色或粉色就更完美了。现在的黑色也很娇艳。幸田不禁笑了，笑得肚子都疼了。幸田很久没这样笑了。小桃一脸尴尬，随着他笑了，继而说道："打这以后，我就是桃子姑娘啦。"

十一月十六日，星期四。

春树孤身去了东京。他说是要去旅行，辞去了这份干了半年的工作。春树打算先回趟千叶县的老家，待上两个星期，再从那儿去秋叶原。

生活很平静。幸田他们习惯了公安和激进派的人每天在他们的生活中出现。若说有何新闻，那就是十七日星期五，住田次长的夫人搬出了南千里的府邸，家里只剩下次长和女儿。次长一如既往，每天都去公司上班。咖啡馆"宵待草"的女人则继续经营店面，若无其事。北川当上主任，月薪达到六十万日元。幸田仍旧在冷库里工作。小桃——不，桃子穿着件淡粉色的防寒服，又失踪了两次。昨天，桃子从旭区的工大实验室偷来药品、烧杯和烧瓶，这些东西摆满了他的桌子，让他开始玩起玄妙的过家家游戏。

十一月二十日，星期一。

下午六点后，北川突然来到寺西仓库。他是打车来的。没开公司卡车。他穿着板正的西装，打着黑领带，带着黑袖章。

幸田讶道："是谁的葬礼？"

北川低语道："三重。"

"谁？三重？"

"详情以后再说。总之，三重死了。"

北川刚刚去三重住的韧公园公寓进行了简单的追悼，回来路上顺便来幸田这儿看看。三重的父亲从三重县赶来操办了葬礼。出席追悼会的只有她的几个模特同事和她的爷爷，以及野田、北川。

北川说道："我刚才观察了一下，公寓四周全埋伏着警察，青铜社的人也在周围晃荡。"

"野田呢，他怎么样？"

"很可怜。这中间有好些事……我这就要去见他,你跟来。"

北川和幸田打了辆出租车,直奔野田家。

北川告诉司机去逆濑台。幸田从北川口中得知,十一月初,野田和情妇结束了两年的情人关系,卖了大淀区的公寓,还清房贷后剩下的五千万日元都给了那个女人,他本人则去宝冢市的逆濑台地区租了套公寓,搬了进去。那个女人下个月就要生了,所以回了广岛的娘家。

北川说道:"我刚听说这件事时,惊得话都说不出了。"

幸田什么也没说。他不愿意听到野田的风流事。

两周前,幸田曾碰到喝醉的三重,不料那就是和她的最后一面。幸田想回忆三重的脸,无奈那张脸竟是那般模糊。只有三重在三津寺路上,大声唱的那首歌的调子,恍惚回荡在幸田耳边。

抵达逆濑台之后,北川讲了三重的事。三重是十八日星期六那天死的。那天晚上,她和野田喝完酒,去了地铁的难波站。当时,她突然冲向开往天王寺的末班车,当场被撞死。

三重当着野田的面自杀,警察自然要把野田喊去询问缘由。野田哪里说得清呢?他确实不明白三重为何要那样做,只是说两人那晚都喝醉了,没再向警察说别的。

爷爷是第二天警察到他家调查情况时才知道三重死了,他也没和警察多说。警方通知了三重县上野市的三重父母,她四十多岁的父亲赶了过来。大家都不了解三重的家庭情况,不清楚她母亲是否健在。从三重父亲口中,北川得知三重是离家出走的。

北川说道："野田曾说大概一周前有人跟踪三重。我也看到过那个人的背影。和跟踪野田的那班人不是一类人。我觉得和袭击小桃的是同一伙人。你还记得那个后脑勺扁平的人吗？好像就是他。我总觉得三重和暴力组织有关系……"

幸田亦有同感。如果是这样，很可能就是那个人。从朝鲜跟踪小桃至此的这帮家伙，又开始行动了……

宝冢高尔夫球场附近有个面向逆濑川的小区，野田的住处就在那里。他租的也是一室一厅，却跟幸田家附近的风格截然不同。墙面贴的是流行的瓷砖，小区入口有个小广场，还有地下停车场。

野田住在四楼。他躺在客厅宽大的沙发上，脱下的礼服散乱地扔在一边。房间里没有什么生活气息，感受不到野田的生活热情。

野田说道："我告诉你们，我什么也没对警察说，所以你们两位不用担心。"

北川没说话，挨着野田坐下。

"你公司那边怎么安排的？"

"我还去公司上班。怎么了？"

"嗯，那就好。"

"好什么？如果我不在那儿工作，你们就没法接近住田，就无计可施了吧。"

"正是如此。现在只有你能大摇大摆地进出住田。今后，电梯的结构、出入口的确定，很多活儿都得你来完成啊。"

北川轻轻说道。

野田用伸出沙发外面的脚踢了他一下，说道："别再说这些事了……你们替我想想，一个女人就在我眼前撞车自杀，就在我眼前啊……"

"嗯。这个我听说了。"

"当时吓得我乱叫。警察问了我很多，可我什么也想不起来。全日本再没有比我惨的男人了。我不知道你们怎么看我和三重，可我俩一次也没在一起睡过。三重说想找个超越性关系的朋友，我年纪也不小了，所以我们只是在一起吃个饭，跳跳舞，就是这些。我和三重就是这种关系。你们听到没？"

幸田暗暗感叹，想不到野田竟自承年纪不小……

北川听着野田说话，神情郑重。后来，北川好像说了三重是个好孩子之类的话。

只听野田怒吼道："什么好孩子！你别光挑好听的说！不是的，根本不是这样……我们都被她骗了！上次，三重说漏了嘴。国岛的确目击了杀人，但他第二天就向警方报案了。他四处躲藏，就是怕报警的事情败露。三重说国岛让她撒谎，四处宣扬他没告诉任何人就逃了，而且故意问三重觉得野田那家伙如何。可能我平时对三重很亲切，有些念想，被国岛看穿了吧。怎样，你们很吃惊吧？而且，国岛这样说是有人指使的！三重说她不知道那个人是谁，但我不信。我知道有人常常来敲诈国岛，好像是'吹田联合'的暴走族，名字叫什么来着……"

"是'索'吧？"

"对，就叫索。就是他。但我觉得这个家伙也只是个跑腿的。因为让国岛这样做，不是那个家伙那样的人能想出来的。索的背后一定还有别人。国岛在西田边的藏身之处，可能也是那个索让三重告诉我的吧。三重本来就不是个聪明的孩子，连这样的孩子也骗，真是太不像话了。索这帮家伙，从一开始就打算把来灭口的人引出来。我现在才想明白这一点，我真是傻子……"

是这样啊。北川低低一叹。只一会儿，北川就恢复了他一贯的神情。

一旁的野田脸色苍白，神情悲伤。

"其实，那时我就很奇怪，三重为什么突然跟我讲国岛的事……那之前，我和三重也不是多亲密的关系。我听到索他们的秘密之后，脸上虽然笑着，其实难受得不行……三重自杀的那天晚上，我喝醉了，傻笑着，其实却是暗自哭泣，想不到他们竟然会害死这样的女孩……"

野田仰望着天花板，泪水从他的眼角一滴滴落下。幸田看向别处，北川一动不动。

北川看着野田，说道："我理解你。"

"三重的事，就此结束了。"野田用纸巾擦了擦鼻子，扔掉纸巾，在沙发上坐好，"那好，二位，我把我的意思重复一下。第一，虽然国岛向警方报案了，警方却没对这件凶杀案进行深入调查。八月二十五日案发后，警方只是拿着护照上的照片，在现场周边进行了调查。除此再无别的行动。第二，那些家伙让国岛这样做的目的。虽不清楚他们这样做的原因，但很明显，他们是想借此引出杀人灭口的那个杀人犯。第三，那些家伙一开始就知道杀人犯离我很近，所以才会让三重接近我。我能想明白的就这些。剩下的，你们两人给我个结论。"

"我们再仔细想想。"北川淡然道，"索那家伙为何从一开始就知道这些？国岛不会主动告诉索，所以索他们是从别的途径知道的，对不对？"

"对。有人向他们泄密。"

"索是什么时候来要挟国岛，让他那样做的？"

"九月末的时候。就在上次没开成的舞会之前。"

"就是说，索和他背后的那伙人就是在那时知道杀人这件事的？"

"更准确地说，是在你们从吹田公寓带小桃来的第三天。那天，我去爷爷家，就遇到一个陌生家伙在楼梯上鬼鬼祟祟的，他说是第一次来这里，还向我打听三重住在哪个房间。那个人可能就是索吧。"

说到这儿，野田突然揪住北川的前襟。

"北川，那个泄密的人就是在那个时候知道杀人犯就在我身边的，就是那个人。那时知道这件事的就这么几个人。你、幸田、警察、国岛和三重。只有这些人。你、幸田、警察、国岛和三重！用排除法筛除一下，剩下谁？一个人一个人地排除，剩下的是谁？"

"谁也没被剩下。"北川轻轻推开野田的双手，"我们之中没有那个人。硬要说的话，那就是警察。利用索那样的不良少年帮他们办案，不就是他们的一贯做法？"

"其他的人，有可能吗？"

北川断然道："没有这样做的动机。"

"这我赞同……但是，一定有这个人，一定有人泄密……"

野田望向幸田。

幸田没有坐下，他根本没打算待太长时间。而且，北川和野田说话时，他不想插话。幸田望向阳台，假装欣赏窗外的夜色，借此隐藏体内激荡的怒火。

只听北川以低沉的嗓音说道："哎，野田……杀国岛的事没被发现，真是上天的恩赐。小桃没杀国岛更是上天的恩赐。揪出这个叛徒之前，我们只能这样想……"

说完，北川站起身。野田说了些什么，使得北川又坐了下去。野田好像念叨着"可怕"、"讨厌"什么的。

最后，北川说道："好吧，今晚去喝一杯吧……"

北川话音平稳，镇定。幸田说了句"我先走了"就独自离开了野田家。

幸田推敲着某件事，却无意将想法告诉北川和野田。泄密者另有其人。有一个人很早就知道小桃是杀人犯……

八月二十五日案发以后，公安刑警拿着楚要焕的照片，在土佐堀一带进行调查，不可能不向在那儿打扫马路的清洁工打探情况。刑警应该会把照片给他看，并问他有没有见过这个男人。幸田很懊悔——之前为什么就没想到这一点呢？

小桃家里没开灯，一片漆黑。小桃就蹲在房间一角的垫子上。

他要制造充当起爆剂的超高敏感的爆炸性化合物，而电灯、电炉的火花容易引起化学药品爆炸。小桃曾给幸田讲过，哪怕只是在烧杯中搅拌，玻璃棒的摩擦都可能引发化学反应。

一星期前，在这间不足十平方米的屋里，小桃就开始和这些炸弹一起生活。变身成女人也有一周了。幸田担心这样的生活会不会让小桃神经错乱，但实际上小桃出奇的沉着冷静。幸田正是因此才会直接来找小桃，直截了当地跟他谈。

"小桃。爷爷的事情……你知道，是吗？"

"知道。"

"那你为什么不说？为什么不跑？"

"往哪儿跑？我无处可去啊。"

"你，什么时候发现的？"

"十月初。我们为了侦察变电所，夜里在中之岛露宿的时候……有一天，我看到爷爷在和那儿的流浪者说话。这种事情，我见过好几次……然后，我想起那个流浪者，我以前曾在哪儿见过他。他是朝鲜的联络员，但据说跟日本警察也有关系。他叫'末永'。我听说二十年前，他在监狱时当了叛徒，从那以后，好像他就一直在暗地里活动。"

"末永？这名字我知道。他是一名社会活动家，专门支援日本各地的朝鲜人团体，只恨我一直都没察觉……"

"你一直待在锦桥，从你那个方向看不到这边。我待在中之岛公园西边的长椅上，从那儿能看到。靠近淀屋桥的……"

流浪者！浑蛋！装成流浪者接近爷爷，我竟没察觉……

"小桃，你为什么不早说？"

"这……幸田，别玩了，是你们把我带到爷爷那儿去的！我该相信你们中的哪个？我哪知道到底哪个人才可靠？我想不如顺其自然吧，所以一直没说。"黑暗中，小桃的嘴角浮出一丝笑意，"我不知道爷爷为何会跟末永联系，但我觉得他有苦衷。换成以前的我，肯定立刻要了爷爷的命，但我现在不是间谍了，所以……现在的我，只会悄悄逃开。"

幸田想说他真傻，脑海中却回荡着车辆在沙子上打转的轰鸣声。幸田不想骂背叛了他们的爷爷，他想骂的是小桃。小桃竟然没对他讲真话，只知道四处逃窜，这让幸田很恼火。他怎么做这种傻事？他是为了什么，为了谁，甘愿在这冷得像冰窖的房间里拼命干活儿啊？

"小桃，我们出去吧！"

幸田硬拽着小桃离开了家。小桃穿着粉红色的防寒服，头发梳得干净整洁。他们来到吹田车站南出口的冷饮店，各自喝了两瓶酒。幸田告诉小桃，以后晚上可以去他家住。小桃听了，笑道："谢谢你……"

"岸口顺三"是寄给爷爷的信件上的收信人姓名。小桃记得他家电费、煤气费收费单上写的也是这个名字。另外，养老金的发放通知单上还写有他的出生年月——昭和二年三月六日，六十二岁。小桃对爷爷的了解就只有这些。

但是，他知道"末永"的大致情况。末永，京都府人，昭和二十二年出生，是昭和四十四年"京大事件"的重要暴动人士。暴动平息后，末永被勒令退学。昭和四十六年，他

196

在京都电车铁路系统建筑公司找到一份工作。同年五月，末永在神奈川县横须贺市内打伤了和他有矛盾的两名工会干部，致使其中的一人重伤。末永作为这起内部争斗事件的主谋者被逮捕。次年，京都地方法院判他有期徒刑三年，关在京都监狱服刑。昭和五十年三月，末永出狱，其后两年行踪不明。

据小桃讲，末永那两年是去平壤的特别训练基地接受思想教育了。然而，末永是怎样被送到那儿的呢，是谁介绍，又是通过怎样的途径……这些情况，小桃都不太了解。

昭和五十二年春，末永回到了东京都的荒川区。同年夏天，他投奔亲戚经营的再生纸浆公司。次年，末永结了婚，婚后生了两个孩子。从那时起，末永通过和他有业务关系的一家废品回收业者组织，开始接触在日朝鲜人工商团体，不久又和别的社会团体展开交流。他先是给东京都的公立中小学供应再生纸，进而参与文具和教材的招标。久而久之，大家就熟悉了。在学校印刷品的选择和给学校供应运动服这些方面，他们也有业务往来。末永那时是以销售课长的身份四处活动，直到昭和六十年当上董事，更积极和各种社会团体建立友好合作关系。近几年来，他努力推动日本和朝鲜建立民间贸易途径，因此整日奔波，四处活动。

但是，末永和大阪的爷爷之间的特殊关系跟商业无关。末永有着另一张面孔——日本警方的走狗。

五年前，小桃改名换姓，以旅日韩国人"宗隆生"的身份从首尔来到日本，开始和亲朝的各派进行接触，建立各种秘密联系途径，发展新的间谍人员。

因之，小桃曾几次听到"末永"这名字。末永有几件事露了马脚，被小桃怀疑上了。不久，情报泄露、被跟踪、人为事件、袭击未遂等一系列事件使小桃确信日本警方收买了末永。这是两年前的事。察知这一情况后，小桃就开始整顿谍报队伍，清理背叛组织的人员。同时，末永那伙人欲求自保，检举了主要的间谍人员、政治支援者以及日本左翼组织，企图抹杀证据，同时开始追杀洞悉真相的小桃。他们的手段高明、利落，让小桃转瞬间就背上了双重间谍的身份。这两年来，小桃的联络网被他们切断，包括银行账户都被他们封掉，自然无法回国，只好时刻提防朝鲜、韩国和日本公安这三方面的追踪。怪不得他会笑称自己活到今天真是奇迹。

　　小桃大致讲了这些情况。其实，他还说了些更具体的和公安有关联的人物、组织、团体、公司的名字。小桃没听过爷爷的名字，他觉得这倒是说明了爷爷不是什么重要人物，只是个告密者。总之，小桃早就知道幸田的事，青铜社、岸山和其余成员，还有索，这些人他都知道。

　　幸田根据小桃讲的情况，再加上他掌握的激进组织的情况，头脑中大致勾勒出小桃被追杀一事的轮廓。那上面需要搞清的尚有三个点。一是青铜社，一是末永，另一个则是爷爷。青铜社和末永都好对付，只有爷爷这方面是白纸一张，一片空白。

　　该如何对待爷爷才好呢？两人想了一晚，兀自没个结论。

　　"把爷爷的事告诉北川和野田之前，你先和他见个面，试探试探，如何？"

小桃说这话时一直盯着幸田，观察幸田的反应。他的目光很温柔，犹如是说："我知道你有话想问爷爷……"

十一月二十一日，星期二。

幸田和小桃聊了通宵，只迷糊了一小时就去上班了。那天下午，幸田正在冷库里干活儿，北川突然推门进来。

北川关上门，拿出一个粉红色的信封。

快件上的邮戳是东京都丰岛区，收件地址是北川工作的运输公司，字都是用打字机打上去的。信封上写明北川浩二亲启。信封反面有夜总会"花"的印戳标志。信封内是张便条，上面只有一行打印文字。

"暂且替你们管管春树。望来联系。山岸。"

北川只穿了件带有公司标志的薄夹克，就那样站在冷库里。冷库里的温度是零下三十摄氏度。北川的头发结了霜，脸都青了，眼睛里布满血丝。吸入的冷气让他咳了起来。

北川恨恨道："我要杀了他们……我……我……"

"北川，咱们晚上就去东京，我陪你去。"

幸田说完就把北川带出了冷库。这种时候，不能让北川感冒。

那天下午六点，北川为了甩掉跟踪他的人，坐近铁特快去名古屋市闲逛了一会儿，又乘八点多的新干线去往东京。幸田则从京都坐晚上十一点的高速大巴，第二天早上七点多抵达东京。

北川到了东京之后，先回了船桥地区的父母家。

早上八点，幸田电话联系上北川。北川告诉幸田，春树采购的零部件都很安全。春树把这些零部件全藏在床垫里。

　　北川的父母刚过半百，性格开朗乐观。然而，春树两天没回来，又没有任何联系，他们不免坐立不安，甚至打算报警。北川忙着说服他们别报警，安慰他们说春树很快就会回来。

　　和北川在电话里简短交流之后，幸田混入 JR 山手线上班高峰的人流。从代代木车站东口出站的学生人潮出了明治大街，又都流向甲州街道方向。长长的人流一直延伸到前方二百米的明治补习学校门口。那是一座五层高的大楼，校门口的学生乱成一团。早上八点四十分。教学楼大门口贴了张模拟考试的通知。第一场考英语，九点半开始。

　　早早来到学校的学生们，一半是要占位，一半是要和同伴交流信息。幸田觉得他们的脸都特别明亮、乐观，这当然跟幸田的情绪不无关系。然而，幸田没精神像往常一样仔细观察四周。从昨天开始，整个世界和幸田就变了。世界充斥着绑架春树的那些家伙的肮脏感觉。幸田倚着学校门口的柱子，拿着一个文库本的诗集——《李白诗集百首》。那是幸田昨夜从大巴车里捡的，但是幸田当时完全没留意内容。

　　幸田在等一个名叫"高木"的男人。此人两年前开始在这所明治补习学校兼职做数学老师。高木是幸田的学弟，比幸田低一级。六年前，两人出席校内的集会时相识。那次集会，幸田索然无味，是高木先向幸田打招呼的。实际上，那是青铜社的指示。后来，高木特意半夜去见幸田，对同伴的暴行向幸田道歉，而且留下了一瓶尊尼获加黑牌威士忌。

高木和幸田的交往，仅仅如此。

高木看上去像个运动员，慢性子，是青铜社里罕见的类型。幸田不知道他为何会投靠激进组织。从青铜社的角度来看，高木和自治会之间的紧密关系是非常重要的资源之一。

八点五十分，幸田从代代木车站方向拥来的人流中看到了一身西装的高木。幸田有两年没见高木了。听说高木喜欢爬山和滑雪。高木的脸晒得很黑，估计夏天时又去爬山了。高木戴着一副金丝边眼睛，穿着一身非常普通的西装，比以前更显呆板。幸田不知道高木是否还在三里冢或福岛核电站活动。

人流中的高木突然条件反射似的四处张望。就是这一瞬间，幸田确定高木还过着和以前一样的不健康生活。

高木走到校门口，幸田合上了手里的书。当高木走上三级台阶后，幸田从柱子后面闪了出来，冲到高木身旁。高木的眼珠不易察觉地左右动了动，瞥了一眼幸田的侧脸。幸田用手摁住了高木的背。高木一言未发。

教学楼门口站着一位老师，负责检查学生的证件。幸田混在拥挤的学生堆里，越过高木的肩膀，出示大阪特快车的月票，蒙混过关。大厅里有两部电梯和楼梯通往各层，到处都挤满了学生。高木走在前面，下楼梯来到地下一层，躲开了吵吵嚷嚷的学生。

高木正欲张口说话之际，幸田猛然把刀架到了他的脖子上，把他压在墙上。地下一层是微机房、设备室和仓库。

高木开口说道："喂，幸田……"

幸田用刀顶着高木的脖子，让他对着墙站着，所以看不到他脸上的表情。

"高木，想清楚了再回答我的话。山岸在哪儿？"

"幸田，你别胡闹了，眼看着就到微机房开放的时间了，会有人来的。"

"我问你话呢！山岸呢？"

"他没有固定的住处。你知不知道，好些人都等着你出现呢！如果你想好好活着，就别接近他们。求你了……"

"把你们的联络地点告诉我。是山岸让我们来见他的。我去哪儿可以见到山岸？回答我！"

高木很天真。爬山运动让他的肌肉很结实。此刻，高木身后的幸田察觉了高木对他的一丝善意，当然还有高木的恐惧和疲劳。对，青铜社那些家伙早就身心俱疲了，以前如此，现在更是如此。

"吉祥寺东街一丁目的'鲶鱼'——沿商业街走到头，向右拐五十米，沿着五日市街道，电影院斜对面……"

"那家店几点开门？"

"六点以后。"

幸田松开面对墙壁的高木，这才仔细看了看高木的脸。和带着尊尼获加黑牌威士忌来找他时一样，依旧是一副谨小慎微的神情。

"幸田……请你别对任何人讲。"

幸田应了一声，往后退了一步。一脚踢在高木的膝盖上，高木向前倒去，幸田迅速用刀把扎向高木的脖子。把身材魁梧的高木拖进挂着"仓库"牌子的门内，幸田上了楼梯，混在学生中，出了正门。时间正好九点零五分。

JR吉祥寺车站周围的繁华街被五日市街道截成两段，再往前就是东京女子大学、善福寺公园所在的一片安静的旧住宅区。"鲶鱼"在沿街的居民区一侧，是个很不显眼的小店。若非特意去找，很难发现。临街没有招牌也没有窗户，只有一扇门。下午六点，晚报还插在门上的信箱里，把手上挂着"CLOSED"的牌子。这附近都是直线道路，地形上不利于监视和进攻。行人稀少，虽然是下班时间，但很少有车辆通过。

幸田坐在电影院入口旁自动售货机的旁边，手里拿着喝了一半的冰啤。十多年前，这里是一个二十四小时营业的小电影院，是一片远离衰落闹市的世外桃源。目前，这里没有行人，也没有任何声响。

北川租了辆深蓝色的福美来，停在"鲶鱼"对面向东十米的路边。这种深蓝色，在夜色里最不引人注目。北川就潜藏在离这辆车几米开外的小路上。

下午六点半，一个长发男人打开店门。门上的一盏小灯亮了。半小时后，一对学生模样的恋人来到店内。客人就只有他们。幸田不想知道店内的情况，却想得出那种只有熟客才来的感觉。

温度越来越低。北川曾说后半夜会有雨夹雪。幸田的手都冻僵了，肚子却一点不饿。他没想春树的事，大阪的事同样被抛诸脑后。此时此刻，幸田的眼睛里只有眼前这条路和跟它交叉的几条小路。

那些想要突然出手拿下山岸的组织、青铜社和公安刑事，就藏在那些黑暗之中。

晚上八点。马路对面，一个男人从商业街的方向走来。距幸田五十米远。男人行经加油站前方之际，幸田隐约看到他戴着宽边眼镜，穿着蓝绿色的防寒服、牛仔裤、运动鞋，手里拿着西友商厦的纸袋，像是个学生或劳动者。幸田不禁怀疑这个人该不会就是山岸吧。

男人隔着马路，距幸田二十米。幸田等了一分钟。男人距"鲶鱼"只有六七米，游目四顾，非常警惕。那眼神和高木如出一辙，仿佛是来自另一个世界。幸田断定这男人就是山岸。

幸田从自动售货机的旁边站起。刚走出几步，对面马路上的山岸就察觉了幸田。男人猛然驻足，盯着幸田看，继而迈开脚步，从"鲶鱼"门前走了过去。

幸田开始狂奔，对面路上的山岸则朝着福美来的方向跑去。山岸离福美来只有几米远。突然，北川从车旁的小路出现，和山岸撞个满怀。山岸手中的纸袋掉落了。一瞬间，北川用身体压住山岸，把他的双手反扳到背后。幸田跟着赶来。

只听北川说道："山岸，谢谢你的信。"

北川让山岸上了福美来，驾车从田无地区驶向武藏地区。一路上，他开车七拐八拐，确定没人尾随才逐渐加快车速。

山岸很镇静，微笑道："你们动作很快嘛。"

幸田觉得青铜社所有人的嘴脸看起来都一样。

"我先问你件事。"幸田的开场白简短直接，"关于'楚要焕'这个人，向你们告密的人是不是末永？快说，是不是？"

山岸答道："基本上是。"

"末永给过你们具体指示吗？"

"行了吧，幸田，末永是想消灭我们啊。他明知道公安盯上了楚，却让我们去对付他。这显然就是他设的套。当然，这里面的情况很复杂……总之，末永是想一举扫平我们和朝鲜之间的联系。这就是做个样子，充当向日本国民表示'希望和他们友好合作'的证据。"

"公安的动向，你们是怎么知道的？"

"幸田，别开玩笑了，楚本人都被公安收买了吧？否则他为何跟岸口同住？那个岸口本来是劳动团体的干部，后来背叛组织，投向公安。作为交换，公安帮他找了份工作——负责替公安监督、诽谤我们的同志。昭和五十年，岸口出卖了和他在同一家电梯公司工作的我们的人。你别说你不知道。其实，我们和你们一样是受害者，一切都是末永搞的鬼，是他让我们接近楚和你们的。楚、岸口和你们都是走狗。"

幸田默默听着。山岸他们似乎坚信末永是朝鲜方面的人。但是，不管末永是朝鲜还是韩国的人，幸田都不在乎。幸田他们从一开始就不想插手末永的事，不想理会山岸和末永之间的是非，所以他们的后台自然和幸田无关。对幸田而言，山岸只是绑架了春树的绑匪。

"山岸，你说这是圈套，那你们的目的呢？绑架一个无关的人，是有事要见到楚吧？"

"不是我们要见他，是那个国家需要他。我们和别人约好了，不通过末永，用更直接的途径把楚送回那个国家。"

朝鲜也好韩国也罢，国家这概念本身就是一种欺诈。幸田话到嘴边，强忍着没有说出。山岸这些家伙只怕不知道朝鲜曾派出杀手追杀小桃。

"作为回报，你们一定能得到很多吧。山岸，如果用金钱作为回报，会是多少钱？"

"钱？这是什么意思？"

"一亿？两亿？就是这意思。你们的计划是用春树和楚交换，现在这算盘落空了吧。你和那个国家的交易失败了。我可以出钱。两亿怎样？这和青铜社一年的资金差不多吧。"

"你疯了……"

山岸从椅背上直起腰，注视着幸田的脸。山岸和幸田年龄相当，此刻显得无比迷茫，有些童真又有些傻气。

幸田看到映在山岸宽边眼镜里的自己，有股想狠狠暴揍他一顿的冲动。

北川春树的赎金是两亿日元。幸田又将之重复了一遍。

"但是，赎金要一个月之后才支付。支付方法我们再商量，如果我们交不上这笔钱，就把楚交给你们。"

山岸沉默了两三分钟，笑道："用两亿日元和马克思谈条件？你们去哪儿弄两亿日元？"

"想想现在的时代嘛，一坪土地就三千万日元了。"

山岸说道："我要和大家商量一下。"

"不，你立刻决定，别人那儿随便你怎样解释都行。我们要立刻拿你去换春树。决定了，就别反悔。双方互不打探对方的事情，包括钱的来路和用途，如何？"

"我不知道你会从哪里搞到这笔钱，但这很像幸田你的办事风格……"

山岸微笑道，但幸田一句话都没再说。

北川把车停在了神代植物园旁边的公用电话亭前。按照他们约好的，山岸在这里给他们的工作站打了电话，指示他们进行人质交换。这次交换山岸和春树，为了不引起公安、末永和其他组织的注意，幸田他们制订了一个非常细致周密的计划。说来真是可笑，为了顺利完成人质交换，幸田和山岸双方不得不紧密配合。

山岸打完电话，北川按照计划开车向中央高速调布出口驶去。此时是晚上九点十五分。

北川要去的地方是长野。

十一月二十三日，星期四。

上午十一点。福美来驶入 JR 长野站中央大厅前广场南侧的停车场。广场对面通往善光寺的道路一旁有个礼品店，北川就藏在二楼的咖啡厅。从靠窗的座位上放眼望去，北川可以看到广场正面的出租车乘车点、后面的七个电话亭、藤萝架、喷水池、车站前的派出所，以及中央检票口和对面的一号站台。自打秋天的旅游旺季落幕之后，广场上的行人明显减少，北川甚至可以记住那几个人的长相和衣着。

幸田和山岸去了南出口附近的候车厅。从这里可以看到站前广场。广场上只有像是老人旅游团的两对老夫妇和两个打扮得像是去登山的年轻人，除此再无旁人。

山岸穿着幸田的苔绿色防寒服，戴着墨镜。幸田则穿着山岸的蓝绿色防寒服，戴着滑雪帽以掩饰头上的绷带。他的鼻子上架着山岸的宽边眼镜。幸田和山岸的体型很像，交换衣服之后再戴上山岸的眼镜，十有八九会被当成山岸。从远处看更是无法分出真假。

十一点半。山岸又从出站口附近的电话亭给工作站打了电话，再次就人质交换一事仔细指示。按照计划，春树上午九点半就会坐上从上野开往金泽的特快，同行者是青铜社的两个人。

"在上野负责监视的人说有人跟踪他们。"山岸说道，"有两组人。一组是两名公安刑警，另一组身份不明。他们都和春树乘同一班车。"

北川他们早就想到了这些，所以订了个天衣无缝的计划。

十一点四十五分，幸田和山岸走出候车厅，分头去中央检票口旁的自动售票机买了车票，经检票口来到月台。长野站共有六个站台，由中央和南北方的三座天桥连接。通过中央检票口之后，左侧十五米的地方有个台阶通往中央天桥。右边十五米的台阶则通往南面天桥。

幸田来到中央台阶前方的长椅上面坐下。山岸缓缓踏上中央台阶，去了另一个天桥。

幸田坐在一号站台前。十二点十五分，从上野开来的"白山一号"会停在这个站台。"白山一号"停车一分钟，十六分发车。离这趟车到达还有将近三十分钟，所以站台上没几个等车的人，只有三个人坐在站台最前边的长椅上。

十一点四十八分。开往上野的"浅间十六号"来到和一号站台相隔两个站台的四号站台，停车三十分钟，十二点十八分离去。这段时间内，别的站台停靠的列车会被"浅间十六号"挡住。

　　十一点五十六分，开往森宫野原的普快车驶进对面的三号站台，有十几名乘客上下车。这些人走上中央天桥，经通道来到一号站台的台阶，又从幸田的长椅前方拥向检票口。北川就混在上下车的乘客中，从幸田眼前缓缓踏上台阶。他的背影一如往昔，只是平时略微卷曲的头发稍显凌乱。今早下了高速之后，幸田和山岸去松本市内的公共卫生间洗了脸，刮了胡子。然而，北川没洗脸也没刮胡子。半小时后，北川的紧张就会烟消云散。再有近二十分钟，"白山一号"就会来到这一号站台。

　　十一点五十八分，一辆普快来到正对面的二号站台，长野是其终点站。十二点零一分，这趟车再度发动，开进车库。几分钟后，三号站台停靠的开往森宫野原的那趟车悄然开动，返回的"浅间二号"空车进了二号站台。适才，四号站台停靠的"浅间十六号"虽被普快车的车头隔着，勉强尚可看到，现下则完全被这趟返回的列车挡住，一点都看不到了。"浅间二号"会在这个站台再停靠一会儿。

　　十二点零九分，有几名乘客来到站台，开始排队等候几分钟后进站的开往金泽的"白山一号"。幸田合上手里的报纸，从椅子上站起，经由左侧中央天桥的台阶来到连接通道。幸田不习惯戴眼镜，视野不免比平时小了一些。

通道很开阔，有五米宽，右侧的四个台阶口分别通往各个站台。通道中间有个卖快餐荞麦面的售货亭，售货亭的前面有扇玻璃窗。三处天桥中，只有中央通道的这个地方有窗户。一号站台的北部只有借助这扇窗户才能看到。北川上学时，每年冬天都会去信州（长野县）一带滑雪。倘若没有靠近JR长野站中央天桥北侧一号站台的这扇窗户，就不会有北川他们的这个计划。倘若没有这扇窗户，北川他们就唯有站到一号站台上确认春树下车，那会让他们完全暴露在车上跟踪春树的人的眼前。这扇窗户就是北川他们的救命之窗。

北川站在售货亭的门帘之下，山岸和他隔一个人站着。幸田站在窗边，再度打开报纸。

十二点十二分。大概一分钟后，北川悄悄站到幸田身旁。山岸在四号、五号站台的楼梯口站着，手里拿着本小书。站台上风很大，很冷。好几个乘客站在这里等车。

"白山一号"会从南面驶进站台。前几节车厢经由幸田守着的窗户的正下方，滑向站台北端。进站的车厢和站台突出的房檐将把半个月台挡住。从窗口望去，只能看到月台某一段上下车的乘客——说得准确些，只能看到"白山一号"七号车厢前后门的上下车乘客。山岸曾指示他的同伙，不管春树在哪节车厢，快到长野站时一定要让他把行李留在座位上，前往七号车厢。春树必须从七号车厢的前门或后门下车。

十二点十四分，站台上响起广播。"开往金泽的'白山一号'准点到达，列车就要进站。停靠在一号站台，停车时间一分钟。请乘坐该趟列车的乘客抓紧时间。"

幸田合上报纸，一回头，正好看到四号站台台阶口的山岸。山岸表情僵硬，似乎有些恍惚。

　　根据幸田和青铜社的约定，只有幸田他们确认春树下车之后，山岸才能上车。但是，车上出现了公安和敌对组织，让山岸上"白山一号"不免危险。对幸田来说，不管山岸何时被抓，何时被人暗算，都无所谓。然而，幸田他们不想事情由此败露，自然希望山岸平安脱身，因此没让山岸登上"白山一号"，而是由乔装山岸的幸田替山岸上车。山岸乘的是两分钟后离开四号站台的"浅间十六号"。"浅间十六号"被二号站台停着的"浅间二号"挡住，从停在一号站台的"白山一号"车厢内是看不到的。

　　只要让青铜社那帮家伙觉得"山岸上车了"就行了。确认春树平安之前，乔装山岸的幸田只要不露破绽就好。开车以后，就算公安和青铜社的人察觉上车的不是山岸，都无计可施了。他们演这出戏，完全是要确保山岸安全脱身，所以青铜社的人就算一时被骗，总归没理由进行抗议。

　　天桥的钢筋桥梁传来铁轨的震动。十二点十五分，列车进站。铁轨的震动变成车轮的轰鸣、引擎的曲轴和机轴嘎吱嘎吱的动静。凭窗一望，便是白色车厢的顶部，甚至都能看到几节车厢的侧面上的蓝橙相间的细线。这是新型的L特快车。前面的车厢到了站台北头，列车缓缓停下。

　　正如北川说的那样，车厢和站台房檐挡住了幸田的目光，他只看得到七号车厢的车门。车门附近挤着十几名乘客，下车的几人之中，有一个戴着鲜艳的滑雪帽。

这个人身高一米七五，在车门前拥挤的乘客中，一眼就能看到他。是春树。他脸色苍白，阳光照在他半边脸上。北川发出一声低沉的叹息。

幸田看了看北川，又看了一眼山岸。然后转身向台阶跑去。突然，身后传来北川的喊声："别太勉强！"

喊什么呢！这浑蛋，怎么能在这儿嚷嚷？

幸田寻思着，却没时间回头张望。

"列车很快就要发车了。开往金泽的'白山一号'很快就要发车了。"

幸田飞奔到一号站台，从最近的车门上了车。站台上响起了发车的哨声。车门被关上，透过车门的玻璃窗，幸田看到了拥向中央检票口的人群，看到了戴着滑雪帽的春树通过了检票口。

幸田从五号车厢的后门上了车，他并没有找座位坐下，而是一直站在靠近车门的通道上。下一站是黑姬，列车将行驶二十八分钟。幸田打算尽快跳车。

从长野站到挨着日本海的直江津地区之间的信越本线，要横穿妙高、斑屋、黑姬等高原和山谷。车速不快，铁路两旁除了车站附近全是荒山。出了山谷，自然就有了人烟，但车速会随之加快，不大适合跳车。

出了长野的最初几分钟内都是平坦直路，因此车速有六七十公里。铁路右边是潺潺的山间小溪，溪边岩石错落，罕见树木，草丛倒挺茂密，地势比铁轨要低。而铁路左边则零星坐落着几个村落，主要是紧挨着铁路的山壁。

北川曾这样说道："离开长野之后的第四站，名字是'牟礼'。那是个山间小站，上下山的列车进站前会分道行驶，所以那一带铁轨的情况非常复杂。到达牟礼站之前，有几个稍微平坦的河滩。我印象里，到黑姬地区之前，只有这里的地势比较平坦。所以，你要在到达牟礼之前跳车。错过此处，再没有合适的地点了。一定不要错过牟礼。"

"从长野到牟礼，要几分钟？"

"十八九分钟。"

电车驶出长野有十分钟了。一个年轻人从幸田身畔走过，看了一眼站在车门旁读报的幸田，去了隔壁车厢。他一定是在寻找山岸。五分钟后，这个男人和另一个人一起折返回来。两人站在幸田对面车门的门口，看来是打算待在那儿了。

幸田立刻把报纸一叠，穿过六号车厢，走到六号车厢和七号车厢的连接处。那两个男人大概想再观察一下，没有追来。到黑姬还有十三分钟，倘若他们察觉幸田要跳车，停车前就会追过来吧。还有几分钟……幸田倚着右侧门口。十二点三十四分，电车开始减速。正如北川说的，铁轨两边的河堤渐窄，地势渐平。幸田把脸贴到玻璃上，看到前方三百米处的铁轨分出好几条岔道。

幸田拿出藏在怀里的三十厘米长的铁棍，把铁棍搭在门的一头，抓住把手用力拉门。门被弄出一道缝，幸田把铁棍伸进去，用力撬门。风吹了进来，车轮的轰鸣声震耳欲聋。三十厘米长的铁棍顶开的缝隙，足够幸田挤过去。幸田用十秒钟把铁棍别在门上。

又一两秒钟，幸田的目光掠过路边的沙石、沙石旁一米宽的草地、附近的陡峭山崖和山下小溪。门缝只有三十厘米宽，幸田没办法俯身起跳，索性侧身站稳，一只脚踩住门边，挺直身板，用力一蹬……

瞬间，幸田只觉得在空中向后飞去。随后，幸田跌落到地面，眼冒金星。清醒之际，幸田发现自己正躺在山下的草丛里，耳畔兀自听得到电车走远的轰鸣。这声音不一会儿便彻底消失，让幸田听清了谷底的潺潺水声。

十一月二十四日，星期五，早上七点。

爷爷一如往常，来到土佐堀沿岸清扫道路。和幸田夏末第一次见到他时一样的背影、一样协调的手腕动作。但是，以前隐藏的神秘力量和无言的倾诉竟然看不到了。幸田的眼睛里只剩下一块块奇特的骨骼。一旦谜底揭晓，从梦中醒来的话，一切都只是一群卑鄙小人的嘴脸罢了。

幸田从锦桥的花坛上起身向街道走去。爷爷正在清扫河边的草丛。这半月来，落叶明显少了，眼下只有纸屑和烟蒂。

爷爷抬起头，看了看幸田，接着又低下头继续挥动扫帚。

"有什么事吗？"爷爷问幸田。

"是你出卖了小桃吧。"

"刑警拿照片给我看，问我认识吗。就这些。"

"那是什么时候的事？"

"八月末。那时我还不知道你们的事。九月，你们把小桃带到我家来，我也没想起这事。谁知就这么巧……"

"你见过叫末永的男人吧。你们说了些什么？"

"那个人在找小桃，这是事实。他问了我很多事，但我什么也没说。而且，既然我加入了你们，他们也不会告诉我太多事情。对于这些，我也没兴趣……"

"就算你没有兴趣，责任总是有的。"

"兴许吧。很久之前，是我说服末永投靠我们的。"

爷爷停下手中的扫帚。一群麻雀在河面雀跃，一只乌鸦从树丛里飞出。上游传来某处工厂的警报声。

爷爷说道："坐下说吧。"

从土佐堀的人行道无法直接走到下面的河堤，虽然有台阶，可铁门锁着。所以，爷爷就在台阶入口坐了下来。幸田倚着河堤的水泥墙站着，眼前就是住田大厦巨大的北墙。

"我以前就想问你……"爷爷的声音沉稳镇静，"幸田，你还记得在吹田市出口町教堂的那个神甫吗？"

"记得。"

"昭和四十一年二月，那个神甫来找我，说他在寻找一个女人。为什么来找我呢？因为我是那个女人的前夫。神甫说那女人去年年末带着个孩子不知搬哪儿去了。我问那又怎样，神甫称想见她。我笑了。我因为参与组织活动服了四年刑，出狱后性情就变坏了。我对他冷嘲热讽。就算我和那女人分了，总归是会吃醋的。现下想来，我觉得神甫对感情很执著，气质优雅，是个男子汉，难怪美也子会喜欢他。可那时我听到他说想见美也子，火就冒上来了……对了，幸田，第一次见到你时，我就觉得你长得很像那个神甫。你们很像父子。"

215

"幸好我不是你儿子。"

"美也子也这样说。她后来怎么样了？"

"再婚了，又生了个女儿，现在住在横滨。我从七岁时开始被荻洼的叔父收养……"

"噢，那个牙医啊……后来，我偶然听说那年的前一年年底，教堂失火了。有人说是那个神甫放的火。之后，我好几次去警察局打听消息。我认识一位刑警。我对他说自己亲眼看到神甫放火。我一直想知道那个神甫后来怎样了，所以就去大阪天主教地区查访了好几次，无奈那个神甫似乎就此失踪，一直下落不明。"

"你这是撒谎。"

"你听我说……就像我说的，受惩罚的人理当是我。不，人生的判决很早以前就有了。我背弃同伴，向警察泄了密。再次成为背叛者，就是神对我的惩罚。"

"佛经上不也说什么'放下屠刀，立地成佛'、'不是不报，时候未到'嘛……"

爷爷默然不语，凝目看着幸田。爷爷的眼神中有怀念、留恋。那种奇妙的感觉让幸田不大舒服。这目光让幸田想到了自己以前也用这样的目光看过神甫。那是一个芸芸众生祈求上帝拯救的眼神。

幸田站直身体，仰头看着天空，不让眼角的泪水流下。二十九年来的憎恨，此刻烟消云散。神甫他们一开始就和幸田无关。现在，一种感情正生根发芽。爷爷是不会懂的。一个从没爱过别人的人，不会明白这种感情。

216

"爷爷，我就说一句话。你背叛了我们，这是事实。小桃如果出了事，你要负责。我会一直看着你的，别忘了……"

幸田睡了很久。这两天的经历让他身心俱疲，累成一摊烂泥。幸好一切都过去了。幸田直到晚上才醒来。

小桃笑道："你足足睡了十五小时呢。"

期间，北川来看过幸田，桌上放着的一瓶葡萄酒就是北川带来的。瓶口上贴了张留言——"这酒就是我的血，每一滴都是我对你的感谢之情。"

字很乱。血红色的罗曼尼康帝①葡萄酒，一瓶就得二十几万日元。虽说很贵，总比把五千万送给女人的野田要好。

小桃笑道："北川可真舍得。"

幸田笑道："只怕他正后悔呢。"

他说完便打开了瓶盖。

幸田喝完那瓶酒，喊小桃出去散步。两人爬上坡，站在片山町高台的草丛中。栅栏对面是一片黑压压的屋檐。教堂的尖顶孤零零耸立其中。和二十几年前一样，塔尖犹如傲立的人。对，恰如那个神甫的脊背。

幸田犹自记得教堂里的样子。他不曾进去礼拜、参加集会，却偷偷进去过几次。那里的形状、颜色和光线构成了另一个世界，那是完美的世界。阳光被深蓝色的毛玻璃洗礼之后，变成了一种幸田从未见过的光。光滑的长椅整齐排列，而且

---

① 昂贵的法国红葡萄酒。

没有棱角。光泽夺目的金属栅栏围着圣所。幸田后来才知道那种金属的名字是黄铜。圣坛上铺着红布，上面又有块白布。白布上另有一块金边白布。祭坛上有一对铜烛台，一旁的墙壁上挂着个黄十字架，一个瘦弱的男人被钉在上面。

在这里喘气都会听到回音。万籁俱寂之中却感觉有万种声音从头顶上不断落下，让人觉得这里果真是与世隔绝的另一个世界。妈妈总是悄悄地来这里。在这样的地方，她会做些什么呢？一想到这些，幸田就百感交集，心情沉重。

幸田给小桃讲了教堂失火的事，然后说道："是我点的火。"

具体的情形，幸田早就忘了。昭和四十年的十二月，幸田只有五岁。他只记得那是晚上，妈妈在屋里哭，屋里还有几个亲戚。男人们发火了，在屋里大喊大叫。幸田很害怕，一个人光着脚跑出了家。

幸田跑到教堂，擦了根火柴，想点亮祭坛烛台的蜡烛。他总算点着了蜡烛，却不慎把烛台碰倒了，旁边的碟子跟着落下。蜡烛的火苗晃动着，有东西一下子燃烧了。

幸田立刻跑回了家，藏进壁橱。他很快就听到了消防车的警笛声和人们慌乱嘈杂的声音。

他一直认为自己是真正的纵火犯，却直到这时才第一次开口承认。何以如此，幸田自己也不明白。

幸田又告诉小桃，大家都认为是神甫放的火，蒙受不白之冤的神甫从那以后就下落不明了。但是，幸田没有告诉小桃——那个神甫就是幸田的父亲。

"幸田，我们去那儿看看吧……"

小桃用手指了指栅栏对面的教堂尖塔。幸田摇了摇头。那儿太远了，遥不可及。不管是过去还是现在，那儿对幸田而言都像天堂一样遥远。

"总有一天，我们会去那儿……"小桃轻轻地，却很坚定地说道，"总有一天，我们会去那儿……"

十一月二十五日，星期六。

下午，春树来到了仓库。他把头发染回原来的颜色，还剪短了，笑着说这是谨慎起见。春树来到仓库的角落，把被青铜社抓去的那两天的经历给幸田讲了一讲，和幸田握了握手，这其中的含义只有他们才懂。而后，春树就回去了。

十一月二十六日，星期天。

幸田和北川约好见面。计划的具体实施方面，还有好几处细节需要商讨。下午两点多，幸田出了南千里车站，碰到拿着购物袋的北川太太和祐一。他们一起进了家面包店，给祐一买了面包和果汁，幸田和北川太太点了咖啡，等着北川来。

他们坐在靠窗的座位上，晚秋的阳光照射进来。北川太太把头发绑在后面，涂了淡淡的口红。她一脸灿烂的笑容，在阳光中更加炫目。

"我们又要有一个了……"

她隔着裙子抚摸肚子，低低说道。

幸田好半天才搞懂。

"哦，是说孩子的事啊。"

"我都没告诉孩子他爸呢。这把年纪了，竟然又有了个孩子，真是挺难为情的。说实话，我挺不安……"

啊……这样啊。你跟我讲这些，我好像只能说"噢"、"这样啊"之类的了。

幸田正寻思着，只听她问道："幸田，你怎么不结婚呢？"

幸田只觉得太阳穴一带突突乱跳，大脑一片空白，不知该如何回答。

北川太太和祐一离开了面包店。祐一走到外面，挥着手大声地喊"哥哥，再见"。幸田隔着玻璃都能听到他的声音。

马路两旁的绿化带四季常青。北川太太和祐一缓缓踏上斑马线。幸田瞧见一辆白车从前方的路口出现，继而听到汽车加速的轰鸣，接着就看到那辆白车突然左拐。幸田眼看着那辆车冲向斑马线，却没听到刹车的声音。祐一幼小的身体像球一样被弹起来，北川太太的身影则看不见了。

幸田立刻起身冲了出去，刚好看到北川从马路对面三十米远的地方冲来。

十一月二十七日，星期一。

深夜，幸田接到北川的电话。

"明天的葬礼你别来了。有警察。"

北川说完就挂了电话。

第二天，野田悄悄出席了在千里会馆举行的葬礼，回来跟幸田讲了讲葬礼的情况。

"北川这家伙倒是挺镇定的……"

葬礼那天，北川的亲戚、公司同事和很多朋友都去了。当晚，北川去了他妻子在千代崎的娘家。他安慰完老人，夜晚十一点从千代崎给幸田打了电话。

幸田和北川在木津河桥见了面，两人沿着河边走了走。能看到大阪煤气北部分公司的银白色巨大煤气罐，下面就是鳞次栉比的街道工厂、仓库和店铺，绵延两公里，一直到九条的商业街。以前这里是条靠海运繁荣的街道，有很多船舶业的仓库。现在这里主要是绳索、铅管、钢材、螺丝、铁桶、瓦片、木材、油压机和汽油轧辊等各种机械工具、油漆、钣金加工的小工厂。夹杂着临街小店、理发店、鲜奶店和干洗店，还有一个小幼儿园。木津河就从旁边流过。所有的一切都那么柔和、安详，就像逝去的北川太太一样。

北川似乎尚未完全平静，有些恍惚，又有些兴奋，拳头一握一松，没太说话。透过肇事车辆的挡风玻璃，北川看到了索的面孔。警察调查了被丢弃在事故现场附近的车，无奈狡猾的索没留下任何线索。而且，索有充分的不在场证明。看来此事他们早有蓄谋。这次杀人事件和朝鲜激进派势力全然无关，索只是要向春树报仇，才策划了这次事件。北川只说了句"我最近会和他们做个了断"，再无他言。

"那之前，我想先把春树送回千叶老家。这小子认为这次的事情完全是因他而起，我说什么他都听不进去。我想他现在就算是看到我，心里也不好受吧……"

"春树现在在哪儿？"

"应该在那个车库里。"

北川太太的娘家在沿河一家管道商店的隔壁有个车库，白铁皮的外墙，可以停放四辆四吨车，但基本上成了储物仓库，堆放着梯子、纸箱和旧轮胎，里面布满了灰尘，剩下的空间还能停放两辆车。一个月前北川他们抢来存放在这儿的四大纸箱炸药，现在还盖在塑料薄膜的下面。

春树的雅马哈就停在卷帘门的前面。北川抬起卷帘门，喊了声"春树！"可没人应。北川开了灯，又喊了一声，北川的声音回荡在仓库里。仓库空无一人。

"幸田，快来！"北川喊了一声，跑了出去。

北川开着他的帕拉丁飞驰在路上，一句话也没说。只能听到发动机的响声。北川料到春树会去向索寻仇，所以昨天一直盯着他，哪知这才离开一会儿，春树就不见了。北川知道他去哪儿了。春树一定是去了新御堂路。只是北川不知道春树是过了木津河在北堀河附近打车去的，还是偷了别人的车去的。

江坂和绿地公园之间，沿着北向车道，有个通宵营业的网吧，正是吹田联合的集会地点。附近铁路沿线的人行道宽三米，车都可以通行。晚上八点多，就开始有些骑着改装摩托、戴着头盔、穿着连身服的人来到这里。到了深夜甚至会有汽车出现。幸田以前见过那场面几次。午夜零点以后，新御堂路灯火通明，没完没了的汽车大灯和发动机的轰鸣似乎重回幸田眼前。索就在那儿。他们总是凌晨一点才散，所以索还会在那儿待上半小时。

北川身体前倾，紧紧抱着方向盘，一直加速。不到十分钟，他们的车就从千代崎到了新御堂路，没十分钟又到了江坂。一路上，两人都没说话。在江坂下了主车道，穿过名神高速的高架桥，再一公里就是那个网吧。一路上，前方几次传来警车的警笛，后面也不断有警车追上。警车的扩音喇叭通知北川的车让路。两辆救护车飞驰超过警车。

　　北川的呼吸越来越急促，有种不祥的预感。穿过名神高架桥，前面是段三百米长的缓坡。前面的车纷纷急刹车。瞬间，车都被堵在这条路上。警车和救护车就停在前方二百米远的坡上。左边车道上被堵住的车都闪着转向灯要插到右车道上。北川把车停在宽阔的人行道上，下了车撒腿就跑。

　　有四辆警车，两辆救护车。红色的警灯闪个不停。几十个人围在那儿，堵住了人行道。几辆摩托翻倒在一旁，头盔散落了一地。其中的一辆摩托被撞碎，还有一辆白色的小车撞在了电线杆上。轿车的车鼻子被撞变了形，玻璃全碎落了，驾驶室的门被撞掉，耷拉在半空。没看到车内有人。

　　穿着白色制服的救护人员，用担架抬着一副用橙色毛毯包裹起来的遗体。冲上来的北川被警察拦住，扭打在一起。

　　警察大吼道："退后！不许过来！"

　　北川挣扎着喊道："车上那孩子呢？孩子呢？孩子……"

　　"在那边！"旁边一位警察说道，"你是谁？他的家人？"

　　从救护车的车窗里，幸田看到里面还有一副担架。担架上的人的脸上被毯子盖着，浑身是血，哪里看得出那就是春树。北川狠狠敲打车窗玻璃，把脸贴在玻璃上，肩膀剧烈颤抖。

一名救护人员拍了拍北川的肩。

"你是他的家人？去医院吧。他活着，但伤势很重。"

救护车拉着春树和北川，鸣着警笛驶向医院。另一辆救护车拉着尸体跟着。幸田拨开人群，回到北川停车的地方。

算来，幸田三天内竟两次看到尸体，却都跟他无关，所以没觉得特别悲伤。但是，一想到从此看不到北川太太的微笑，甚至触摸不到春树的手，幸田就觉得空虚、纠结，觉得这一切犹如梦境。

梦醒了，就是一个希望破灭。

睁开眼，世界一片黑暗。

幸田似乎听到世界灭亡的足音渐近。

野田往日历的"十六号星期六"上圈了个红圈。这天是他今年最后一次给住田总部进行电脑定期检查。北川想好了进攻住田的基本计划，尚需对住田的电力系统进行更细致的调查。野田十六号去住田，正是今年最后一次侦查机会。

行动日期定下来了，那之前要做好一切准备。这次侦查能否顺利进行，是当前最大的问题。

今天是十二月一号，北川在这个日期上做了个标记。

只剩下十五天了，一切都要抓紧。

北川首先要摆平的是一个三角关系——住田国际部次长户田雄一郎以及被传分居的妻子户田惠美子，还有堂岛的那个江崎佳代。

224

北川说他们之间的三角关系甚至超越了家庭内部事务，更像是三人间的斗争。经常有律师出入户田夫人的新居，甚至都有私家侦探的身影。堂岛的女人也聘了律师，店里出现了疑似保镖的不明男人。次长本人许是察觉了两个女人间的硝烟味，所以很少去那个女人的店了。纵是外人，也能看出次长家出了问题。北川认为这正是他们的机会。

但是，应该怎么办呢？失去亲人、经历人生大悲的北川似乎有些失常。他异常冷静，一刻不停地推敲着让人振奋却近乎疯狂的计划。他只有一个目的——给行动当天铺路！发动进攻的同时，要把负责金库的户田次长从六楼的办公室引到地下停车场。

十二月二日，星期六，下午六点。

为了实施北川的计划，北川和幸田戴着太阳镜，穿着皮夹克，来到堂岛一丁目二番地。对面就是北新地的饮食一条街，有很多酒吧、夜总会和小酒馆。从御堂街拐到协和银行旁，二十米远处就是咖啡馆"宵待草"。店面很普通，一看就是面向普通工薪阶层的小店。

幸田和北川围着这家店闲逛，不断向店里张望。六点五十分，北川扬了扬下巴——"就是那个人。"一个穿风衣的四十岁男人从"宵待草"里走了出来。正是经常出入次长夫人新家的其中一人。

"外表看起来普普通通，这是成为私家侦探的首要条件。好了，走吧。"

北川说完，朝男人走去。

男人朝御堂街走去，北川只用五秒钟就追上了他。然后突然一转身，站在男人前面。两手插在口袋里，身高一百八十六厘米的北川，隔着墨镜俯视着男人。"喂，大哥，"北川操着关西口音说道，"别再在这儿鬼鬼祟祟的了。"

男人转身要逃，北川一下子抓住他的前襟，喝道："听到没？要是不按我说的办，我立刻让你消失。"

第二天是星期天。上午十一点，北川和幸田来到宝冢市南口二丁目"SUNVEOA"一号馆后面的一个小公寓楼。北川今天穿了件昂贵的英国名牌西装和外套，手拿高档公文包。他按响四楼户田惠美子新家的门铃，递上名片。名片上有"民事咨询"、"长谷川律师事务所"和"律师长谷川友则"字样。

白色名片上的人名是北川从电话号码簿上抄下来的真实人名，电话号码则是爷爷公寓的。

昨天，北川扮演"宵待草"女人雇用的流氓，威胁了私家侦探；今天则要扮演那个女人雇用的律师，登门质问户田惠美子为何雇用私家侦探，继而向她提出一个解决方案。

"恕我冒昧，您耍这种花招根本不解决问题……"北川直奔主题，"我的意思是，您和您先生以及江崎小姐三方该坐下来谈谈。我们订了北新地的一家酒家，不知您意下如何？"

北川不管户田太太的答复，只是厚着脸皮反复劝说。

"我想最好由夫人您跟户田先生说。如果由我们说的话，他可能会误以为我们之间已经达成了什么协议，这样就不好

226

办了，我只是江崎小姐的代理人。这一点，请务必让户田先生谅解。那么，我就先把日期定下来……十二月十六号，星期六下午，您看怎么样……"

幸田在公寓外面等了一小时。北川走出公寓楼，微笑着朝幸田做了个胜利的手势。

"户田太太说由她来邀请她先生。不知道她有没有听明白我的意思，但这位大婶对我的话很感兴趣。明天我再和她联系一次，定下具体时间和地点，就可以了。"

幸田调侃道："你当骗子也能混口饭吃啊。"

北川正容道："现在的我，什么都干得出来。反正就我一个人了，感觉很轻松，真是不可思议……"

北川打车去探望住在新千里医院特护病房的春树。两天前，春树终于醒过来，血压也逐步稳定下来。但痊愈还得三个月，等待春树的还有警方的取证调查和少管所。

小桃最近真的成了"桃子"，看来像是个颇有姿色的京都美女。现在的小桃比以前更爱笑，笑得更美。小桃完成了起爆剂的配置，近来忙着用北川从千叶快递来的机械材料制作雷管。现在，小桃不再担心电器的火花，所以晚上也能开灯。几乎一整天都坐在桌前工作。幸田下班后就会来帮忙，同时跟小桃学习接线方法和组装程序。野田有时也会过来看看。

雷管的管壳是一个直径七毫米、长六厘米的铅笔铝帽，取下开口和接缝的前面部分，长度为四点五厘米，再用上皿天秤分两次称量出各零点二克，共计零点四克的起爆剂，填

227

入其中。小桃此前就将硝酸溶解在水银里，加入酒精，调制好了灰白色结晶体的起爆剂，里面还掺入了百分之二十的氯酸钾。将起爆剂填入管体内需要极其精准的挤压力度，所以这个工作都由小桃完成。

填满起爆剂的内层盖子，也用同样的铝帽隔开，中间塞入一个开了口的东西。把比铝帽稍硬一些的橡胶削薄，切成五毫米长，以此用做管壳封口的卡口塞。然后用很细的针在卡口塞上穿个眼，把引线插进去。引线的前端，有段二毫米长的电热桥白金线，打了个结，就像火柴头那样，在这上面涂上引火药头。一周前，小桃用三硝基间苯二酚铅、硝酸钡、三硫化锑以及玻璃粉，加入少量的水熬炼成了引火药头。

引火药头干了以后，小桃用十毫安的电表测量其电阻，反复调整，把包括引线在内的雷管各部分的电阻都统一为一点四欧姆，差零点一欧姆都不行。最后，把涂了引火药头的橡胶塞子拧入铝帽中，用钳子封紧口就大功告成了。

这样的雷管，小桃一共做了四十根，这正是要用到的硝酸甘油炸药和塞姆汀塑胶炸药的总数。小桃明白行动当天根本没有临时进行复杂接线工作的余地，所以把他可以干的活儿都事先做好。

变电所和地下管道使用定时炸弹，在"住田"内部一隅则使用手动爆破的炸弹。小桃制作了五个定时炸弹和一个手动炸弹。为此，要事先确定放置这些炸弹的地点，以及确定是用串联还是并联的电源接线方法，还要计算好母线的长度，雷管的电阻更要事先统一、固定下来。

小桃计算好启动电源所需要的电压，把电容器和电池组装成电源装置。一旁的幸田和野田按照小桃的指导，把母线和接线接上，再包上绝缘胶带。两人还学会了如何把雷管插到炸药里，以及如何使用塞姆汀塑胶炸药。

他们经常干到凌晨两三点，累了，就盖一床被子迷糊一会儿。幸田和野田很少回公寓。

十二月四日，星期一。

野田开了辆小型越野车来到千代崎的车库。那是一辆普通的白色卡罗拉越野车。虽然野田说是捡来的车，其实他们是非要"白色卡罗拉越野车"不可的。

白色卡罗拉是野田公司的营业用车，野田平时都是开着带有电脑服务公司标志的卡罗拉进出住田停车场。但是，行动的十二月十六日那天，野田当然不会开公司的车，而是要开着这辆捡来的卡罗拉去住田。这辆伪装车的车厢里要塞满行动时会用到的机械材料，而且要在停车场停上好几小时。

虽说是白色的卡罗拉，可这辆车实在不怎么样，前保险杠伤痕累累，车门也陷了进去，连北川都埋怨他"就不能找辆好点的车嘛"。野田却说"咱们联手修修不就行了"。因此，从这天开始，北川和野田就开始对车身进行修理和改装。

两天后的晚上，幸田来到车库，只看到了藏在车厢下面的野田的脚。北川卸下了门里面的装饰，正用锤子修复凹陷。

幸田听到野田在货厢里喊道："喂，北川！使这么大力气，要把这儿打穿吗？"

"我把这儿当成你脑袋了，所以才使劲砸呀！"

北川说完，锤子又敲得当当响。

越野车货厢的上板被打开，货物可以塞到底盘处，加大了货厢的空间。若盖了上板，就是非常简单的两层底。野田剪了旧毛毯将货物包好，以免货物碰到传动轴或齿轮。

还有一个人——爷爷，坐在车库的角落里，手里仍旧拿着一瓶喝了一半的伏特加酒。爷爷这几天在给野田讲解关于电梯的基本结构、各部分的驱动方式、操控系统等知识。

爷爷画画得很好，所以他都用浅显易懂的图表进行讲解。

首先，爷爷画了从机械室到地下缓冲器的电梯升降线路的截面图，标出电梯的轿厢、轿厢架、缓冲器、导轨、导靴、导轨架、限速器、安全钳、对重、重量补偿装置、钢丝绳轮……又在另一张图上画了机房里的齿轮曳引机系统，陆续标出曳引机、曳引钢丝绳、导向轮、反绳轮、制动轮等。

那正是幸田曾用望远镜临窗看到的那些机械。

这些机器旁边有个调速机。在电梯因故异常下落时，可以通过飞轮的离心运动进行检测，从而紧急止住电梯。这种紧急制动装置也有两种，爷爷分别画了它们的大致形状。第三张纸上画了电梯门的开关控制装置。在电梯轿厢的上部，安装有电梯门引擎的三相交流扭转电机，曲轴通过两根细长的杠杆链分别连在对开的两扇门上，控制电梯门的开关。野田首先要捣毁的就是电梯门的这个装置。

机房的图示里面，除了曳引机和调速机，还有受电盘、启动盘、控制盘、保护继电器的变压器。爷爷分别标出了发动机的启动方式、制动器线圈的线路、通过线圈转换进行高速低速控制的接线图等。幸田一点也看不懂这线路图。

另外，这些图纸上还有很多"注"——联动方式、发动机的输出功率、平衡力的不平衡率、驱动比等，这些幸田听都没听过。内容非常繁杂，最后就连野田也说"爷爷，你饶了我吧"。

爷爷的讲授都暂停两天了。

"哎，幸田。我还是觉得那天我也得去现场。"爷爷说。看来爷爷并没喝醉。幸田从爷爷平静的目光里又看到了似曾相识的那种光芒。

"实际上，我亲自到机房操作，不耽误时间也不会出错。野田即便这些理论都弄明白了，但实际操控起来恐怕还是不行吧。行动当天，打开控制盘，操作上哪怕有一点失误，我们就可能会全军覆没啊。"

幸田回答："我不想和你一起工作。"

可爷爷像是没听到似的，接着说道："那么，我们这样办。我会从地下上到机房，首先我会把控制盘上和各个楼层控制按钮相连接的线路全部切断。这样的话，即便楼层上有人按呼叫按钮，电梯也不会上下。我会打开通往地下三层的那一部电梯，而把剩下三部电梯的调速机全部摧毁，这三部电梯就完全不会运作了。供你们使用的那部电梯，我会调节成只在地下二层和三层之间升降。好像北川设计的最后退路是停车场和楼顶两处，这样的话，我就必须选准时机，切换线路，让电梯直接升到顶层。所以，当天最好我也进入住田……"

"当天我们自己能逃出来就不错了，哪有时间顾得上你。"

"我做完该做的事情，就会先行撤退。楼顶有擦玻璃用的吊篮。机房和七楼的会议室，有逃难用的绳索。所以到时你们不用担心我。"

"北川这么说？"

"他只说，'那你就当为出卖小桃而赎罪吧'。"

说完，爷爷笑了。幸田隐约又看到爷爷那令人厌恶的眼神。爷爷的长相虽不让人讨厌，幸田却觉得此刻的爷爷是那般丑恶。或许，此刻的自己看起来也非常丑恶吧。

十二月七日，星期四。

野田他们给伪装的营业车涂上了电脑服务公司的标志。他们从市场上买来密胺树脂涂料，涂上涂料后又用喷烤器的小火烤了几十分钟，继而自然干燥。这可说是野田的一次艺术创作。他们又从旧车场捡来氨基甲酸乙酯的保险杠，切断后装到车的后部，加固了这辆车。这是野田的建议——万一当天需要强行突破检查站，车辆无疑要事先加固。

十二月八日。

幸田辞去了干了十个月的寺西运输仓库的工作。虽然现在公司业务繁忙，但幸田一个月前就提出了要辞职的要求。辞职的原因，幸田说是要回东京给一个朋友的公司帮忙。

北川八号到九号出差去了九州，回来路上在福冈买了很多种类的绳索，还分别在广岛、冈山和神户买了十个大旅行箱。

232

旅行箱有拉链，而且可以折叠。箱底带有滑轮，把手很结实。折叠之后，单手可以抱三个，大小刚好合适。

十月，北川从一个朋友的仓库，用五千日元买了一台手推车，爷爷还找了一辆。这两辆手推车样子很普通，载重都是二百公斤，算是小型类型。手钳、钳子、扳手、电动螺丝刀、小型电动钻、喷烤器等工具，春树都有，所以可以借用他的。

比较麻烦的是要准备电梯服务公司的两身工作服——上下都是蓝布料，胸前有个非常显眼的白绿标志。这套工作服不啻是进出住田停车场的通行证。明明只要去难波的道具服饰一条街就买得到，但北川行事谨慎，从不同的百货店分别买了相似布料的蓝衬衫和裤子，只是缝上去的那个很大的标志没现成的。结果，这标志是由小桃搞妥的。北川把小桃喊到家，让小桃用他老婆留下的电动缝纫机按照爷爷画的图形往蓝衬衫胸口缝这个标记。小桃看了缝纫机的使用说明，先拿碎布缝了十块抹布练手，继而用整整一天缝好了这个标志。

十二月九日，星期六。

幸田去了大阪市政府的护照管理部门，排了一小时队，办了护照。北川和野田两三年前办的护照尚未到期。然后，三人从银行取了钱，各拿出一百万日元，凑成三百万"借给"小桃。小桃拿纸写下一个韩国人的姓名和住址，交给了幸田他们。这个韩国人住在舞鹤，经营旅馆，认识釜山的某位大人物，而且拥有渔船。小桃又告诉他们，抢来的金砖只要通过釜山的这位黑市掮客，就可以去香港用了。

十二月十一日，晚上。

幸田和小桃再次扮成流浪者。晚上八点后，两人相继离开昭和町的公寓，从吹田车站前坐公车到了江坂，换地铁抵达九条。小桃至淀屋桥下车，幸田则拿着一个包了两层的纸袋，下车后走向千代崎，从车库里取出三十八枚炸弹，用防水布包好了放进纸袋。野田早就拿走了用来爆破地下管道的那些炸弹，剩下一部分炸弹装在伪装营业车的车底。

幸田从北堀河坐地铁返回肥后桥，去了中之岛公园。当时是晚上十一点。和夏天不同，流浪者们都用纸箱、报纸搭成一个个睡铺。幸田拿出另一个纸袋里的报纸，铺到了长椅上。另一张长椅上，小桃用破布盖着脸，躺在一个纸箱下面，一只手紧紧握着两个手提纸袋。一个纸袋里装有十九根雷管和连接好的母线和接线，母线总共有一百米长，都用防水布包着；另一个纸袋里装着两个带电池的定时装置和用来翻越变电站外墙的绳索。幸田和小桃两人都在背上和肚子上贴了暖宝，所以倒不觉得十二月的寒风是如何之冷。

凌晨四点有余，两人起身，慢悠悠走到中之岛。

他们取道田蓑桥一角的停车场旁边的小路，进了关西建筑管理株式会社的后院，打开井盖，用绳子把三个纸袋挂到梯子的把手上，然后分头回到土佐堀。

天犹未亮。然而，十二月黎明前的黑暗，似乎比夏天时更加透明清澈。幸田全无困意，甚至不觉疲惫，全身的肌肉和神经出奇清醒。这和以往干大事时的感觉截然不同。八月末的那家商务酒店里，他开始构思行动，之后一度寻觅从弹子店消失的小桃……那时，他脚上的鸡眼竟然消失了，不知去了哪里。小桃那双看破黑暗的眼睛背后，到底有着怎样的梦想？那条小路和神甫都去了哪儿啊？

来到土佐堀沿岸之后，小桃拿掉了蒙面的布，笑道："再有四天才到十六号呢，我没事做了。"

幸田随口附和，称自己也没事做了，却又突然觉得还有好些事情没办。从上大学离开荻洼的家到现在都十年了。这些年来，幸田一直踏踏实实工作。上学时，他为了赚学费而拼命打工，毕业后继续没日没夜工作。幸田一直这样自我强迫着。他没有特别想干的事，更没干过一件值得自豪的事。

"到我家来吧。"

幸田说道。小桃轻轻点了点头。

十二月十四日。

北川和野田从金岗街附近弄来一辆四吨卡车。万一到时候无法从地下停车场撤离，他们打算从屋顶将货物吊下来，放到停车场附近备用的车上。他们开着卡车，去千代崎换了一副车牌，车身画上"大阪市指定业者·北野组"的标志，停在四天前租来的大正区的市营停车场。车厢里有一套夜间道路施工用的警示灯和屏风式围栏。

晚上十点后，北川下了班，给幸田打来电话，说道："见个面吧，十分钟就行。"又叮嘱道，"出门前，看看有没有人跟踪。"说完就挂了电话。

幸田走到吹田站，在弹子店旁的小路上见到了北川。

北川开门见山，说道："有件事，我要和你说说。中午时，野田去了爷爷家，看到他家有客人——末永。不会错的。不管你之前和爷爷说了什么，总之当前必须决定杀不杀他。我就是来问问你的想法的。"

"末永是来打听小桃的……我觉得不会影响住田的事。"

"但是……"

幸田冷静分析道："十亿日元的金砖和小桃，你让我选哪个？小桃完成了咱们让他做的一切，就算以后没了小桃，我们都可以按计划行动。但若没了爷爷，我们就没办法捣毁电梯……咱们不能除掉爷爷。"

北川问道："你确定要这样做？"

"不错。要是小桃出事，干完我们的大事之后，我会让爷爷偿命。我绝不允许小桃出现意外，否则我会活不下去的。"

北川明白幸田和小桃之间有种特殊的感情。

"那好，我们就放任吧……"

北川盯着幸田的眼睛看了一阵，总算开口这样说了。

幸田避开北川质询的目光，去街角的自动售货机买了两罐啤酒，递给北川一罐。幸田打开盖子，一仰脖喝了半罐，北川则干脆一饮而尽。幸田握着酒瓶的手冻得冰冷，双鬓却冒火似的滚烫。他的大脑一片空白。危险始终伴随着小桃，现下又能怎样？事到如今……

十二月十五日，星期五。晴。

幸田借酒消愁，浑浑噩噩过了三天。

早上醒来，幸田觉得肚子很饿，家里没有可吃的东西，便把小桃留在家里，独自去车站前买吃的。他买了即食的箱形寿司和牛奶，沿着片山町的坡道溜达着往回走。烈日当空，他听到了正午的钟鸣。穿过高台的草丛时，幸田仿佛看到出口町教堂的尖塔一瞬间轻轻一晃，那是从地面上蒸发起来的热气所致。幸田想起小桃说过"总有一天，我们会去那儿"，不觉久久凝视教堂。

　　回到公寓，幸田看到小桃把窗帘都拉上了。小桃说"电话线被切断了"，他把幸田从门口拉进来并锁上了门。然后，小桃从床下拖出他那个蓝色运动包，拿出那把带有很长消音器的手枪，上了枪膛。

　　"幸田。请你原谅我。我们出不去了。你快躲到壁橱里。求你了……"

　　"别干蠢事。"幸田也感到惊慌失措，"我们赶快离开这儿。我回来时没看到外面有人。快走。"

　　小桃摇了摇头。这三天，小桃都没戴假发，也没化妆，恢复了男儿本色。此刻的小桃看着幸田，那是幸田从没见过的另一个世界小桃的眼神，紧闭的双唇透露出他的坚定。

　　幸田想从小桃的手里抢过手枪，两人争夺在一起。突然，门铃响了，两人的手瞬间停了下来，转眼间，小桃抢下手枪，拉着幸田来到门口。

　　门铃还在响。小桃用自己的身体把幸田压在门后一角，将上满子弹的枪口对准了门口。此刻的小桃，对幸田而言，是那么的陌生，他的后背像钢铁一样坚硬。

门铃不响了。门外有人在动，接着便是门锁被砸碎的"咔嚓"一响。

幸田想顶住门，却听到金属敲击发出的"咔嚓"之响，登时扭头一看，只见门上被打开了一个洞。

"幸田，快趴下！"小桃大叫着把幸田从门后拉开。幸田被甩到厨房，在地上打了个滚，然后看到小桃左躲右闪的背影，看到房门被打开，看到屋外明媚的阳光。

接着，幸田觉得像是被锤子击中，身体弹向后面。他看到小桃穿着蓝毛衣倒在地上，听到厨房里的桌子被拽倒。门大开着，能看到蓝天和屋檐的瓦砾，以及那下面蹲着的黑衣人。

发烫的感觉再次袭来，幸田摇摇晃晃倒下。恍惚中，他看到小桃端起了枪。随着沉闷的枪响，屋檐下的那个黑衣人被弹开，倒了下去。小桃从幸田眼前冲到屋外，把男人拖进屋内，关上了门。

幸田只觉得眼前发黑。小桃靠近时，幸田竟然觉得他的毛衣一会儿是白色，一会儿又是黑色。

"幸田……"

就连小桃的呼唤，都越来越遥远了。

不久，幸田醒了，顿觉寒冷，犹如泡在冰冷的海水里。他看看四周，这才察觉身上裹着厚厚的被子和毯子。四肢皆无知觉，只有牙齿不停颤抖。

他忍不住呻吟道："冷，好冷。"

幸田睁开眼，看到小桃的脸和他递来的一个玻璃杯。幸田被灌下热乎乎的伏特加酒，但漾出来一半，顺着下巴流下。

"你流血了，所以感觉冷。"小桃说道，"很快就会暖和了。很快就会暖和……"

"我哪儿被击中了？"

"右肩。肩膀骨头的下面。子弹取出来了。轻微骨折。"

"可我一点也不疼……"

"我给你打了吗啡。"

"你什么都会干啊……"

幸田看看外面。

窗外天都黑了。房间里充斥着血的腥味。

"那个男人在哪儿？蹲在屋檐下的那个男人……"

"我把他用毛毯裹上，塞在壁橱里了。"

"是朝鲜人？"

"对。"

"我们得快点离开这儿。"

"幸田，你能动吗？"

小桃抱起幸田，但姿势有些奇怪。他没用左臂，只让右臂从幸田腋下穿过。

小桃疼得咬了下牙，说道："冷……我和你一样，被击中了。"

这时，幸田才察觉小桃脱掉了蓝毛衣，换了件黑毛衣。小桃只怕也打了吗啡。幸田光着膀子，用撕碎的床单当绷带，从肩膀到胸口缠了厚厚的好几层。

小桃给幸田穿上一件新衬衫，套了件毛衣，外面穿上羽绒服。幸田站起来，浑身无力，但还能动。一动就觉得右肩麻木，万幸不疼。

小桃拿着蓝色运动包，那把六四式手枪则放在桌上。小桃用下巴指指壁橱的拉门，说道："我打中那家伙了。"

幸田拿着旅行袋，里面装了些钱，还有护照、换洗的衬衫、内衣和一件毛衣，还装了望远镜、面罩，开锁用的大头针、螺丝刀和一把小刀。他又从卫生间拿了一把牙刷和刮脸刀，塞到旅行袋里，顺便把中午买的寿司和牛奶装进纸袋里带上。

吃点东西就会暖和。为了明天，更得吃点饭了。

小桃先出了门，几分钟后幸田才出门。门上的锁白天时被手枪砸坏了，所以他们没锁门就出来了。

深夜，空无一人的小路上，两人比肩徐行。而后，小桃当先走下了片山町的斜坡，朝着出口町的方向走去。

小路前方就是教堂的后院。这里没有栅栏，只有个长满草的斜坡，下了坡就是教堂。教堂旁边的集会所大楼漆黑一片。幸田打开大门的锁。这里几乎是按照二十四年前被烧毁前的样子重建的，幸田还记得这扇大门。

他仿佛看到妈妈穿着蓝裙子站在这里。

幸田觉得教堂里面和他以前看到的一样，两边是一排排供教徒们使用的长椅，正面是圣所的围栏，铺着白布的圣坛和十字架。烛台上的蜡烛没有点燃。玻璃窗比以前更大了，毛玻璃换成了彩色玻璃。

小桃坐在最前排的长椅上，幸田挨着他坐下。

只见小桃微笑道："我们终于来了。"

是啊，我们真的来到了这里……

幸田一时感慨万千。

两人吃了寿司，一人喝了半袋牛奶。现在，他们什么也不去想，什么也听不到，什么也回忆不起来。他们从没想到会如此平静地等待明天的行动。以往，幸田干大事的前夜总会失眠，会因为胃不舒服而呕吐、偏头疼甚至拉肚子，这时却什么感觉都没有。被枪击中的地方似乎也没了疼痛。吗啡果然生效了，幸田只是觉得冷，除此再无任何不适。

幸田看看手表，凌晨一点。小桃靠在椅背上闭上双眼。幸田用左臂搂着小桃的肩，两人依偎着，困意袭来。

十二月十六日，星期六，凌晨六点半。

幸田被一阵寒冷惊醒，打了两个喷嚏。寒意瞬间变成一团火，席卷全身。幸田只觉得右肩似被火烧，痛得要命。

小桃的头耷拉在幸田的臂弯里。

幸田突觉异样。膝头，小桃的手是冰冷的。幸田推了推小桃耷拉下来的头，小桃竟无反应！小桃睁着眼睛，卸掉口红的双唇苍白无色。

幸田轻轻抽出胳膊，一动就觉得右肩剧痛，火辣辣的。这痛感从脖子传到双鬓，再传到头顶。头痛欲裂，甚至无法思考。幸田捡起小桃脚下的蓝色运动包，在里面摸索着。小桃昨晚说过包里还有几支吗啡注射剂。幸田从包的下面摸到几个塑料注射器和装在小布兜里的注射液，立刻卷起袖子。幸田狂躁异常，直到把针头插进青筋暴露的手臂才平静下来。他呆呆望着屋顶，等待药物生效。不一会儿，幸田就觉得身体轻快了些，浑身不再燥热，寒意再次袭来。

幸田拉下小桃的衣领，看到了小桃胸口缠着的床单。床单渗着血，周围的皮肤变成了青黑色。小桃的出血面积好像比幸田略小一些。幸田又看了看小桃的后背，后背没有血痕。看来，子弹还在小桃体内。

幸田想把小桃的双手叠在一起，无奈小桃的双手已经僵直，根本弄不动，眼皮也合不上。幸田起身离开长椅，从小桃的运动包里拿出炸药包、装着吗啡的小布兜和注射器，装进自己的旅行袋，把空瘪瘪的运动包放到小桃的胳膊下面。

幸田必须离开这里。他不该待在这里。幸田觉得自己这种人没资格待在逝去的神圣生命去往天国的地方。他匆匆退到过道上，感觉背后像是有人在推自己。

幸田快步走出教堂，关上了门。

早上七点，幸田再次爬上片山町的坡道，从高台的草丛里挖出九月初埋好的手枪，放进了旅行袋。

栅栏对面的街道被晨雾笼罩。褐色的屋檐越发鲜明。朝日啤酒工厂的烟囱冒出烟雾，直直飘向空中。一丝风都没有。从电车调度场传来电车开动的声音。

万里无云。是日，世纪大盗撼动了十二月的大阪。

14：00——

野田开着写有电脑服务公司名的白色卡罗拉越野车，抵达住田银行总部的地下停车场。卡罗拉停在横排中间的车位上，该位置被柱子挡着，从保安室看不到。和别的星期六一样，停车场里停了十二辆车。其中两辆是领导专车，五辆是部长、次长们的私家车，四辆是客户的私人车，还有一辆是大厦管理公司的营业用车。户田次长的铁灰色皇冠车就停在靠近出口的地方，四辆并排停放的最边上那辆便是户田的车。

卡罗拉的车底藏着两辆手推车、十个折叠旅行箱、四种绳子、各种工具、一台爆破器、五根接好线的用于爆破机械室的雷管、定时装置、十个炸药、六根用于炸金库的雷管以及手电筒。

野田取出一个硬铝的文件盒，里面装着十根雷管、八个炸弹、五百克塞姆汀塑胶炸药，以及带有二十伏和十二伏蓄电池的两个定时装置。这些是用来爆破地下管道的。接下来的几小时里，野田会随身携带这些东西。

从保安室的窗口可以看到屋里坐着两个人，这两个人野田都认识。一个人在打电话，喋喋不休说着什么；另一个人指了指打电话的男人，对野田说道："他没买上回家的车票，只好不回去了。"

"野田，你老家是哪儿的？大阪？"

"我长得像大阪人？松田，你喝多了。我老家在神户。"

野田敷衍道，话音有点怪，表情倒没有太大异常。野田瞥了一眼保安室墙上的值班表，正面挂着两张姓名牌，自然是保安室的这两个人——松田、长岛。两小时前，他俩才换的班，要到晚上十点才交班。保安室里面的门跟往常一样敞开，只见中央保安室里唯有一个男人坐在监控屏前面的转椅上。

"啊，是神户啊。那你可真是挺时髦的啊。"松田说着把出入登记表递给野田。野田在上面写下姓名、单位和进入时间。

然后，野田抱着公文包和硬铝文件盒，坐电梯到了地下一层的电脑房。公文包里装着一个用来破坏电梯的小工具。

17：15——

一辆四吨大卡从大正区泉尾四丁目的市营停车场开出来，停在泉尾十字路口等着变灯。北川开着车，喘息粗重，仿佛一大早就开始工作，又像是刚刚跑完几百公里。

上午八点多接到幸田的电话之后，北川就开始坐立不安。小桃死了？幸田受了伤？这都是些什么事啊？北川惊得哑口无言，脑子登时懵了。幸田情况如何？他那样瘦弱，身上若被开了个洞，岂会没事？北川挂了电话，冲到车站附近买了六瓶能量饮品，一瓶五千日元，又去药店买了消毒液和绷带，甚至去烟酒商店买了具有兴奋剂效果的烈性伏特加酒——事到如今，没有退路了。下午接近两点的时候，野田打来电话询问是否按计划行动，北川毅然发出了进攻的指令。

接着，幸田又打来电话，说自己没有问题。这让北川多少松了一口气，可还是无法完全平静下来，总觉得有些不对头。北川知道自己无法保持冷静，但还是准备妥当后出了家门。

北川此刻穿着电梯服务公司的蓝色工作服，外面套了件脏兮兮的藏青色工作夹克装，脚上穿着硬底的长筒皮靴。

妈的，红绿灯慢死了，是不是坏了啊？

北川看看手表。按计划，幸田这时正奔向中之岛变电所。

幸田这家伙，靠吗啡固然能挺一阵，但肯定使不上劲，这可怎么办呢？光靠我一个人哪行啊！

北川没想到幸田会如此不理智。幸田真是失误了。北川也没想到他对小桃的感情会如此之深，更没想到两人会一齐受伤。北川和幸田有十年交情，近来却看不明白幸田这个人了。这到底是怎么回事呢？终于等到今天了，可⋯⋯

绿灯亮了，北川狂按喇叭。前面的两辆小轿车太慢了。

"快点！浑蛋！"

17：20——

天色十分钟前就暗了。幸田从土佐堀川畔的人行道朝中之岛三丁目走去。幸田给北川打了两次电话，上午一次，下午一次，其余时间则没离开长椅。中午时，他又去公共卫生间打了一针吗啡，吐了点东西，之后便有些恍惚。傍晚，幸田明显觉得见好，身体虽然疲倦，精神则算是不错，头脑清醒得连他本人都有些吃惊。沉睡了二十九年的神经细胞终于清醒了，大脑的血流速度比平时快了好几倍。

幸田不停思索着，脑袋里全是中之岛变电所设施布局和安放炸弹的程序，耳畔则萦绕着小桃教给他的每一个步骤。

他仿佛又听到了小桃的讲解。

"把雷管插进炸药包后，用绳子紧紧封住口，别让雷管露出来。母线千万别打结，一定要仔细操作。插入中间的开关之前，一定要确认定时装置的电源是否关闭。一定要仔细检查，确保万无一失。听明白没？"

小桃，你放心，到时就看我的吧。

17：26——

幸田沿着田蓑桥路来到停车场附近，继而拐进栅栏旁的一条小路。大街上像流水一样的车灯照不到这里。翻越铁栅栏时，他再次感到右肩和右手半点劲儿都使不上了，不觉狠狠骂了两句闲街。

幸田藏进大楼墙根的阴影里观察片刻，打开井盖，从里面取出三个纸袋。他把这些纸袋扔到铁栅栏外，翻过栅栏出去。他现在没力气翻越两米四的水泥墙了，所以要想办法从别的途径摸进变电站。

17：30——

幸田出了关西建筑管理公司的小路，返回田蓑桥路，只见一辆公车正停在车站。公车拉走三个乘客之后，路上空无一人。车站对面就是变电所的车辆入口，旁边住友电气设备的预制板房的样子无比熟悉。

幸田拿着一根准备好的别针，只用五秒就打开了栅栏门上的锁，爬上板房的室外楼梯来到二楼平台。这里离变电所的水泥墙只有半米。

幸田先把绳子的一头绑在水泥墙上带刺铁丝的支柱上，另一头垂在变电所一侧的墙里面。

然后，幸田把旅行袋扔进墙内，肩上背着两个纸袋。幸田抓住支柱，双脚蹬在墙上，用尽全力跨过带刺铁丝，翻越了变电所的外墙。

17：41——

幸田打开变电所主楼南侧出口的荷包锁和圆筒锁，进入变电所里面。一排排熟悉的铁门，此刻让人有种异样的感觉。高压变压器的热气充斥在空气中，机器的轰隆声震耳欲聋。

幸田做梦都记得放炸弹的地方——六台 154 / 66 千伏变压的输出电缆一端，四台绝缘开关装置的母线连接口，地下电缆室里两台一次和二次变电的计量用变压器附近。

17：42——

幸田从纸袋里取出母线，拉长，把带有接线的雷管用胶带轻轻固定在放置处，以免雷管滑动。幸田一点点拉长母线，避免打结。把母线拉到地下电缆室后，幸田用胶带把雷管固定在小桃所说的高压母线电缆的两个地方，拿着母线的一头返回一楼。

17：58——

幸田把用来爆破电源的五十伏的定时装置放在了主楼几乎正中间的通道上，又把三十二枚炸弹分别在已固定好的雷管位置各放两根。紧接着，幸田打开其中一枚炸弹的炸药包，插进雷管，又用胶带将该雷管和另一根雷管绑定，把这样连接好的一组炸弹牢牢固定在电缆和集线盒上。

18：13——

幸田再次沿电缆巡视一圈，检查各个接线和两个中间开关是否闭合，确定计时定时装置的中心电源关闭以后，把母线的两端连接在定时装置上，并用夹子夹紧。再次确认电源关闭后，他返回两处中间开关那里，一个个打开开关。

18：15——

幸田回到定时装置前，看了看手表。等待指针指到十五分五十五秒。时间设定为一百零四分。晚八点整通电。

18：17——

幸田抱着剩下的器材，跑到主楼北侧的控制室。破门进去后，幸田先找好在三列并排继电器盘上放置炸弹组的地方。最里面的母线保护继电器的中央两处位置、前排靠近压缩机室的一处，共计三处地方。同样，幸田把母线拉出来，把雷管插入炸弹中，两个一组并在母线的两头连接上装入九伏电池的定时装置。这次用简单的直排方式，没有中间的开关。

幸田看了下手表。六点二十七分。秒针再转一周之后，他便把时间设定为九十二分。同样是晚八点整通电。

18：30——
幸田把水泥墙内侧垂着的绳子往腰上缠了两圈，翻过了墙。他用了很久才爬出来，脚好不容易蹬到墙上，却被铁丝网狠狠划了一道。从板房的楼梯下来时，他淡然自若，完全不觉得心跳加速，不禁暗暗狂呼——

我做到了！小桃，我做到了！

18：32——
北川用道路施工围挡栏把北滨四丁目的井盖围了起来。用蓄电池点亮了五盏夜间指示灯。路边还停着一辆卡车，写着"大阪市指定业者·北野组"。住田东侧的公车站有两辆保安公司的车辆、一名巡夜警察。警察瞟了一眼北野组卡车，漫不经心地又看向别处。

周六、周日是休息日，北滨商务区空无一人，寂静冷清。然而，住田总部和其对面的信托银行里尚有数百名员工上班。北川恍惚听到了他们的脚步声和电脑的响声，实际上，那是北川的心脏在跳动。看来，北川尚未完全镇静下来。

18：35——
北川发动卡车，从住田地下停车场前方一直开到高架桥下，正对着土佐堀停了下来。卡车就停在住田大厦西侧的马路边上。车身刚好被阪神高速的高架桥遮着，前方十米便是土佐堀。

北川拿着一个旅行袋下了车。从锦桥桥下的派出所前方朝肥后桥走去。他看了一眼手表，不由得浑身颤抖，惴惴不安。沿着肥后桥朝中之岛方向前进时，北川隔着对岸人行道的绿化带看到一顶移动着的毛线滑雪帽，不觉屏住呼吸，凝神细看。毛线帽顺着绿化带缓缓移动，靠近了肥后桥。

北川如释重负，几乎是狂奔过去，问道："顺利？"

幸田轻轻颔首，眼神里似乎有些倦意。

北川稍微放松了些，打了辆车，和幸田坐了上去。他们的目的地是南船场地区的北端——

日本电梯服务大阪分公司。

18：50——

野田已经在住田总部地下一楼卫生间的马桶上坐了五分钟了。作为电脑服务公司的精英分子，野田最后的工作却干得偷工减料，敷衍对付。野田的感慨随着他的排泄物一起被水流冲刷而去。野田一紧张，肚子就会不舒服，虽然他连午饭也没吃，可还是老上厕所……

野田总是这样。他打死都不想被别人看到这种样子，所以就会变得特别敏感。这一点，野田本人自然清楚。这个人一直就是这样，追求万事完美，追求最好。

但是现下不一样了，野田的想法完全变了。平凡才是世间主流，傻人才不会受到束缚。野田更适合当一个旁观者。

250

他活到二十九岁才真正懂得自己，这件事当真恼人。野田思忖片刻，愈发觉得自己根本就是个傻子。

父亲永远不会明白这一点吧。父亲只知道做个优等生，坚信神经病只是"懦弱的逃避"——有那种壮志的人，自然不会明白这些道理。但是，野田觉得自己比父亲更有望当一个成功男士。倘若他有个孩子的话，他就从各个方面都赢了父亲。现下的野田坚信这一点。

野田从公文包里拿出一个三角形夹板，是块飞镖形状的钢板，长三十厘米，厚五毫米，挺有分量。它是用来加固大型钢架四角的金属零件。野田拿着夹板，出了卫生间。

18：52——

野田坐上从六楼下来的第一部电梯。电梯门关上了。到达地下二层，野田有三秒钟的时间。只有三秒。

这几天，野田乘电梯时都会仔细观察电梯门开关的结构，所以基本了解了这部分原理。五小时前，野田进来时，乘的正是这部电梯。当时，他仔细地观察了电梯轿厢门和楼层门之间的缝隙，的确有个像是杠杆链的东西贴在电梯门内侧。两扇门之间的缝隙大约有七厘米。电梯运行时，对开的两扇电梯门悬在轨道架上，通过这个杠杆链一起滑动，门才会开或闭。电梯门完全打开时，杠杆链会在最低的位置上，用手是摸不到的。爷爷一再强调抓住电梯门开始打开的时机。能否把握住"电梯门开始打开"的那一两秒钟，便是成败关键。

这是部老式交流电电梯，野田感觉到脚下有轻微的晃动。

野田听到一声"咣当"的响声，电梯停了。野田凝视着开始打开的电梯门的缝隙，门外没有人。夹板的厚度，是根据野田事先观测好的杠杆高度决定的。

两扇电梯门，轻轻地向两边打开。在电梯门开到十五厘米时，野田把夹板插到电梯轿厢门和楼层门之间的缝隙中。夹板碰到了什么东西，接着野田感觉夹板像是被什么东西卡住了，应该是被电梯门内侧滑动的杠杆勾住了。

野田成功了！只听"咣当"一声之后，电梯门戛然而止。电梯门引擎的动力不足以弹开钢铁异物。野田伸手用力一挤，电梯门依旧不动。野田往缝隙中张望，几乎看不到卡在杠杆链中的夹板，这表明夹板的位置很深。野田干得很漂亮。

松田从保安室的窗户探出脑袋，问道："怎么了，野田？"

"这电梯有问题啊，门关不上了。"

"是吗？那可坏了！"

松田走出保安室，面对开了约六十厘米的电梯门，又拉又推。野田在出入记录上写下离开的时间，抽出自己的名牌卡。保安室窗口对着的门里面，一名保安坐在转椅上来回地转。

18：55——

野田来到自己的卡罗拉车前面，摸着口袋做出找车钥匙的样子。监视探头应该能看到野田。野田把外套、西装的口袋都翻了个遍也没找到，转身走向保安室。

保安松田从电梯口回来，说道："得打个电话报修。"

另一名保安长岛一脸不耐烦的样子，收好晚报，说道："电

252

梯时不时就出点状况，这是要罢工啊。"

"哎，野田。怎么了？你不回去吗？"

"没找到车钥匙。"

"怎么搞的？弄丢了？"

"可能是。我得回公司取备用钥匙。明天是星期天，今晚必须得把车开回公司。"

"你也是个粗心的家伙啊。"松田笑着说，拿起电话开始拨号。野田慢慢地走到松田的身后，听到他说，"你好，我是住田总部。给你添麻烦了，我们这儿的一部电梯不动了。能不能请你们马上过来看看……"

19：00——

野田走楼梯，从一楼东边的大门出了住田大厦。大门外，照例停着两辆安保公司的越野车。一名巡警，在前面空荡荡的街上来回地走。野田看到街角的井盖周围竖着一个夜间施工的红色警示灯。冷风吹来，野田才发觉自己全身都是冷汗，后脊梁直打战，膝盖也在发抖。

19：05——

离住田二十米远的地铁肥后桥站内，野田从投币式存包柜中取出一个包，里面装着衣服。他去洗手间脱下刚才穿的风衣和西装，换上一身卡其色工作服和长筒皮靴，把换下的衣服和公文包放回柜子，只拿着硬铝盒返回地面。

19：15——

野田从肥后桥来到住田西面的高架桥下方，瞥了一眼北川停在那儿的卡车，继续南行，抵达那个有井盖的街角。他一直留意着住田东大门前方巡警的动静。

一分钟后，他瞅准巡警目光被营业大楼挡住的时机，把硬铝盒扔进围栏里面，继而翻过围栏进去。

野田用鹰嘴钩悄悄提起井盖，深吸了一口气，把脚伸了进去。

19：16——

中央区博劳区四丁目。

船场批发一条街的中心地段，也就是心斋桥路的北头，有很多小规模的作坊、批发仓库和店铺。

这是一条狭窄的东西向单行路，没有灯红酒绿，一到周末就几乎成了无人地带，只有日本电梯服务大阪分公司的四层高办公楼大门旁的保安室和值班室的灯一直亮着。

大门的卷帘门落下了，车辆进出口的卷帘门随之落下。然而，十五分钟以前，幸田弄坏了那上面的锁。穿着工作服的北川和爷爷就潜伏在大楼里。

六点五十六分，幸田听到保安室的电话响了，又等了一会儿仍不见值班工作人员行动，不禁怀疑他们是不是都离开了，却又看到车库里兀自停着三辆营业车。

爷爷对此早有解释——"只要没出人命，大家就都不紧不慢的，何况又是年轻人，对工作自然更没热情。"

电话响后二十分钟了，幸田独自蹲在对面的小路里，一只手拿着北川买的能量饮料，一只手拿着伏特加。他不方便上厕所，只能小口小口地抿饮料。

幸田全身发烫。

19：18——

幸田听到卷帘门嘎嗒嘎嗒响。电梯公司车辆进出口的大门开了。幸田探出头来，看到北川站在卷帘门下向自己招手。

电梯公司的营业车，是辆丰田货车。白色的车身上涂着蓝绿相间的标志性图案。幸田爬上车厢。车厢里除了工具箱、梯子，还有一大片塑料薄膜。薄膜下，躺着一个被打晕的值班员，嘴上贴着胶带，手脚也被捆上了。车厢里弥漫着一股氯仿的气味。幸田在那个人的旁边躺下，盖上塑料薄膜。

车发动了。须臾，听到卷帘门嘎嗒响。车再度发动。除了两次停车等信号灯，车速都很快。过了御堂路，来到横堀，再向北直行一公里半便是土佐堀，只剩七八分钟的车程了。

19：28——

幸田隔着薄膜看着手表的荧光盘。车速慢了下来，右拐了三次。这附近都是单行路，进了土佐堀地区之后，需要绕一圈才能到住田总部。

听到了刹车的动静。

车停下了。幸田隐约听到有人说话，那是地下停车场的看门人。

只听爷爷说道："偏偏这个时候出故障？你们已经是今晚的第三家了。"

再然后，他就听到了道闸抬起的动静。车开动了，一个大下坡，车厢里的幸田微微一滑。

19：29——

停车场很空旷。北川放慢车速寻找停车位，顺便大致数了一下有几辆车。共五辆车，北川看到了户田次长的皇冠和野田停在那儿的卡罗拉。北川把车停在了卡罗拉的旁边。因为这里的通道呈"コ"字形，所以从保安室看不到这里，但上面有摄像头监视。

北川和爷爷下了车。北川打开车厢，从里面取出工具箱、机油桶、抹布、小型吸尘器、装有若干个"维修中"警示牌的手提箱，用手轻轻戳了戳鼓起来的塑料薄膜。

"幸田。有摄像头。我不给你暗号，你就别动啊。"

说完，北川轻轻关上了车门，却未关严。爷爷提着一个手提箱，朝保安室走去。

19：30——

保安松田说道："哎呀，这不是岸口爷爷嘛！"

坐在保安室里监控画面前的男人也把转椅一转，向这边望来，继而说道："哎，爷爷，听说你不干了呢。"

"我现在值夜班，全当打个零工。还请你多多关照。"爷爷用下巴示意北川，"你到上面的机械室去。"

256

北川抱着工具箱和机油桶上了第二部电梯。第一部电梯的门犹自开着六十厘米，上面贴着张写有"故障"两字的纸。字是手写的。爷爷从保安员那里接过一把电梯里电表盘的钥匙，朝第一部电梯走去，看了看敞开门的电梯，把电梯里的电表盘卸了下来。

一打开，就看到了六十厘米长的配电盘。电表盘后面的细线，连着各楼层的呼叫按钮。平时，第一部电梯不到B3层，所以电表盘里没有B3的呼叫按钮。在里面的电表箱里，B3层的接线处用绝缘胶带封死了。爷爷用了不到五秒钟就把这根线拉了出来。

爷爷把电表盘扣好，回到保安室。

"门上的开关装置并没有坏，可能是电梯的控制盘出了问题。我上机械室去看看。电梯可能还得一会儿才能动，修好我会给你们电话的。麻烦你们把这牌挂上。"

爷爷从手提箱中拿出四张写着"维修中"的牌子，放在了窗口上。然后拎着手提箱，上了第二部电梯。

19∶38——

北川在各个楼层的电梯口转了一圈，确认过道里没有人之后坐第二部电梯下到地下二层。北川看到松田坐在保安室窗前，便问道："中央机械室在哪儿？"松田用手一指，说道："右边，里面。"另一名保安长岛一直在看报纸，头都没抬一下。北川低头道谢，上了保安室旁边的走道。他没有去机械室，而是站到了保安室的门旁。

257

在这条通道上，保安室、卫生间、中央保安室和机械室的四扇门排成一条直线。

北川手里握着一把扳手。

19：40——

保安室的电话响了。北川在门外面听到松田接起了电话。"啊……都要停啊。四部都停？嗯，好吧。六楼海外部的不停？牌子？好，知道了。现在就去挂。"

屋里传来搬动椅子的声音。

门开了。北川屏息。

松田手拿塑料牌子走出。门关上，松田转身向电梯走去。黑暗中，贴墙站立的北川动了动。松田回头张望。北川从男人手里抢过牌子，抢起扳手向男人肚子挥去。男人扑地，北川抱住男人，朝着他的后背又抡了一扳手。

北川把男人拖进隔壁的卫生间，立刻从口袋里拿出一方泡过氯仿的手帕蒙到男人嘴上，继而用胶带缠好他的手脚，把他扔进大便用的马桶间里。

19：43——

保安室的电话又响了，响了三遍之后，长岛才去接听。

"怎么了，爷爷？"长岛问道，"牌子？刚才松田去挂了，你等一下。"

须臾，长岛从窗口往电梯口方向张望，嘀咕道："奇怪，我去看看吧。"说完便挂了电话。

门开了，长岛露出头来，看到了门后站着的北川。长岛刚想大呼，北川的扳手就打向了他的头。长岛倒下，北川挥扳手朝他的心口又砸了一下，把他也拖到了卫生间。

19：45——

保安室里没人守着那四台监视停车场的监控器了。北川调匀呼吸，返回了电梯口。他用眼角瞄着保安室里面小屋里的保安，把"维修中"的牌子挂到了四部电梯的门上。

19：46——

突然，保安室的电话响了。北川在电梯里听到了保安接起电话的动静。

"这里没异常。电梯？来人修了。幸好不是白天营业……"

北川听到保安在通话，便沿着"コ"字形的停车场转到他的车前，打开货厢的门，卷起薄膜。

北川低低说了句"一切按计划进行"便抓着幸田的左手把他拉起。幸田的手很热。幸田从货厢里出来，蹲在车后面，拿出注射器。北川默默看着他，脱下长筒靴，换上橡胶底的运动鞋，对幸田附耳说了句"我先走"便走向了保安室。

19：48——

幸田站了起来。北川站在了保安室里。里侧屋内，一个男人撑着胳膊坐在监控器前，背对他们。北川闪身躲到门后。幸田从车后走出，左肩背着旅行袋，羽绒服口袋里藏着匕首。

19：49——

幸田站在保安室前面，叫道"大哥！"

转椅转了过来。

"干什么的，你……"

幸田答道："送外卖的。"

"外卖？你这家伙，怎么进来的……"

幸田没说话，只是笑了笑。男人登时愣住，接着用脚踢开转椅冲来。北川从门后跳出，拿着一把扳手。

19：50——

男人昏倒在北川脚下，北川跨过去，拿起保安室的电话，打给顶层机房的爷爷。

"八点，你坐第二部电梯下来。按计划行动。"

他说完就挂了电话，开始用胶带绑好保安。幸田从旁边过去，走进中央保安室。

中央保安室里，有些地方没有现身于野田偷来的照片。一百多串钥匙按照楼层、房间号码整齐挂在墙上。幸田先取下了写着"B3"的钥匙串。

共五把钥匙，分别写了号码。估计是走廊的安全通道、防火门或分线盒的钥匙。

写着"电梯"的地方，没挂钥匙。

幸田看了看保安用的桌子，有个文件夹上写着"值班表"字样。幸田翻看了十六号那天的记录，下午两点到十点写着"山田、关"——"关"的名字用斜线一抹。

幸田让北川看看那家伙的胸卡。男人被北川捆住了。北川翻过他的胸卡，看到"山田"二字。很奇怪，这晚上好像只有山田一人值班。一楼门卫的地方，包括外面巡视的，写着两个人名。就是说，这大厦的夜间保安只剩下这两人了。或许他们会到地下来。

幸田又看了看九个监控画面。他只能看明白爷爷说过的"七楼董事办公室的前面"和"东面大门附近的办理柜台业务的进出口"……其余画面显示的是哪里，幸田不知道。

幸田仔细看了董事办公室前方的画面，画面一隅有个电梯口。他登时暗呼不妙，忙用刀尖挖去画面下面的按钮，拽断按钮后面的接线，又用刀子把按钮乱戳一顿。

19：56——

幸田再次跑进停车场。北川把绑好的保安拖到走道上。这次没拖进卫生间，而是放在了离中央机械室一米远的门外。

幸田跑到野田的卡罗拉前面，用万能钥匙发动了车，把车开上通道，开到保安室的前面，又往里倒了倒车，拉上手刹。卡罗拉的车屁股就停在两部相对的电梯口之间的通道中央。货厢在第一部电梯的前面，车头对着保安室和机械室门前的路。这时，北川刚把保安拖到这条通道上，抽根烟休息。

北川做了个"OK"手势。幸田下了车，打开货厢，从车底摸出五根接完线的雷管、十个炸弹和定时装置。

五米外的北川朝幸田挥了挥手，伸出一根食指，示意幸田还有一分钟。幸田看着手表，屏息凝望秒针转动。

20：00——

两人感到一阵轻微的摇动。

爆炸声犹如远方的雷鸣，地面的晃动和地鸣随之而来。

停车场的灯登时灭了，紧跟着却又亮了，意味着中央机械室的蓄电池开始工作。

成功了！爆炸了！

北川挥舞着拳头，跳了起来。

20：01——

机械室的门开了。不知奔来的值班员最先看到的是躺在他脚下的保安的制服，还是停在电梯口的白车，抑或是穿着牛仔、戴着滑雪帽的男人？值班员尚未搞清状况，就被从门口出现的北川踢倒，接着背上又被扳手击中，昏了过去。

幸田身后"哐当"一响，第二部电梯下来了。

自动门开了。

20：02——

北川把值班员拖进第二部电梯，用胶带缠住他的手脚，又从卫生间把刚才那两名保安也拖到电梯里，躺在通道上的保安同样被北川扔进电梯。幸田抱着雷管、炸弹和定时装置跑向机械室。

第二部电梯的门关上了。爷爷把这部电梯停在两层楼之间。这样一来，里面的人就算打开电梯门也出不来了。

20∶05——

地上传来警笛声，还有消防车的警报声。北川迅速从卡罗拉的后备厢卸下手推车和旅行箱，把它们丢进第一部电梯。

20∶06——

突然，空无一人的保安室里，电话响了。北川的手瞬间停下了。怎么办……

电话铃一直在响。是一楼值班室打来的吧。第一部电梯里已经装进了两部手推车、十个旅行箱。卡罗拉的车厢里还有些东西没拿下来，再运一次就可以了。

北川暂停卸货，退回卡罗拉车上，发动了车，在狭窄的通道上不断打方向盘倒车，一直倒到保安室门前，再次开进停车场。车头朝着最近的停车位停下，下了车，返回电梯口。

一分钟后，电话终于不再响了。一会儿就会有人从一楼值班室下来看看吧。大喘了几口气后，北川把一把长柄的螺丝刀伸进第一部电梯门的缝隙中，试图把野田投进去的金属零件够出来。

20∶09——

保安室附近的楼梯口似乎有人走来。有人从一楼的值班室下来了。北川辨明足音只有一人，便继续缓缓转动螺丝刀。

足音骤然停住，北川听到有人喊松田和长岛的名字。足音再响，旋又停下。那个人来到了保安室的门前。

北川守着第一部电梯转动螺丝刀，悄悄往保安室门口看去。

来者穿着保安的蓝制服，并无异常。

北川主动说道："您找保安？刚才好像都出去了。"

"哎？难道去看中之岛的热闹了？这帮浑蛋，真是的……"

"中之岛出事了？"

"河对面的中之岛三丁目一带失火了。火势挺大，大家都贴着窗户向河对岸张望呢。我得让个人下来看着点。保安室里没人哪行啊，这不是让小偷看笑话嘛，真是的！"

那个保安员说罢，就转身上了楼。

我不会嘲笑你们的哦。

北川窃笑着，松了口气。

——等等，他说要让人下来？

北川看了看手表，户田次长估计就该下来了。万一跟他迎面撞上，该如何是好……

20：12——

北川又看了眼手表。户田次长和夫人说好八点半在北新地的酒家见面。要是户田打算赴约，最迟三分钟后就该去停车场了。倘若他想看会儿中之岛的热闹，就会再晚些。

如果北川一开始就知道今天只有他和幸田两人干活儿，就不会把户田计算在内了。妈的，如果户田和保安一起下来的话，怎么办呢？要不然别管户田了……

不行，一旦事情进展得不顺利，户田就是他们逃跑时的盾牌。

该死，到底该怎么办啊！

北川头脑发热，思绪混乱，计划好的行动方案乱成一片，不知道该先做什么后做什么。浑蛋，老子的脑子又不是电脑，哪能同时想这么多事。小桃没了，人手本就不够，我现在干的这些活儿根本就是小桃承担的那部分啊！我现在本该穿着笔直的西装迎接户田的到来，突然让我去当电梯维修人员，裤子、衬衫的大小都不合适……

突然，北川觉得螺丝刀的尖端碰到了那个金属零件，急忙把螺丝刀往上一挑，从控制杆上移开那个零件，使它滑落到下面。滑落到电梯门轨道的金属零件"咣当"巨响之后，半开着的门轻轻开了。

20：13——

好，赌一把吧！北川先跑到机械室。打开门，看到幸田正趴在地上扯母线。

"幸田！一名保安就要下来，交给你了！我盯着户田！"

北川说完，跑向保安室斜对面的楼梯口。他决定坚守到八点二十分。户田若再不下来，他就放弃户田不管了。

20：14——

还有一名保安会下来？妈的……

幸田趴在机械室的地上，喘了口气。机械室远远比他想的要大，所以他进来后不免有些抓狂。计划全打乱了，幸田望着眼前的锅炉、冷水管、热水管、热交换器、各种给水泵、排水泵……

真想不到机械室里会有这一大堆碍事的东西。小桃和野田都给他讲过对策，所以幸田知道该怎么做，奈何他只带了五十米长的母线，搞不好会不够用。

总之，幸田先选好必须炸毁的几处地方，安排好五根雷管。一根雷管放在了并排着好几块四角钢板的超大蓄电池上。一根放在了涡轮发电机和柴油罐上。两个系统共十二台的环网供电的变电器上放了两根。最后一根则放在主控制盘上。幸田目测它们之间的距离，觉得母线的长度刚好。最后，他放上了定时装置。现在只需要连接上炸弹就行了。

保安要下来？幸田丢下手中没干完的活儿，匆忙跑出机械室，定定神摸出匕首，把耳朵贴到了中央保安室的门上。

20：16——

北川藏在楼梯口旁边的黑暗处，戴上了面罩。这种装扮，很适合恐吓人。停车场里悄无声息。地面上的骚乱像是细小的波浪，时远时近地传来。警车和消防车的警笛声中，还夹杂着直升机的轰鸣声。这一片混乱的嘈杂声，让北川的心不由得揪了起来。

20：17——

楼梯上传来脚步声，是一个人。脚步声很有节奏，听来犹如跳着踢踏舞。北川听着那轻盈的足音渐近，暗想来者估计不是胖猪户田。北川变个姿势，往上一看，便看到了保安的蓝色裤子，登时闪进暗中。

北川听着保安走过保安室的门前,走向保安室对面的通道。他侧耳倾听,却没听到开门的动静。看来,幸田得手了。幸田这等老手,对付一名保安自然手到擒来。

20:18——

北川躲在楼梯边盯着手表,仿佛从表盘上看到了户田的脸,一时思绪万千。

笨猪!真没想到他竟然连和老婆、情人的约会都不当回事。脑子如此聪明,嘴巴如此会说,背后自然会有点如意算盘。早知道你是这种男人,老子就不会四个月一直追着你了。

要是户田两秒钟后还不出现,北川就不管他了。北川只能这样。他们不用户田帮忙,照样足以打开金库。

拿到金砖,老子就撤!你等着瞧吧!

20:19——

脚下一阵“轰隆隆”的强震,犹如天翻地覆。接着,又是一阵“轰”的爆炸之响,无疑是地下管道炸了。北川一惊,看了一眼手表。八点十九分,比预定的时间早了一分钟……

野田这个浑蛋!搞什么鬼?冒冒失失的!

北川狂奔。一秒钟都不能犹豫。顾不上户田了。现在,整个住田大楼的通信线路估计都被切断了,网络也被中断了。

机械室的蓄电池和发电机还在,供电和中心电脑还在运转,电话虽然不通了,但住田的人肯定不会坐视不管。

整个住田大厦的人都会被惊动。

或许，井盖已经被炸开，警察也进来了吧，消防车应该也赶到了吧。妈的！

北川跑到卡罗拉车上，把剩下的绳子、工具箱、爆破器、装着雷管和铜线的箱子都抱在怀里。跑到电梯口时，他看到一名保安躺在机械室门前的通道上。北川把东西放到第一部电梯里，返回来把这名保安也拖进电梯，然后又跑向了机械室。

幸田果然还在里面。

"幸田！快点！"

幸田正忙着把一根炸弹和已经插进雷管的另一根炸弹连在一起，并用胶带把这两根炸弹固定在一起。

"这个我来做，你去连母线。"

北川拽着母线，在放置炸弹的五个地方之间来回奔跑，用胶带把炸弹绑在一起。

幸田把母线连在定时装置上，问道："还有几分钟？一分钟？两分钟？"

"一分钟。"北川答道。幸田设置好定时装置的时间，北川拉着幸田的手，把他拽了起来，"快，走吧！"

北川和幸田跑进第一部电梯，关上门。电梯里塞满了手推车、旅行箱等东西，又有被放倒的保安，自然难以下脚。北川卸下开关盒，用夹子把爷爷拉出来的两根 B3 软线夹起。只听"咣"一下轻晃之后，电梯开始下降。

三秒钟后，电梯停了。门开了。"别动。"北川一把拉住正要冲出去的幸田。这就出去的话，会碰到外面的红外线探测仪。网络固然断了，电脑却运转着，无疑会留下记录。

他们要等到机械室被炸掉，所有电源都断了，才能出去。

再坚持十秒钟就好。现在，还剩下八秒钟。

20：25——

电梯一晃，仿佛上方有东西炸开，动静很大。水泥墙吱嘎地响，面前通道上的灯一下子全灭了，唯有电梯里的灯持续亮着，表明顶层机房的蓄电池开始工作。

现在，除了电梯系统，整个住田大厦的灯都灭了。电脑也不运转了。警报器和探测器的蓄电池虽然还在，警备公司的网络却跟着断了。

"走！"

两人各自拿着一把手电筒，把行李和保安留在电梯里，走出电梯。外面一片漆黑，红色的警报灯一闪一闪。他们敲坏了警报灯，这才继续前行。十米长的这段路上，有四扇普通钢板做成的大门，用的都是很普通的圆筒锁，其中两扇门旁有警报器。北川和幸田相信这两扇门就是通往金库的大门。

两人走到通道的尽头，看到一个楼梯。沿着楼梯上去，是一扇非常坚固的铁门，估计是防火门。这里似乎和地下二层的停车场相通。门上挂着锁。北川刚才把钥匙串藏起来了，所以这扇门短时间内不会被人打开。

20：26——

两人再次回到通道，在带有报警装置的两扇门前停下。

北川嘿嘿一笑，低语道："哪一个才是呢？赌一把吧。"

"我赌这边。赌一亿日元。"

幸田说完，把别针插进兼作把手的锁里。锁芯有十厘米长，不算短。弹簧"嘣"一下弹开了。幸田转动把手。警报器"吱吱"响了。北川立刻用锤子将之敲坏。

门开了，幸田用手电筒照了照里面。前方两米有一扇门，门上有一把圆筒锁和一把密码锁。幸田上前一敲，听到了很厚重的铅质声音。

该用塞姆汀塑胶炸药了。

20：28——

幸田从旅行袋里取出一块塞姆汀塑胶炸药，用木刀削下一小块。别忘了，包子大小的一块，就有五十克重。幸田把它贴到锁上，插入雷管以后，又按压了一下，尽量使之铺开。这简直像是做泥陶活儿。幸田在雷管一百二十厘米的接线上加上两根十米长的母线，用绝缘胶带缠好。

北川把电梯里的手推车和旅行箱搬到楼梯口，继而把保安绑好搬了出来。幸田拉着母线来到通道上。十米长的母线拉得直直的，刚好拉到楼梯口。母线的两端连到爆破器上。这是小桃亲手制作的爆破器，带有高精度的开关，但电源只是三节 1.5 伏特的单三碱性电池。

两个人俯身蹲下。幸田按动了开关。

20：31——

幸田忘了捂住耳朵。

响声好像震破了鼓膜。通道的门被炸开了，一直弹到电梯门上。怎么回事？炸药的量太大了？

两人跑到门前。黑暗中飘浮着铅发热产生的臭味。他们用手电筒一照，只见四十厘米宽的门的四边完全瘪了进去，中间炸开了一个洞，洞口边缘的厚度有十厘米。幸田用手一摸，烫手。他伸脚一踹，门动了。

20：32——

进去一米之后，又是一扇门。这扇门上有两把密码锁，相隔一米远，中间还有把插卡的电子锁。门上没有缝隙，看不到钥匙孔，但它们应该并排在三把锁旁边的一条直线上。

幸田削了三块比包子略小的塞姆汀塑胶炸药，把它们竖着贴在锁的位置，把雷管插到中间那块炸药上，连上新的母线。

20：34——

这一次，幸田用双手捂上了耳朵，躲在刚才被炸破的铁门后面，趴在地上用胳膊肘触动了开关。

爆破准确无误。幸田默默狂呼着小桃的伟大，和北川同时一跃前冲。门像烧焦的铁皮一样瘪了进去，从合叶处耷拉下来。用手电筒一照，只见里面有钢质的架子，还有几个并排着的硬铝箱子。再往里照一下，就看到了一个大概三米宽的正方形房间。

就是那儿，那个房间是个一人高的金库。门上用的是一把密码锁和一把圆筒锁，都是非常普通的锁具。

北川跑去拿燃烧器。

20：35——

北川戴上防护眼罩，用燃烧器烧掉锁。北川开锁之际，幸田破坏了架子上的两个硬铝箱的锁。箱子里装的全是黄金证券。如此看来，金库里装的恐怕正是金砖。

20：36——

锁几乎被烧透了。北川开始用钩子撬锁，用尽全身的力气拧钩子。

"动了吗？"

"动了。"

幸田听到了金属脱落的动静。门开了。幸田低语道："去拿一亿日元喽。"

这就是金砖啊！

幸田和北川都是第一次见到金砖。他们不曾踏进珠宝店和黄金店，不曾从事黄金交易，更别说接触黄金的期货交易。此时此刻，这两人几乎没有感慨，没有冲动，只是呆呆望着眼前的东西，觉得它们真是很美。

的确太美了……

它的光辉足以照亮这里的黑暗。正因这颜色是独一无二、无以媲美的黄金之色，所以才会获得"金黄色"这名字吧。

这颜色浓密、厚重，像是聚集了无数被折射出来的细小光芒。

这光芒一克就值一千九百日元。这里的光芒值百亿日元!

眼前的金砖都是一公斤重,长十厘米,宽五厘米,厚度接近一厘米。金砖都是带些弧形的圆角,表面不太光滑,有着轻微的磨损,凹凸不平,仿佛曾被万人爱抚。

金库里的金砖横十列、竖五列,共堆放一百二十层,总计六千块,六吨重,价值一百一十四亿日元。

幸田随手从最上面那层拿下几块金砖,发现上面都刻有记号、成色标记、序号和重量表示。记号不止一种,而是好几种混在一起。那上面有"TANAKA TOKYO"、"TOKURIKI HONTEN"这样的记号,还有"SUMIDA TOKYO"这样的。这似乎是住田金属矿业的标记——外国的记号大都是 ARGOR 或 ENGELHERD。记号下面的重量表示全是"1 KILO",成色都是"999.9"——四个"9"。金砖序号则是一两个英文字母接着五六位数。

纵然背负着如此多的刻印,金砖依旧光芒耀眼。幸田他们就是为了看到这光芒,才走到今天这一步的。虽然这里的金砖库存量不大,却足以让幸田觉得这是世界上最亮的光。一种莫名的感慨油然而生,让幸田热血沸腾。

北川问道:"要拿多少来着?"

北川的话音有些颤抖。

"五百块。"

"拿五百零一块吧。我、你、野田,咱们三人平分,一人一百六十七块。"

"好,那就五百零一块。"

北川跑向通道的楼梯口，去拿旅行箱。

十个旅行箱，每个都要装上五十块金砖，这工作无疑费时费力。两人按照各自喜欢的节奏，一手抓两块金砖往箱子里放。当然，幸田只能使用左手。箱子渐被填满，装完五十块之后，他们拉上拉链。金库内很静，天花板用的是厚厚的铅和水泥材质，恐怕他们就是因此才听不到楼上的动静。发电机的柴油罐和变压器的油冷却装置都被炸了，地下二层此刻当是一片火海。中之岛在燃烧，地下管道估计也是烈火熊熊。四下都是火，大家忙着救火，不会想到地下三层的金库里竟有小偷。

"喂，幸田，你还记得附属网球部的那个小竹吗？他昨天给我打了个电话，说是现在住在酒店。因为孩子得了腮腺炎，他被传染上了。"

"你说那个小白脸小竹得了腮腺炎？"

"他媳妇曾听别人说，如果男人长大成人才得腮腺炎，就不会再有精子。小竹的媳妇想查查以前的母子健康记录，所以去了他父母家。这不是开玩笑的，去年我就被祐一传染，得了腮腺炎。"

"北川浩二阳痿了，活着还有什么意思啊？"

"呸，你这家伙得了一百回腮腺炎吧！"

"哈哈，这倒没准。"

"哎，幸田，你是什么时候开始和小桃搞到一起的？"

"最近。"

"我本来觉得，不喜欢跟人交往的你，这辈子都不会和任何人出现任何关系。人真是会变……"

北川突然停手不搬了。幸田伏在装了一半的箱子上，低下的头微微晃动。北川伸手碰了他一下，幸田像受到惊吓般猛然抬头，笑道："被黄金照的……这东西对眼睛不好。"

"废话，这只是个开始！下次的目标是钻石，再下次是罗浮宫的毕加索，然后是航天飞机。这就说辛苦，哪行啊！"北川推开幸田，说道，"你歇歇，剩下的我来。"

北川加快了装金砖的速度，不再说话，而是吹起口哨。

浑蛋！幸田的样子真怪。怎么回事。我和他都有十年交情了。十年啊……

北川吹着轻快的 *Long Tall Sally*——十年的生涯掠过脑海，当先浮现的却是"青竹"暴动，这让北川深感奇怪。

十年前，大学二年级的春天，北川为了筹集轻音乐同好会的乐队资金，干过废品中介的活儿。因为升学、毕业、搬家等缘故丢弃的东西，大到家具和电器，小到碟子，他们都收，再加 5% 的利润往外卖，而且附赠乐队的公演门票。北川他们的口号是：除了现金和贵重金属，别的全有！

他们租了间公寓当仓库，又购置了一台搬运东西用的轻型货车。扣除房租和养车的费用，尚有相当赢利。

一天，一个男孩拿着二十根青竹来到北川这里。他的笔记本上写着——社会学系一年级，幸田弘之。

幸田自称在一家园艺公司打工，公司倒闭了，没钱支付他的薪水，就给了他二十根青竹。

北川他们用两千日元买下了这二十根青竹，以每根一百五十日元的价格零售了出去。

几天后，一位自称自治会人士的男人来到北川这里，让北川准备五十根同样的竹竿。北川说他们这里不是废品站，没接受男人的要求，却半开玩笑地把幸田的名字和住址告诉了这个男人。

两天后，北川那个轻音乐同好会活动室的门前，五十根青竹堆成了小山。竹子上贴着张纸——

刀子送给神经病，青竹送给暴力者。

这是幸田干的好事。北川随随便便把幸田的名字告诉别人，让幸田非常恼火。话说回来，北川确实觉得幸田这个人很有胆识。北川想当面向幸田致歉，结果之后的两天幸田都没来上课。北川只好去他的宿舍，却见幸田浑身是伤，独自躺在十坪大的房间里。幸田对此事守口如瓶，但这很明显是自治会那帮人干的。从幸田宿舍回来后，北川不顾同伴反对，冒着和自治会冲突的危险，把整理好的五十根青竹扔到了自治会总部门前。

就这样，幸田和激进组织的关系变紧张了，但也没发展到更严重的局面，这多亏了幸田特立独行的处事方式。

幸田一日元都没捐过，更没参加过任何游行和集会。只是帮组织弄些东西，赚点跑腿钱。北川帮幸田筹措这些东西，两人平分报酬。

刚开始，激进组织只是要一万根五寸长钉、建筑工地脚手架的铁管、工业用酒精的铁桶之类东西，幸田有求必应，双方合作得很顺利。日子长了，这些组织的上级也向幸田他们订货，订的东西也更危险。这就要求幸田有更加娴熟的偷盗技巧。幸田来者不拒，一一接了下来。不知不觉，他开锁破门的技术日益高明。那时，他偷的主要是制造炸弹、黑色火药、导火线或炸药不可或缺的硝基化合物。

临近毕业之际，当得知他们偷来的材料是用来制造火箭炮时，北川收手不干了。直到这时，北川才明白自己只是想搞些破坏，而不想实际接触这些事情，故唯有悬崖勒马。

北川就此退出，结束了三年来和幸田的来往。

毕业后，北川来到大阪工作，幸田则继续从事那种交易。他直到四年前才听别人说幸田结束了和青铜社的关系。

北川经常想到幸田，次次都思索幸田为何会去偷东西。

幸田是不是真觉得犯罪的彼岸会有"没有人类的土地"？

幸田每次犯罪都犹如扒掉自己的一层皮，就这样不断探寻真实自我。这个男人对任何人都不会温柔，对自身尤其如此。

幸田让北川看到了人的另一种生存方式，也让北川醒悟人生该有别的路走。

开始构思袭击金库的大计时，北川就想把这做成一件前所未有之事，以实现"一生有意义"的梦想。所以他才会把幸田从东京叫来大阪，观察大半年，直到夏天才说出全盘计划，不料后来又出了很多事。北川不知道现在的幸田有何感想。

算了，再装十块，整个世界就不一样了。几分钟后，他们就该抱着黄金飞翔在马路上了！还剩七块！六块！五块！

20：42——

北川把最后一块金砖装进包里。

胳膊都累酸了，但北川没有停下。幸田也站了起来。两人都喝了一口伏特加。

他们随手把酒瓶放在金库里残存的金砖上面，同时笑道："这真是世界上最幸福的伏特加啊。"

两人把十个箱子挨个搬到通道上，用绳子把五个箱子绑成一组，用推车推进电梯。这时距离他们来到地下三层有二十分钟了。若从他们抵达地下停车场计算，则是七十六分钟。

20：45——

电梯门关上了。

按下七楼的按钮，电梯缓慢升起。经过地下二层时，他们闻到了柴油燃烧的轻微臭味。电梯渐渐往上，他们隐约听到了电梯外走道里混乱的嘈杂。

没有了小桃，仍决定实施计划的那一刻，北川就彻底放弃了地下停车场的卡罗拉。金砖要从楼顶运出。现在，停在高架桥下的卡车是北川他们唯一的退路。此刻，他们没有恐惧和害怕。都走到这一步了，只能勇往直前。

俗话说："事情到了最后的最后，更要留神谨慎。"北川他们用亲身经历证明了这句话根本是一派胡言。做事情只有乘胜出击才会收获成功，当然机器人要另说。总之，若说最后的临门一脚需要留神谨慎，倒不如说需要极大的胆量和魄力。

20：46——

七楼。电梯门打开，外面漆黑一片。

地面上的警报和人的怒吼倏然钻进耳朵，回荡黑暗之中。走道里没有人，只有警报器的红色灯光。

北川在东西向的走道上奔跑着，确认路两头门的位置。会议室和董事办公室所在的七楼，是个比大厦主体小一圈的正方形结构，四周都是天台。电梯机房在七楼上面，是个更小一圈的箱子形状的房间。这里就像是个三层结构的装饰蛋糕。

北川打开了西头的门，夜晚的寒气、烟雾和热风吹进。

他不禁喊道："幸田，你看，烧起来了！天都被染红了！"

幸田推着装满箱子和绳子的推车来到屋顶。门和屋顶之间有个台阶，所以要把推车上的东西先卸下来，才能进去。北川转眼间就把东西都卸了下来。

从屋顶能看到北面的土佐堀川和南面的北滨四丁目。对岸的中之岛三丁目上空全是黑烟和火焰，强风一吹，直飘向西。直升机盘旋在烟雾之中。漆黑的土佐堀川被火光映照，河面成了金黄色。大部分高楼大厦都有灯光，只有山脚下的街区停了电，一片漆黑。

虽然看不到北滨四丁目一带的情况，但从那儿升起的烟雾一直飘到住田大厦屋顶，连阪神高速的高架桥都被烟雾笼罩。幸田沿着屋顶跑了一圈，看到十辆化学消防车停靠在土佐堀沿岸和北滨四丁目沿街。阪神高速的对面也有几辆。十几辆警车连成一排，停在土佐堀沿岸和横堀路上。几十名警察拦在路上，土佐堀沿岸的道路都禁止通行。车辆堵在肥后桥和淀屋桥的街角，大灯闪烁，一塌糊涂。

20：50——

幸田再次站到面对高架桥的西面屋顶。屋檐是高七十厘米的水泥墙。他探出身子，看到下方停着一辆有着"北野组"字样的卡车。驾驶室没有光亮，不知野田是否坐在车里。

卡车周围停着五辆警车。通往土佐堀的街角，五名警察看守着路障。北滨四丁目的街角也有几名警察。高架桥沿线的南北三十米是真空地带。大部分警察都忙着河对面中之岛的火灾救援……

一个人都没有，同样看不到野田。

野田去哪儿了？

20：51——

"你看，在那儿。"

北野组卡车的车身下方探出一个脑袋。幸田从屋顶发出"藏起来"的暗号，野田的脑袋立刻回到车底。

擦玻璃用的吊车去哪儿了？

屋顶四周有吊车的轨道，是用来吊擦玻璃用的吊篮。东西南北四个角上，为了能让吊篮回旋开，轨道弯曲成了圆形。幸田用手电筒照了照，看到轨道都生锈了。吊车在西南角上，长两米，是折叠式的。前面的滑轮没有绳子，由此可见，住田大楼没有定期擦玻璃，而且这座大楼一楼、二楼的窗户还用纸糊住了缝，更说明这不是一座现代化建筑。即便是擦玻璃，一年大概也就几次，所以很少使用吊车。而且，因为停电，吊车的马达也不能运转了。

然而，幸田他俩还是决定试试能否将吊车滑到卡车的位置。就算无法让吊车运转，只要把手里的绳子缠到滑轮上，它也不是不能用。

　　两人取下固定车轮的压板，用力拉动吊车，直到滑轮滑到卡车的正上方。

　　北川推着手推车，把东西运到了那里。幸田准备好绳子。北川把两组共十个箱子从推车上搬下来，排在水泥墙上。

　　这期间，地下管道附近又爆炸了，脚下"嗡"地一震。那是火势蔓延到了地下的管道里面。"又有一处烧起来了"的叫喊此起彼伏，警笛大作。

　　"计划改变了。"北川说道，"好吧，幸田，我留在这儿做剩下的工作。你不再是'人猿泰山'了，你使不上力气了！所以，你先从楼梯逃出去。明白？"

　　幸田不答，开始放绳子。

　　北川夺过他手里的绳子，重复道："快点下去。"

　　"去下面捡东西的更难，"幸田冷冷说道，"不换制服就出不去，但哪有时间换衣服？你快点走，到下面等着捡包裹。"

　　幸田边说边转头看向身后的机房的墙。北川随着幸田的目光望去，登时理解了他的意思。

　　"爷爷还在那里呢。"幸田说道，"刚才你也看到了，对吧？这大楼四周没垂着半根逃难用的绳子，说明爷爷没有脱身。我有话要跟他说……"

　　北川理解幸田此刻的心情。幸田的目光坚定、没有迟疑。现在必须作出决定。

"好，知道了。我先下去，到了下面给你信号。就算看不到我的信号，你也先把东西放下去。"

幸田答道："行，交给我吧。"

两人轻轻握了一下手。北川再次返回楼里，跑下楼梯。

20：55——

绳子的长度有五十米。幸田把一头打了个结，穿过排在水泥墙上的箱子把手，缠在吊车的滑轮上。绳子彼端缠绕在吊车的吊篮上。幸田反复缠绕，直到绳子拉紧，然后把绳子稍微放松，以便绳子顺畅滑动。

而后，他把另一根绳子紧紧缠在吊车的铁柱上。这绳子是幸田用来逃生的。幸田的右臂在半小时以前就没了知觉。虽然右手也可以拿绳子，却使不上劲，所以没法用平常的方法系绳子，只好将长绳一端在吊车上缠好几道，以反复缠绕来实现加固。幸田试着单手抓绳，确认不会从绳子上掉下来之后，自我安慰地说了句："这样就行。"

20：58——

北川一口气跑下七层楼的楼梯，来到一楼的中央大厅。十几个住田的员工和穿着制服的警察来回穿梭，一名像是职员的男人看到了北川。

北川喊道："电话能用吗？"

"全断线了！"不知是谁嚷嚷着答道。就这样，穿着电梯服务人员制服的北川穿过了混乱的人群，跑出东大门。

20：59——

幸田拿下旅行袋，从里面拿出一把伯莱塔手枪。他打开手枪的保险，子弹上膛，用左手握着，跑回大楼。

电梯旁边有个楼梯通往机房。来到门口就听到了马达的"嗡嗡"声。门没上锁。打开门，屋内没开灯，有些黑暗，隐约可见一扇窗户，幸田感觉好像在哪儿见过这扇窗。窗外燃烧的红光透过窗帘照进屋里——有四台庞大的曳引机，墙边竖立着几台控制盘和变电器，一条短绳从天花板的横梁轨道上垂了下来。

就在这条短绳上，就在曳引机正上方，挂着一个人。那人黑色的脊背和四肢被绳子拽得直直的，显得无比细长。

幸田良久注视着对方一动不动的脊背。

是岸口。一直到最后，你还在撒谎啊。你就是那个神甫。教堂被烧之后，你替放火的儿子服了刑，对不对？出狱后，你去电梯公司谋了份工作，而且当了公安的眼线，对不对？

还说神甫是什么"了不起"的男人、"气质优雅"的男人？

幸田把手枪放在地上，关上门，下了楼梯。

21：01——

幸田返回天台，从西面的墙边探身俯视。高架桥附近三十米内依然是真空地带，没有人。北边有路障，但没看到警察。南面北滨四丁目停着一辆接一辆的消防车。从地下停车场所在的西南角，隐约可见疾步行走的北川的身影。

21：02——

北川走到卡车旁。野田从车底爬出，打开驾驶室的门。北川挨着车身站着，一只手伸到头顶，挥了两次。

幸田把并排在水泥墙边的一个箱子推了下去。

拉在一起的其余九个箱子瞬间跟着滑了下去。吊车的滑轮只是"嘎嗒嘎嗒"响了一下。绳索发出"窸窸窣窣"的滑动声，突然，绳子松动了。地面上"咕咚"几响，除此再无别的动静。

幸田拽下连在吊车上的剩余绳子，把它扔到地面上。他再次从墙边俯视，只见北川和野田正拼命捡箱子。他俩动作很快，箱子上的绳子都没解开就被一股脑捡了起来。十个箱子几乎全都准确地落在车旁，而且全无损伤。这里距离土佐堀一侧的路障只有十米远，隐约可见警察的身影。他们都望着中之岛的方向，没人察觉幸田他们。

21：03——

幸田把缠在吊车上的另一根绳子的一端垂到地面，脚蹬着水泥墙，背朝下，脸对墙壁，弓着腰。他向左能看到中之岛燃烧的上空，向右则能看到消防车和警车一闪一闪的红色警灯。幸田脸朝东方，大火的烟雾和夜晚的空气迎面扑来。

幸田突然觉得自己是"自由"的。虽然曾有像这样从大楼屋顶逃跑的经历，但这是他第一次觉得自己是"自由"的。自由，又有些孤单。"没有人类的土地"云云，幸田不再想了。

因为，在有人类的土地上，幸田感觉到了自由。

幸田用左手抓着绳子，脚用力蹬了蹬水泥墙边。

悬在空中的双脚再次碰到大楼外墙。幸田又用力蹬了一下墙，跃过六楼交易大厅的窗户，脚再次碰到墙面。绳子拉得很紧。幸田听着街道中混乱的警笛声和人们的叫喊声，听着这声音越来越近。绳子"吱溜"一松。幸田用脚蹬墙期间，绳子好像松了两次。幸田听到了北川的声音，他好像在叫喊着什么。幸田用左手握紧的绳子再度轻晃。

然后，幸田就失去了知觉。

快走！什么也别管，快走！

北川扛起落在地上的幸田，跑了起来。北面的路障传来人的叫喊声，野田发动了卡车。

北川大呼道："点火！快开！"

他边喊边把幸田扔到车上，同时紧紧抓住车身。

卡车朝着北面的路障开去。警察跑来，警笛响了，直升机的轰鸣从头顶掠过。

野田边喊着"行了吗"、"行了吗"边忍不住猛踩油门。北川收好车后拖着的绳子，不断喊道："快开！快开！"

卡车和从对面来的警察擦肩而过，闯过路障的栅栏，朝着土佐堀路奔驰而去。

野田早就想好了，要沿右面的淀屋桥逃跑。到左面肥后桥的路障之间的距离太短，无法加速闯过去。卡车一直加速，冲过了淀屋桥禁止通行的路障。警察们的吆喝声、警车的警笛声和无数的喇叭声在空气中此起彼伏，嘈杂混乱，终于在北川他们的耳畔渐行渐远。车里能听到的，只有箱子里装满的十亿金砖"咣咣"碰撞的响动。

是细铁丝摩擦发出的声音，还是草丛沙沙作响的声音？有时还夹杂着很多别的声音，究竟是什么声音，每每让幸田百思不得其解。

卡车的轰鸣、弹子店的嘈杂、正午的警笛……耳畔的鸣响好像包含了这一切，而不只是某一种声音。

北川笑道："地下金库的爆炸把你的耳膜炸了个洞。"

不错，只怕真是这样……

幸田暗暗寻思着。

夜晚，船驶离了舞鹤港。

幸田他们不知道会在船上度过几小时。船外一片黑暗，这黑暗不知何时才会终结。

窗户下杂乱地堆着小山一样高的二十个纸箱，里面装着金砖和木屑。箱子侧面写着"农协苹果"或"北海道土豆"，还有的箱子上写着朝鲜语。

北川、野田和船长朴先生围着纸箱坐了下来，促膝长谈。他们谈到了釜山的那位中间人，交易是用美元支付的。

船头下的船舱里，幸田听到野田在上面唱着《大阪时雨》。野田都连续吼了两天了，此时的嗓音不免沙哑无力。

掌舵的朴先生偶尔也会唱起自己国家的歌。朴先生五十多岁，被太阳晒得黝黑，他说他是楚要焕母亲的远房亲戚，而且告诉幸田他们——

"要焕"在他的母语中是"基督教徒"的意思。

但是，名字只是个偶然的符号罢了。幸田所认得的，并不是那个名叫"要焕"的男子。

"喂，幸田，野田说要去新加坡找女人。不出半年，他的钱大部分都会给女人。他说如果舍不得钱，倒不如去没有女人的国家。他虽然玩世不恭，却在认真看投资方面的书，说什么银行是瑞士的哪家好，该买哪里的股票之类的话。我都还没想好，总觉得现在还是热血沸腾……"

打住！北川这家伙，瞪着双眼胡扯呢？再喝点吧，多喝点，你要不要跟着唱些什么？来首 *Long Tall Sally* 怎么样呀？

"说真的，你打算去哪儿呢——美国？西伯利亚？可惜这都只是我的想象。现在的你，已经无所谓了，有没有人类都一样吧。我想一定是的。说这些有些不好意思，可你的确和以前不一样了。"

北川握了握幸田的手。幸田没有反应，北川又用力握了一下。这次，北川感到幸田轻轻回握了他一下。

"我不善言辞……我就是觉得你到底来找我了，我们又可以脸对着脸，重温昔日的亲近。你来得真是时候，真是太好了，我很高兴！真的，幸田！"

听不到野田的歌喉了，可草丛、铁路和万物的声音兀自回荡耳边，继而汇成了一种声音，久久萦绕耳畔。

它们会带着我去哪儿呢？

幸田寻思着。一定有一片新的土地正等着他吧！

对了，小桃，我想和你聊聊天国的事情。我想和你说说我的心里话……